花儿都有权利开放

一个女书虫的『秘密花园』

李春玲 著

廣東旅游出版社
GUANGDONG TRAVEL & TOURISM PRESS
悦读书·悦旅行·悦享人生
中国·广州

图书在版编目（CIP）数据

花儿都有权利开放 / 李春玲著. — 广州：广东旅游出版社，2015.10
ISBN 978-7-5570-0189-6

Ⅰ. ①花… Ⅱ. ①李… Ⅲ. ①随笔－作品集－中国－当代 Ⅳ. ①I267.1

中国版本图书馆CIP数据核字(2015)第189078号

封面图片：全景网 谢晓丹
插　　画：谢晓丹
封面题字：李启科

出 版 人：刘志松
策划编辑：蔡子凤
责任编辑：方银萍
封面设计：刘红刚
装帧设计：谢晓丹
责任技编：刘振华
责任校对：李瑞苑

出版发行：广东旅游出版社
地址：广州市天河区五山路483号华南农业大学公共管理学院14号楼3楼
邮编：510642
邮购电话：020-87348243
广东旅游出版社网站：www.tourpress.cn
深圳市希望印务有限公司印刷
（深圳市坂田吉华路505号大丹工业园二楼）
开本：965毫米×1280毫米　1/32
印张：8
字数：130千字
版次：2015年10月第1版
印次：2015年10月第1次印刷
定价：32.00元

目录 Contents

领悟成长 花儿都有权利开放

文艺奇花 朝向自由人性

人物评传 跟着艺术家仰望星空

目录 Contents

社会热点　看见中国

影视影人　隔岸风景

目录 Contents

花儿与少年　我与毛孩的2014

苦难史诗

历史与现实的交错

阿富汗：那个《新闻联播》里的国家

记得1983年初，为了追看当时令神州大地万人空巷的香港电视连续剧《霍元甲》，“武侠迷”父亲咬牙为家中添置了一台在当时算奢侈品的上海产的“金星”牌14英寸彩电。据说，取存款时，父亲的一位朋友还特意陪同。要知道，1000多元在当时算巨款了。

言归正传，也就是说从1983年起，9岁的我开始每天收看或在隔壁房间“收听”中央电视台王牌节目《新闻联播》。时过境迁30年，当时《新闻联播》里那些出现频率较高的词句于我仍有种言犹在耳的感觉，比如“苏联入侵阿富汗”“阿富汗游击队”，到20世纪90年代则演变为“阿富汗内战”……进入21世纪，就是地球人都知道的拉登、“基地”组织、塔利班了。

能够在漫长一段时间里，在“浓缩就是精华”的《新闻联播》里维持如此高的“出镜率”，只能证明一点：阿富汗战乱频仍，举世瞩目。但印象也就止步于此了。这个光怪陆离的世界，值得我们关注的东西太多了，即便是发生在邻居家的灾难转瞬也沦为自己还算幸福、幸运的佐证，目光紧盯的仍是如何让自己变得更幸福、更幸运，成为更强者，这是人类的通病。

一直到一个星期前，我读完眼前这本阿富汗女政治家法齐娅·库菲撰写的自传《我不要你死于一事无成》后，我才第一次真正走近那个似乎一直存在于《新闻联播》里的国家：阿富汗。这本书的副题为“给女儿的17封告别信”。

法齐娅出生于1975年，与我是同龄人。就是说30年前，那些透过电视屏幕，闪现在一个中国女孩眼前的战乱画面正是另一个阿富汗女孩无从躲避的生存空间。什么叫幸福，就是在这一瞬间的对比中。

对于法齐娅而言，她的人生磨难则开始得更早。出生时，因为“是个女儿，可怜的女儿”， 法齐娅险遭遗弃，还好有惊无险，日后母亲也因此给了她更多的疼爱和关注。仅仅4岁，她的幸福童年就如一只美丽饱满的气球被几声刺耳枪声划破、暴碎：关心民众福祉的政府官员父亲在谈判途中，被阿富汗游击队员枪杀于山间。随之而来的是游击队员斩草除根的追杀，法齐娅和母亲是被好心的邻居藏匿于牛粪中才侥幸逃脱。

所以，即使日后成为了政治家，法齐娅仍不讳言自己对阿富汗游击队的复杂感情，不单是父亲的死、她的一己之痛，更因为一方面，游击队是将苏联侵略者驱赶出国境的民族英雄；一方面又正是因为游击队各个派系间的争权夺利，将阿富汗拖入了内战泥潭，并最终导致塔利班趁机崛起，控制了阿富汗。

法齐娅的直言不讳令人尊重。是的，只服从政治需要的历史是对真相及当事人的极不尊重。

相比大多数阿富汗妇女，法齐娅还算幸运，她出生于一个有声望的家族，她有开明母亲的疼爱，有兄长的支持，所以才能从一个阿富汗最偏远省份的农村女孩成长为首都喀布尔一所医学院的大学生。然而，20世纪90年代初，当作为法齐娅同龄人的我坐在了大学教室里，开始追逐自己的职业梦想时，法齐娅却失去了校园，成为医生的理想也随之破灭。理想终结的原因放眼当时全世界都算极端和恐怖的：塔利班烧掉学校，法齐娅就读的医学院关门了，并且女性也已经不被允许在大学里学习医学。

十七八岁的法齐娅曾鼓起多么大的勇气，穿过内战中断垣残壁、尸横遍野的喀布尔街头，冒着随时都有身中冷枪或遭奸污的危险，坚持到学校学习。塔利班的到来让一切灰飞烟灭。

还有法齐娅的爱情。她与丈夫哈米德是保守的伊斯兰社会里，难得的一对彼此选择和钟情的夫妻。作为知识分子和商人的哈米德与任何政治派系都无瓜葛，只因法齐娅兄长的牵连，数次被塔利班野蛮投入监狱。监狱里的非人折磨摧毁了哈米德的健康。

2003年，28岁的法齐娅失去了丈夫，身边还有两个尚处幼年的女儿。2003年，我在北京，“非典”的阴霾散去后，我成为了一个幸福的准妈妈……

在写给女儿们的信中，法齐娅讲述了自己投身政治的原因：“从某种程度上说，从你们的父亲被捕之日起，我就开始了自己的个人政治生涯。他被拘后，我不能也不愿意在家干坐着，无所事事。我被迫去动用人脉资源，从大局着手，积极营救。”法齐娅强调：“我讨厌人们让我待在幕后，不去抢男人们的所谓的风头。如果都那样，我们有什么出路呢？什么都没有。”“我受过教育，内心深处有自己的呼声，于是决心去帮助哈米德。”“正是这个呼声和拯救那些受苦受难人们的强烈愿望多年来一直激励我在政治道路上奋勇前行。”

是的，真正的政治不应是想方设法获得主宰他人命运的权利，而是主动承担为弱者发声、为公平正义发声的义务。毫无政治企图心的法齐娅是被个人遭遇推向了政治，在失去挚爱的丈夫后，她在自己身处的世界上产妇死亡率和婴儿死亡率最高的国家，在目睹了这个国家的边缘人群穷苦到了怎样的地步后，进一步醒悟：自己是谁，从哪里来，自己的职业该如何定位。

从此，法齐娅义无反顾投身政治，并成为塔利班倒台后，阿富汗民主政府内的第一位女议长。但是随之而来的是谣言、非议还有更可怕的来自塔利班的一次次暗杀……所以才有了这本《我不要你死于一事无成》和书中17封以遗书形式写给女儿的信，这是法齐娅将生死置之度外后，留给女儿更是留给广大阿富汗妇女的宝贵精神财富。作为同龄人的我，也通过这本书受益匪浅。

回到政治，我非常信服法齐娅的一句话“30年来，阿富汗受够了垃圾政治，所以这个国家的政治毛病丛生”，从20世纪连绵10年的苏阿战争（战争的真正起因是苏联觊觎巴基斯坦的温水港，而阿富汗挡住了他们侵略的道路）到西方支持的阿富汗游击队的内战再到塔利班趁乱崛起，直至“基地”组织与塔利班勾结给全世界人民造成的灾难……而最最灾难深重的阿富汗啊，你是多少国家肮脏企图、肮脏政治的受害者！

全书最后，法齐娅激励自己的同胞：“我们一定不要成为令全世界都害怕的恐怖民族，也不必是全球都怜悯的苦难种族。阿富汗是个伟大的民族，也一定能够成为一个伟大的国家。这是我终其一生的抱负。”

法齐娅为自己的国家开出了药方，她认为阿富汗的民主能否成功取决于两方面的因素。第一是教育，这不言而喻。第二是安全，即阿富汗必须构建一个法律和秩序体系。

路漫漫其修远兮，实践不易。几天前，新华社就发布了几条阿富汗发生多起针对议员和西方记者的恐怖袭击的消息。据新华社透露：“5年一度的阿富汗总统选举将于4月5日举行，阿富汗全国近来安全形势堪忧。”这些消息揪住了我的心，因为法齐娅和她的书，我第一次觉得自己有责任有义务关注这个曾经只存在于《新闻联播》里的国度。

就拿英国诗人约翰·堂恩的诗句结束我这篇不成熟的文章吧：“谁都

不是一座孤岛，自成一体；每个人都是广袤大陆的一部分，都是无边大海的一部分，如果海浪冲刷掉一个土块，欧洲就少了一点；如果一个海角，如果你朋友或你自己的庄园被冲掉，也是如此。任何人的不幸都使我受到损失，因为我包孕在人类之中。所以别去打听丧钟为谁而鸣，它为你敲响。”

活着，是有使命的。你，我，我们每个人，都不要死于一事无成。所以，散漫怠惰的我，趁着假期，坚持将这篇文章完成。

一座城市的情爱史

前天，2014年4月18日，加西亚·马尔克斯逝世的消息传来，一个声音告诉我：躲不过去了，这篇文章必须写。文章呈给马尔克斯除《百年孤独》外，另一部享誉世界的名著《霍乱时期的爱情》。

两年前，读完这部长篇小说后，写篇书评的念头一直萦绕不去，但迟迟没有落笔，原因是这几乎是除《红楼梦》之外，中外小说中我读过的最完美的一部，担心自己的笔力难以驾驭。还有较个人的原因，面对一部堪称圆熟、老辣的情爱巨著，以我单纯的书斋人生去解读难免惶恐、战栗。

这部小说出版之时，马尔克斯已于3年前获得了诺贝尔文学奖。3年之后，1985年， 58岁——于这位长寿的作家而言，可谓正当盛年之时，他推出了自己人生中又一部影响巨大的小说。如果非要拿《霍乱时期的爱情》与《百年孤独》对比，我会说一个人的40岁与60岁没有可比性。

40岁的《百年孤独》是正午骄阳、野心膨胀，是汪洋恣肆的“再现拉丁美洲历史社会图景的鸿篇巨著”，代表了一个男人的盛夏，拿荷尔蒙开玩笑，那是一个男人能“尿得又准又直”的年代；而60岁，岁月消磨，盛景犹在，但内心已褪去燥热变得柔情、脆弱，于情爱而言，张望步步逼近的“不仅小便的势头减弱，而且还歪歪斜斜，分成许多支流，最后变成一股无法驾驭的虚幻之泉”的老年，再不羁的男人也开始学会怜取眼前人了吧。是我猜测的原因吗，作家在正式迈入老年之前开始为自己一生的情爱作传，可铺张开来，哇，一座城市的情爱史赫然呈现眼前。马尔克斯曾说："这一部是我最好的作品，是我发自内心的创作。"

"一场延续了半个多世纪的伟大单恋"，这是最广为人知的对《霍乱时期的爱情》的评价，但就像"宝黛之恋"不能等同于《红楼梦》一样，这句单薄的广告词只相当于一个噱头。靠谱点儿的话，可以将这部浩瀚的作品分成如下几章——"名医夫妇的五十年婚姻史""一位单身汉五十年的诡秘猎艳史""一场梦圆半个世纪之后的伟大单恋"，此外还要单辟出一章"城市有情人"，我粗略统计了一下，这一章出现的人物能有18个之多，这18个人物、18段故事，即便简略也是一针见血，作家的功力可见一斑！

这18个人物与男女主角一起共同"穷尽了爱情的所有可能性：忠贞的、隐秘的、粗暴的、羞怯的、柏拉图式的、放荡的、转瞬即逝的、生死相依的……"举一个简单例子，我终于知道冯小刚的电影《非诚勿扰》中的那句著名台词的出处了，那是《霍乱时期的爱情》中一个着墨不多的寡妇说的："我很幸福，因为只有现在我才十分肯定地知道，他不在家时到底在哪儿。"

书中几乎每一个人物的出现都裹挟着一股独特的情爱气息，牵扯出一段非同寻常的情爱故事：开篇第一个一出场就已自杀的单身残疾人竟拥有一段不为全城人甚至不为他唯一好友所知的秘密恋情，他的情人，那个就生活在大家眼皮底下的单身女人这样解释："他就喜欢这样"；男主角的忘年交，那个精明、快乐的德国人，天生生理缺陷，却是旅馆里所有"夜鸟"争相占有的宠儿，他说"这完全是因为爱"；女主角的监护人、姑妈，因为年轻时恋爱受阻，所以若干年后竟以不寻常的激情要促成一位小伙子对她美丽侄女的暗恋；男主角的母亲，个性热情活泼，年轻时曾投身一段不伦之恋，诞下私生子，她鼓励深陷暗恋不可自拔的儿子"趁年轻，好好利用这个机会，尽力去尝遍所有痛苦。这种事可不是一辈子什么时候都会遇到的"；一位有儿有女、受人尊敬的老妇人，在丈夫去世后，执意住进"夜鸟"穿梭、名声不佳的旅馆里，只因自己年轻时曾在此失身，饱尝过被抛弃的苦涩；沉沦单恋的男主角去街头为恋人们代笔写情信平复激情，今天替男孩子写求爱、求婚信，明天替女孩子写回信，用同一杆笔促成一段姻缘……好一部“全城热恋”呀！

东拉西扯了半天，似乎还未步入正题。正式介绍一下，书中的第一男主角弗洛伦蒂诺·阿里萨，单恋了女主角半个多世纪的可怜男人，同时也是秘密猎艳50年、从未失过手的登徒子，甚至还晚节不保，充当了卑鄙的诱奸少女犯。当他终于等到女主角成为寡妇，以76岁的肉身幽会到72岁的女主角时，一个年仅16岁的女孩竟为他自杀……漫长的单恋更像一场漫长的自我催眠，比拼的是恒心毅力，最终还与爱情有关吗，我怀疑。

第二男主角乌尔比诺医生，“高富帅”“高大全”，年轻女性的理想结婚对象，漫长婚姻生活中唯一可指摘的就是一次出轨，还最终忍痛放手。女主角费尔明娜·达萨，得到两个男人终生宠爱的女人。

费尔明娜高傲、明智，内心强悍胜过两个男人，当发现自己奋不顾身去爱的初恋对象竟是那样一个外表可怜的人时，她恍然大悟，原来是自己对自己撒了一个弥天大谎。费尔明娜断然向阿里萨宣布：自己与他之间不过是一场幻觉。正是她的毅然决然开启了阿里萨此后50年的单恋悲剧。

而作家将乌尔比诺与费尔明娜的婚姻故事写得太精彩了，没有在婚姻中浸淫、翻滚过几十年的人，是写不出那么多精彩细节的。我就选择其中一些精彩语句与大家分享吧：

> 一阵反感掀起另一阵反感，旧伤疤被揭开，变成了新伤口。两人都十分惊愕，因为他们痛苦地证实了，在这么多年的夫妻争斗中，他们所做的一切都不过是培养了仇恨。

> 如果两人能及时明白，比起婚姻中的巨大灾难，日常的琐碎烦恼更加难以躲避，或许他们的生活完全会是另一副样子。而如果说，他们在共同的生活中也多少学到了点什么，那就是智慧往往在已无用武之地时才来到我们身边。

她倚仗着她的丈夫。而此时也正是丈夫最需要她的时候。他不幸比她年长十岁，正独自跌跌撞撞地走在暮年的大雾之中，而更不幸的是，他是个男人，比她更为脆弱。他们终于彻底了解了对方，在结婚将近三十年时，他们变得好似一个人被分成了两半……

婚姻大抵如此，爱情大抵如此，就像72岁恢复单身的费尔明娜，一边追忆着丈夫，一边接受了阿里萨的温暖怀抱。是啊，谁愿意孤独呢，在这座荒凉的城市里？以爱的名义相互取暖，这是一个人的情爱史，这是一座城市的情爱史。

一部犹太人的《百年孤独》

这是一部宏大、沉重到令我难以下笔解读的书。ok，我知道自己写不好，但还是想和大家分享一下，我对一种悲怆压抑、荒诞荒凉命运的无限悲叹。这种命运叫作：身为犹太人。

绵延千年的歧视驱逐、第二次世界大战、600万犹太冤魂、奥斯维辛集中营、《辛特勒的名单》、《安妮日记》、德国总理惊人一跪、90岁高龄的纳粹逃犯落网……犹太民族惨绝人寰的命运史从未被世界遗忘过。但是，直到近日读完以色列著名作家阿摩司·奥兹出版于2002年的自传体长篇小说《爱与黑暗的故事》，我才第一次与这个民族中的普通人有了情感的交流与互动，也是第一次不是透过战火纷飞、恐怖袭击，不是透过似乎永远修不成正果的巴以合谈来走近、端详那个自强不息、艰难求存亦遭人诟病的年轻国家——以色列。

何其荒诞，这是一群没有故乡和母语的人，他们被自己世代居住的故乡像瘟疫一样驱逐，他们从婴儿时就开始聆听、学习的语言，据说是他们不配掌握和运用的。二十世纪二三十年代，在欧洲徘徊、游荡千年的反犹主义有愈演愈烈之势，欧洲的墙壁上涂满了“犹太佬，滚回巴勒斯坦去”的刺目标语。

算是幸运，赶在反犹狂潮还未从民间无政府主义演变至纳粹德国的国家行为之前，小说主人公阿摩司的祖父母和刚大学毕业的父亲从波兰的罗夫诺，外祖父母和刚大学毕业的母亲从乌克兰的敖德萨移民到了贫瘠荒芜的巴勒斯坦，当时这里还是英国托管区。

两个在欧洲受到过良好教育的犹太年轻人在耶路撒冷建立了自己的小家。他们都是有语言天赋的知识分子，丈夫能读十六七种文字，能说十一种语言，最娴熟的是俄语，妻子亦能讲四五种语言，能看懂七八种，母语是波兰语，但就是这样两个崇尚知识（整个犹太民族都崇尚知识，因为那是歧视者唯一不能从他们身上夺走，也是他们能给予子孙的最恒久的财富）、每天都不能不看书的人，竟决定让自己唯一的儿子阿摩司只掌握一种语言，即千百年只运用于犹太教研究，直到20世纪才作为口语复活的希伯来语。

这是为什么？原因是欧洲犹太人对那块歧视、驱逐他们的土地，所怀有的“被侮辱与被损害”的爱。不让儿子学习任何一种欧洲语言，是这两个可怜的单恋者痛定思痛作出的抉择。他们希望自己的后代把这片远离欧洲的土地，这片让他们找不到灵魂归属和文化认同的西亚土地，视为真正的故乡，不再像他们一样终生走不出单恋的梦魇。这对父母太知道欧洲那鬼魅般的吸引力了，甚至你的智商越高、知识越多，那种吸引就更加自然、强烈，无法避免。也正因为如此，一些犹太知识分子对欧洲的爱，对欧洲文化艺术的热情才显得那么悲剧又滑稽，令人哭不出也笑不出。

例如，美国著名文学家、艺术评论家苏珊·桑塔格就曾困惑不解地写道：“爱陀斯妥耶夫斯基又明知他仇视犹太人，我们该怎么对待，尤其一个犹太人该怎么对待这件事？如何解释‘这位在小说中对他人的受苦如此敏感的人，这位受侮辱者和受损害者的珍贵的捍卫者’的邪恶的反犹主义？又如何理解‘陀斯妥耶夫斯基似乎特别吸引犹太人这一现象’”？无解，悖论，荒诞。

以我肤浅的理解，欧洲人与犹太人在历史上曾进入了这样一个怪圈：先是文化、传统导致的高人一等的厌恶、歧视，而被厌恶、被歧视的少数民族为自救，不得不世代警醒，努力提高自身综合实力。经过一代代努力，这个少数民族的实力越来越不容小觑。于是，谣言开始升空，挑拨者四处点火，厌恶、歧视升级为恐惧、妒忌。因为恐惧，因为妒忌，哪怕是平时的老实人、胆小者都敢作恶，况且又是“同去，同去”，躲在“集体无意识”的大旗之下。

以上都是犹太前史，即1948年5月14日，以色列正式建国前的历史。经过复杂、艰难、诡异的多国政治博弈，1947年11月29日，联合国大会上终于通过了在英国托管的西亚土地上建立一个犹太国家、一个阿拉伯国家的决议。

阿摩司永远忘不了1947年11月30日凌晨父亲跟他说的话：“从现在开始，从我们拥有自己的国家开始，你永远不会只因为是犹太人，因为犹太人如此这般而受人欺侮。不会。永远不会。从今天晚上开始，这样的事情在此结束。永远结束了。”

是的，上一幕结束，但下一幕又迅速开启。就在当天夜里，在所有与阿摩司及他的父母一起拥上耶路撒冷犹太居住区街头跳舞、狂欢的每一百个男女老幼中就有一人，将死于接下来7小时内阿拉伯人发动的战争中。

拥有了自己国家的犹太人又陷入另一种困境中，由羊变狼，成为很多人眼中巴勒斯坦人悲惨命运的罪魁祸首。又要说到苏珊·桑塔格，这位被誉为“美国公众的良心”的知名作家，在2001年5月9日举行的“耶路撒冷奖”颁奖礼上，发表了题为《文字的良心》的演说。在这篇文气如虹的讲稿中，桑塔格指出，除非以色列人停止移居到巴勒斯坦的土地，并尽快拆掉这些移居点和撤走集结在那里保护移居点的军队，否则不会有和平。此举引起了以色列主流媒体的震怒。

是的，不论犹太人曾经有过多么悲惨、令全世界同情的遭遇，事实依然不能改变，正如奥兹的小说中一个以色列人亲口所说“从他们（巴勒斯坦人）的角度来看，我们是天外来客，在他们领土上着陆，并擅自进入他们的领土，逐渐接管了其中一部分……只是因为我们的先祖曾经在这里居住过？他们拿起武器反对我们又有什么大惊小怪的？”

但是在残酷的生存面前没有谦让一说，没有道理可讲。还是上面那个以色列人话锋一转：“如果这里不是犹太人的土地，哪里还有呢？在大海下？在月球上？还是犹太民族是世界上唯一不值得拥有一小块自己土地的民族？”悖论套悖论，荒谬复荒谬。

这是2014年传来的消息：“6月30日晚，以色列空军、陆军和海军对加沙地区进行了疯狂轰炸，多个目标被摧毁。以色列发动轰炸的原因是以3名少年遭绑架杀害。”哈马斯（巴勒斯坦伊斯兰抵抗运动）官员对此回应：“以色列的威胁吓不倒我们，我们将回击以色列的任何侵略。”世界都快麻木了。

20岁时，我读不懂加西亚·马尔克斯的《百年孤独》，或许现在依然不喜欢。后来我想，为什么那么多中国作家推崇《百年孤独》，声称受它影响巨大，原因可能是那里面有太多中国农村的影子，比如原始落后与现代文明碰撞出的荒诞等等。而同样是以家族、家庭命运折射民族、国家历史，《爱与黑暗的故事》如另一套文明体系、文化语境下的《百年孤独》，写给我这类人的《百年孤独》。

因为懂得，所以慈悲。不单是犹太人，还有巴勒斯坦人，不单是在作家12岁时就因严重抑郁症自杀的母亲，还有他那个懦弱、饶舌、博学的父亲。众生皆苦，难以超脱。

阿根廷别为我哭泣

给这篇文章取什么标题呢，“牢狱中的断背山”？思考几秒，否定了。虽然都是有关两个男人同性相吸的故事，但是阿根廷长篇小说《蜘蛛女之吻》与美国短篇《断背山》间的气质实在相差得太远了！后者清新朴素，思绪缠绵简单：一段不能拿到阳光下，只能在断背山上让青山、羊群作证的普通“基情”，似山中溪流，清浅、透明。《蜘蛛女之吻》是什么，一部悲怆磅礴的怪异戏剧，一条漩涡翻卷、礁石密布的汹涌大河。

“梦里说梦”，这是我想出的第二个标题。《蜘蛛女之吻》，一部完全颠覆我阅读经验的小说。两个主角：一个是政治犯瓦伦丁，一个是同性恋者莫利纳。莫利纳除性罪犯身份外，还是特务机关派到瓦伦丁身边的卧底。

整部小说共四条脉络。

一条是有一颗多愁善感女人心的莫利纳与以消灭剥削、拯救劳苦大众为己任的革命者瓦伦丁之间的对话、交往。他们从各自厌弃、勉强做伴到疾病、饥饿袭来后的甘苦与共、心灵相通，直至最后相濡以沫、以灵、以肉的情深意长。

一条是为消磨时间或起初作为接近手段，莫利纳向瓦伦丁讲述的四个色彩诡异、结局凄凉的电影故事。

一条是特务机关处心积虑利用莫利纳向瓦伦丁套取狱外革命者的情

报。莫利纳从一开始的虚与委蛇，到后来相机行事，索要丰富食物，借以帮助因被投毒身体濒临绝境的瓦伦丁。最后，莫利纳被假释出狱作“钓鱼”之用。为了瓦伦丁，莫利纳投身自己并不太懂的革命，并最终献出了生命。

第四条脉络是用注释的形式，集纳各家流派的学说，探讨同性恋的成因。以现在的观点看，这条脉络有失迂腐了，但这与小说的发表年代有关。20世纪70年代，那时全世界对同性恋的认识还远未像现在这般宽容，多以病态、罪恶视之。

瓦伦丁和莫利纳，多么富有戏剧张力的人物组合，难怪小说问世后，先后被改编成歌舞剧与电影，并都成为经典之作。尤其是那部同名电影曾分别获得奥斯卡金像奖、英国电影学院奖和美国国家评论协会奖。

斟酌一番，以“梦里说梦”作标题仍不合适，太虚幻，不沉重，与压抑、悲怆的小说氛围不协调。

小说的脉络虽多，但我确定自己是被一种苍凉、绝望，稍有回馈即敢以生命相赠的爱情所打动，是为男儿身、女儿心的莫利纳所打动，而决心写这篇文章的。“世界上有爱者，也有被爱者，这是截然不同的两类人”。莫利纳所爱之人，无论是那个命运不济的饭店侍者，还是在牢狱中仍坚持革命理想的瓦伦丁，都是性取向正常、人品高尚的好男人，莫利纳的爱情隔着千山万水，隔着连谈及都怕对方恶心、厌憎的鸿沟，这是怎样一种爱情生态、人生处境！

这部小说为什么叫“蜘蛛女之吻”？是因为瓦伦丁开玩笑地把莫利纳比喻为“用自己的网擒获男人的蜘蛛女人”，而即便是在“干过更糟的事”之后，莫利纳在假释出狱前的最大愿望仍是“接一个吻”，前提是瓦伦丁“不觉得恶心的话”。有了这个吻之后，莫利纳主动向瓦伦丁请缨，“请把你伙伴们的情况都告诉我……”没有心机、利用和胁迫，用情至此，莫利纳奔赴自己的宿命。

如有神助，我心中闪过一道亮光，一个绝佳的标题：《阿根廷别为我哭泣》（这是一首歌曲的名字）。一来，这首歌中赞美的“阿根廷玫瑰”

艾薇塔（即殁于1951年的贝隆总统夫人），另外还有足球明星马拉多纳，是我知晓的为数不多的几个阿根廷人，而更重要的原因则是如果你了解了艾薇塔从私生子、15岁的舞女、高级交际花到耀眼的政治明星、年青的第一夫人直至“为穷人燃烧尽自己生命”的慈善天使的生命轨迹后，你一定会相信，她会慷慨地把这个标题赠予我，赠予她的两个为爱、为自由而生而死的同胞——瓦伦丁和莫利纳，因为在精神上大家都是同类，是能够互相取暖、支持的人。

阿根廷别为我哭泣。今夜，祈祷在世界任何一个角落，不要有一颗独自饮泣的灵魂。

置身苦难与阳光之间

这个英俊的，周身洋溢热烈、不羁南欧气息的男人叫加缪，1957年诺贝尔文学奖获得者，1960年因车祸去世，享年47岁。刚刚过去的2013年11月7日是加缪的百年诞辰纪念日。

22岁，我在《读书》杂志上只鳞片爪地了解了一些加缪的学说、思想，阅读了他所撰写的一些简洁有力又充满诗性的文字，从此再难忘记。岂止难以忘记，加缪的学说、思想甚至成为我日后衡量、判断世界，解读历史的重要标尺。

出生于法属阿尔及利亚底层阶级的加缪，这样诗性地陈述自己的历史观："我置身于贫穷和阳光之间。由于贫穷我才不会相信阳光下和历史中的一切都是美好的；而阳光又让我明白，历史并不等于一切。"这句话是如此打动我，以至作为一位母亲，我希望自己的儿子有一天也可以这样既沉重又释然，既明察社会中永不会消失的不公不义又能心怀理想地去奋斗和生活。

1937年，加缪被阿尔及利亚共产党开除，原因是他作为欧洲移民后代与当地穆斯林团体来往密切，并质疑党背弃穆斯林的政策。1951年，因为在随笔集《反抗者》中质疑苏联的极权、独裁，并公开说出苏联"如今是一片奴隶的土地"，加缪又被他身处的法国左翼团体打击和孤立。

加缪的遭遇让我联想到一则酒的广告。"没有兄弟就没有阵营"，这则现身于2013年的“二锅头”广告恰恰道出了许多男人的脆弱和势利。恐惧失去阵营的庇护，恐惧被利益共享的兄弟们所抛弃，许多男人自愿阉割了血性，渐渐习惯了闭眼、扭头和说谎。所以，当他们听到加缪像孩子一样的肺腑之言时才会那样的惊慌和恼羞成怒。

加缪出生于“一战”，成长于“二战”，成名于美苏对峙的冷战时期，所以“革命”是他一生必须面对的关键词。学校的历史教育曾告诉加缪（也告诉我们），革命与正义是同义词，所有对革命的批评都是反动的，但在目睹了太多革命中的不公不义和荒谬之后，加缪道出了这样的话：“革命既不是目的，也不应该成为信仰的对象，它是服务正义和真理的一种方式。如果革命没有为其目的服务，那么就应该承认并且说出来。”也许，在职业政客眼中，这番话太过童真和书生气，可是缺少了这种童真和书生气，人性是不是更趋于荒野中的狼性？

套在人性上的枷锁有千把万把，成名后的加缪不得不面对异常沉重的一把：阿尔及利亚是他生于斯长于斯的故土，20世纪50年代当故土上的原住民阿拉伯人不惜以鲜血和恐怖主义反抗殖民、谋求独立之时，他这个穷移民的孩子、如今生活在法国的著名作家，应该站在哪一边、支持哪一边？在此重大事件中，加缪所有基于人道主义的努力都最终被证明是徒劳无功的，他遭受了来自敌对双方的批评甚至威胁。

在经历无数血腥和政治博弈后，历史最终尘埃落定。1958年9月，阿尔及利亚成立了临时政府。加缪对此的感悟是：“人生来就是为了相互理解……可人们总要先打起来，自相残杀，最后才学会把对方当个人。国家就是这样子。”细想想，今天的国家依然是这个样子。

苦难与阳光绝不矛盾，它的逻辑正是：明知世界冰冷，却要尽力地燃烧！永远不要丧失自我、丧失希望。这正是加缪教会我的。

这个世界我们所知甚少

对，这个标题就是我阅读完林达夫妇的著作《历史在你我身边》后的最大感受。前段时间，有两句话触动了我，而这两句话又似两只手牵引着我，将我领到这本书跟前。

其中一句话是：所有历史都是当代史。这是事实，无论何种社会，我们从正规渠道获知的历史，通常是经这个社会掌握舆论工具和话语权的执政者淘选、修饰过，以适应当时政治需要的历史。另一句话则是古希腊圣哲苏格拉底的名言：我知道我不知道。是的，只有坚信自己有所不知，我们才能怀揣一颗求知若渴及求真相（但要切记真相往往是相对和立体的）若渴的心，以探究心态面对这个多元、复杂、难以给出最终判断的社会，不机械、不教条、不斩钉截铁，不做思想的僵尸。然后呢，有条件应成为像林达夫妇这样的人，以“我”之足游历尽可能宽广的世界，以“我”之大脑努力阅读、观察、思考，逐渐发现一个比教科书，比各种早已存在的定论更丰富、更博大，也更莫衷一是的世界。

先给这本书中，林达夫妇推介的纪录片制作人莱霍夫点个赞。作为法国人，莱霍夫原本对中东问题并没有特殊的倾向和关注，直到他开始质疑一个被广为传播，旨在指证以色列军队屠杀无辜阿拉伯平民（尤其还是一个孩子）的电视新闻的真实性后。经过不懈追踪、细心求证，真相浮出水面：那个孩子是被巴勒斯坦枪手的子弹打死的。原本两军交战，误伤平民的概率应是各占50%，也正是基于此，以色列政府对此类事件从不以谣言和栽赃视之，基本默认。但是令莱霍夫不能容忍的是，这则电视新闻的拍摄者在拍摄中应用了造假手段，伪造新闻证据……而比新闻造假更恐怖的是假新闻会误导人们的判断，煽动人们的情绪，让真相更加扑朔迷离，让错综复杂的矛盾离解决之日又远了一大步……

所以，从2000年开始，莱霍夫深入巴勒斯坦，拍摄了一系列有深度的中东问题纪录片。其中《沉默的出埃及记》陈述了这样一个事实：1948年，以色列建国不久就遭遇了中东战争，当时战争导致的犹太难民并不比巴勒斯坦难民少，但犹太难民在政府帮助和自我努力下，逐渐融入正常社会，早在1958年，以色列境内的最后一个难民点即撤销了。而与之成为鲜明对比的是巴勒斯坦难民从1950年联合国登记的71.1万人，到2002年已增至400万人。这个事实发人深省。

在另一部纪录片《通向杰宁之路》中，莱霍夫道出了另一个真相。2002年，巴勒斯坦一方宣称，以色列对约旦河西岸的杰宁难民营发动攻击，制造了“杰宁大屠杀”，当时几乎全世界都在谴责以色列，报道中的死亡人数从几百到几千人不等。但莱霍夫冒着生命危险得出的真相是以色列对杰宁的攻击起因是那座难民营已成为了恐怖主义者的基地。而为何悄悄把基地建在那里，稍有政治常识的人都能读出置难民的生命于不顾，在可以预见灾难的前提下，妄图操纵舆论、绑架道德的企图。调查结果还证实，所谓“大屠杀”的实际死亡人数为巴方至少52人，其中22人为平民，以方被打死的士兵是23人。

为什么要跟读者讲莱蒙夫的故事？林达夫妇是想告诉我们：不要被有预设立场、有倾向性的新闻所蒙蔽，不要糊里糊涂地被操纵和利用。

“圣雄”甘地的故事我也非常感兴趣。中学时代的教科书告诉我甘地的“非暴力不抵抗”政策之伟大，最终带领印度人民赶跑了英国殖民者。感谢林达夫妇以他们对印度社会多次的实地考察和大量阅读有关书籍，对“非暴力”提出了理性质疑，让我们得以从另一个角度去获取原本就“不止一个”的真相。这些质疑包括：

“非暴力是否成功，不是单方条件能够决定的。挑战一个有法治传统的政府会产生作用，对日本军国主义政府、希特勒的纳粹政府是无效的。更不要说以非暴力反侵略了。”

“非暴力概念被引入政治领域后，是一个非常危险的武器，也是一个非常复杂的课题。甘地的非暴力绝非和平概念，那是时时提到死亡和献身、介于和平与暴力之间的一种政治手段。”

“至少很多人相信，印度独立是甘地的非暴力敢死队挑战暴君胜利的单方面结果。实际上，这也是英国的政治和制度改进的结果。三百年来，英国从一个老牌殖民者，变为‘二战’中进步力量的代表之一。”

没有绝对，没有唯一。如果有人企图用绝对正确、唯一正确的观念、思想统治你的头脑，要质疑，请警惕。

谢谢林达夫妇，这么大开眼界、启迪思想的阅读多年不遭遇了。我热爱书中的每个故事、每个人物，那个命运坎坷的中国拳王，那几位在亚马逊热带雨林里踏上坚定信仰之路的美国飞行员，那个以一己之力，以坚定的向上向善之心，为一场幽深冤狱平反的美国律师，还有那座建在美国一座监狱内，里面供奉着一位囚徒圣人的“好贼教堂”……

对这个世界我们所知甚少，所以才更要去行走、阅读和发现。这是林达夫妇给我们的启示。

城乡中国

皆是围城，皆为困顿

静观人我成双遣

新书无趣，决意重读经典，钱钟书的《围城》。时隔20年再读这部写于20世纪40年代的小说，仍是笑中带泪，激赏不已，甚至还自灭女性威风地想，一部《围城》，衬出了同时代，地域、背景都有相近处的张爱玲的局促和小。我说过，面对更复杂、广阔的世界，女性作家的局限性就显现出来了。虽是一花一世界，一树一菩提，但谁不愿看开在更远处、未曾见过的花，谁不赞赏立在更陡峭处的树呢？嗯，这个比喻好像不太恰当。

“静观人我成双遣”，语出自梁启超。是啊，人生如戏，都在台上，你在看人，人亦在看你。一部《围城》，就是20世纪中国文史哲领域肯定能排在前五位的大才子钱钟书的“观人集”。

再读《围城》，深感这是一部中国文学史上罕见的将戏谑、嘲讽、冷眼甚至刻薄贯彻始终、应用到极致，且应用在了爱情、婚姻、家庭、家族、求学、求职、职场等人生各个角落，堪称一网打尽、无一幸免的奇书。但任谁也不得不承认，钱钟书讽刺得精妙，讽刺得博古通今、学贯中西、雅俗共赏，而最妙的是，这还是一部真正的、耐读的小说，书中的大小人物就在一支戏谑、讽刺的笔下，血肉丰满起来，甚至像小说主人公“方鸿渐”已成为某类志大才疏、眼高手低的知识分子的代名词，而如滑稽戏中丑角般的“高校长”“李梅亭”等，直至今日，我们身边不仍活跃着类似的人物吗？

脑中忽然闪过一个念头，奇特、迷人的《围城》之上其实萦绕着两股气息。一股来自钱钟书的祖国、来自中国古典文化，像清代著名讽刺小说《儒林外史》等。我相信，《儒林外史》中的经典人物、高超讽刺手法对《围城》是有影响的。另一股气息则是来自钱钟书留学的英国，来自他的外国文学素养。据说，在英国人的为人处事、言谈笑语当中，最重要的一点，也可以说是他们民族性格中最重要的特点就是幽默。钱钟书与杨绛婚后结伴去英国留学，甚至他们的宝贝女儿都是在英国出生的，所以英式幽默是他熟悉的，这种幽默想必也深深影响了《围城》的创作，让读者最终品尝到了一颗中西杂交的美妙果实。

可还是冷啊，无聊无望的人世啊，《围城》的实质仍是一部愤世、悲观之书。尤其一代代初入社会的学生难免发现自己身上竟有那么多“方鸿渐”的特征，是的，尽管志大才疏、眼高手低，但钱钟书从未真正丑化过方鸿渐，方毕竟是个有一定操守和品格之人。在经历了“方鸿渐”式的一幕幕遭遇后，那些学生心在淌血吧，社会的血盆大口是如此狰狞！皆是围城，皆为困顿。

太沉重了，还是回到幽默吧。《围城》可谓满本都是高级相声段子，但若论“之最”，若论令我最击节叹赏的，还是描述方鸿渐老父亲的一个细节。方鸿渐的未婚妻去世了，老父亲去信报告，信中有这么几句：“赛翁失马，安知非福，使三年前结婚，则此番吾家破费不赀矣。然吾家积德之门，苟婚事早完，淑媳或可脱灾延寿。姻缘前定，勿必过悲……”简单几笔，将人性的鄙俗呈现得淋漓尽致：人家闺女死了，先沾沾自喜这笔丧葬费不需自己承担，这已很叫人不堪，接下来，还说风凉话，嘲笑别人家没有自个家积德，所以才会发生这种倒霉的事。这还诗书之家的当家人呢，什么德性！

我爱幽默，骨子里的，这几年精神放松后，尤其变得嘴贫。讲个发生在我家的最新段子娱乐大家。老公巨蟹男，据星座分析，巨蟹男比较居家，特征之一是爱买便宜货。前几日，老公又向我报告若干物品原价几何，他又花费几钱购得。无此雅好的我打断他：“我觉得自己的人生又有新的目标了，那就是在你垂垂老矣、追忆往事之时，一定要将我列为你毕生购置的最价廉物美、物超所值的商品，欧耶！”

皆是围城，皆为困顿。找点乐子吧。

到黑夜想你没办法

余秋雨有一篇著名散文《抱愧山西》。最近问几个朋友，发现他们都不知道山西大同出了一个了不起的作家（注意不是新人，而是已写作近30年，年纪已过六旬）——曹乃谦的时候，脑中忽然闪过余秋雨。于是幻想，再过若干年，若再有人写一篇类似的文章，会不会将曹乃谦作为“抱愧山西”的一个缘由呢?

有一种语言直击人心，有一种生存叫你泪流满面。这就是副题为“温家窑风景”的中短篇小说集《到黑夜想你没办法》给我的感受。小说记录的是20世纪70年代，雁北地区，即山西省雁门关以北地区一个贫穷落后的村庄——温家窑的世态人情。

跟随曹乃谦如白描般简洁、素朴的语言走进那个喝山药蛋汤、难得吃顿莜面鱼鱼、一年也见不着两次荤腥的村庄，目击一个个荒诞、荒凉的故事，认识一群或麻木认命或认命却难以超脱的苦恼男女，你会发现自己无法给出任何来自外面世界的褒贬和判断。

“黑旦瞭见女人那两只萝卜脚吊在驴肚下，一悠一悠地打悠。”黑旦给儿子说媳妇，亲家少要了一千块，“就顶是把个女子白给了咱儿”，代价是要把自己媳妇一年给亲家送去一个月“做那个啥”。“黑旦送女人跟亲家，送过一道一道的梁，又送过一道一道的沟”“球，去哇去哇。横竖一年才一个月。中国人说话得算话。黑旦就走就这么想。”（《亲家》）

“这人活一世，男人就是那没出息的蛾，女人就是这要命的灯”。老柱柱有一个快40岁的光棍弟弟，有两个“二十四五的二十四五二十八九的二十八九”的光棍儿子。光棍弟弟手头攒下了娶女人的钱，却寻不到合适的女人。三个光棍愁坏了老柱柱，“娶下是娶下的愁，娶不下是娶不下的愁。反正是个愁。唉——男人，男人，我看是难人。”最后的解决办法是光棍弟弟拿出老婆本给侄儿们捏三间新窑，他和老柱柱从此“咱俩隔半个月这厢，隔半个月那厢”。（《男人》）

黑旦、老柱柱甚至老柱柱的弟弟二柱都还不算是温家窑最苦恼的男人，“越想越觉得人和牲口不是一个理。越想越觉得自个不如牲口”的光棍羊娃把自个吊死在了树上（《天日》）。受不了打小相思的女子要被人用钱相走，“愣二跑回家就躺在炕头上‘杀人杀人’地喊……愣二就是这么疯的。”（《愣二、愣二》）

讲这些故事不是暴露家丑，曹乃谦只是拿平实、民间的语言告诉读者，在最贫瘠的西北农村，一群可怜的同胞曾卑微到极致的生存状态。扭头、漠视、嫌其丑陋而集体噤声，这才是对那些曾经存在和痛苦过的生命的真正遗弃。

有学者将曹乃谦归为与沈从文、汪曾祺一脉相承的作家。我认为，除了都是写故乡、写风土，更因为他们都有干净、古典、朴实的文风，都有看似平淡冷静，实则情潮暗涌、悲天悯人的赤子情怀。沈从文的湘西、汪曾祺的高邮、曹乃谦的雁北，故乡是他们文学的“富矿”，文学又令他们的故乡长出翅膀，进驻无数人的脑海和心灵。

记得沈从文也写过一个类似“家丑”的短篇《丈夫》，讲的是贫穷的湘西农村，农民日日土里刨食，却依然衣食难保，倒是将妻子送到城里的花船上卖身可以轻松改变家里的窘境，这在当地人看来是“极其平常的事”。丈夫趁农闲去花船上探望妻子，在遭受一次次心灵冲击之后，麻木、卑微的心灵渐渐苏醒，决定带妻子回家。

多少读者曾迷恋汪曾祺那篇如夏日荷叶上的露珠般晶莹、美好的小说

《受戒》，我想告诉大家，在曹乃谦的处女作《佛的孤独》中我又寻到了那种感觉，甚至更厚重。《受戒》如一首清新小令，主角是一个还不知佛为何物的天真小和尚，而《佛的孤独》是一篇由浅入深的深沉散文，在居家烟火、忘年往来之中，老和尚善缘让我们领悟了佛之真谛。

曹乃谦还是一种朴素、口语化到极致，又情感强烈、直接到极致的艺术形式的记录者、发扬光大者。美与贫穷永远都不矛盾。在曹乃谦心中，在我心中，相信在很多人心中，来自雁北农村的“要饭调”、黄土高原的“信天游”、内蒙古的“爬山调”（这三种民歌其实是一回事），永远有一种直击人心、痛快淋漓的情感和力量。

别说了，听吧——

白天想你拿不动针，黑夜想你吹不灭灯；白天想你盼到黄昏，黑夜想你盼到天明。

白天我想你墙头上爬，到黑夜我想你没办法。

对坝坝圪梁上那是谁，那就是要命鬼干妹妹；崖头上杨树不一般高，天底下就数干妹妹好；你在那圪梁上我在沟，亲不上嘴嘴就招招手。

红瓤西瓜撒白糖，不如妹妹的唾沫香。

你变成狐子我变成狼，一溜溜山弯弯相跟上。

是的，就在今晚，到黑夜想你没办法。

一曲生育悲歌，一出好人的罪愆

先赞一个，莫言以 “生育之痛”为主题的长篇小说《蛙》朴实、大气，十分精彩，既有恢弘苍茫的历史感，活泼粗犷的乡野气，又有荒诞魔幻的寓言气质，最关键的是它道出了制度困境、道德困境及由此引发并无处救赎的好人的罪愆，在我看来这才是这部小说的精髓和贡献。

一桩网络传闻促使我关注这部小说。但是，第一，传闻未经证实；第二，传闻过于骇人，所以原谅我不能在此叙述。令我惊讶的是，《蛙》中也有类似情节……或许，那桩据说发生在20世纪90年代，因计划生育引发的案件，正是促使莫言写作《蛙》的原因之一，谁知道呢？

姑姑万心，烈士之女，被未婚夫形容为“红色木头”的意志坚定的党员，一个曾将无数婴儿安全引领出母体的优秀乡村妇科医生，一个从20世纪70年代中期开始，国家计划生育政策的坚定执行者。她所履行的使命就是不能让自己负责区域内，出现一个计划生育政策之外的“漏网之鱼”。一个“漏网之鱼”即意味着政策的威力削弱，授人以柄，从此会有更多的效仿和钻空子者。所以，她抱着“我不下地狱谁下地狱的”的赤诚之心、大无畏之心，去围追堵截那些四处和她“藏猫猫”的超生“大肚子”们。于是，小小村庄上演了一出出说不清“谁之过”的悲情故事。

一个有先天性心脏病的超生怀孕妇女跳下河中，想凭借自己熟谙水性，躲开追踪。姑姑驾驶船只，指挥若定，锲而不舍。两个无冤无仇的女人间的战争。慢慢地，河中泛起一抹血色……

小说主人公、军人“蝌蚪”的老婆，姑姑的侄媳妇超生怀孕。姑姑大义灭亲，率领人马立于侄媳妇王仁美娘家大门前。不交出人是吗？不乖乖去卫生院做引产手术是吗？“我们用拖拉机，先把你娘家四邻的房子拉倒，然后再把你娘家的房子拉倒。邻居家的一切损失，均由你爹负担。即便这样，你还是要做人流……”

有浑不吝气质的王仁美昂然而出。接下来，气氛变得缓和，王仁美被“蝌蚪”和他部队的领导晓之以情、动之以利，同意去做引产。部队领导又与她的童年伙伴姑姑含泪相认，酒席之上其乐融融。

这点可怜的欢乐很快就被巨大的悲痛席卷、吞没。已怀有7个月身孕的王仁美因大出血命丧手术台，姑姑的精湛技艺和她所贡献的600毫升鲜血，都未能挽救王仁美的性命……

你问，姑姑如何看待自己的行为，她能原谅自己吗？当然！姑姑已被强大的逻辑武装到了牙齿：计划生育是国家大事，人口不控制，粮食不够吃，衣服不够穿，教育搞不好，人口质量难提高，国家难富强，所以“我万心为国家的计划生育事业，献出这条命，也是值得的”。

牺牲小我，成就大我，弘扬集体主义，反对个人主义。这是一个共产党员必须具备的修养，必须达到的境界。重视结果、轻视过程，这也正是我们这个国家和民族对待事物的常态。所以以国家政策为准则、为准绳，别说姑姑何罪之有，她何错之有？至于计划生育政策，它的正确、伟大，它对人类社会的巨大贡献更毋庸置疑。

但是那些夭折的生命，那些无告的家庭呢？谁能说他们罪当如此或者他们真的有罪吗？一切都是悖论，一切都无从化解，无从告慰。

姑姑的晚年是痛苦的，因为眼前的世界钱权色彩越来越浓，计划生育政策开始被一些有钱有权之人置之脑后，甚至玩弄、戏弄……姑姑开始质疑自己曾经牢不可破的强悍逻辑。逻辑松动之后，噩梦开始缠身。梦中，那些她亲手处决掉的未成形婴儿变成青蛙向她索债、索命。

如果我是姑姑的话，我一定会嫉妒一个叫马永顺的人。这个人是一名伐木工人，前几十年中他砍伐了36000棵树；1982年以后，他作为种树人带领全家在十几年中又栽种了46500棵树。据当年的新闻报道，马永顺之所以能够由伐木人变成种树人，与国家的需要分不开，亦来源于他的“还账理论”。在他看来，人类砍了树，就等于欠了森林的账，欠了大山的账，欠了江河的账，欠了子孙的账，这笔账不还，必然后患无穷。

多么简明和阳光的逻辑！但是，姑姑，你一生从事的是“世界上最难干的事业”，这份事业的内涵过于庞杂、丰富，它的逻辑到目前为止仍未分明。但是，有一句话可以跟姑姑和更多人分享：重视过程，结果美丽；忽视过程，结果即使不是罪恶也会难免事与愿违。

愿大家在政策之内，生育出更多美丽、茁壮的男女宝宝！

艺术童话

用生命书写另一个国度

沈从文：用后半生书写童话

写下这个标题后，连我自己都吃了一惊，太容易让人产生歧义了吧。众所周知，自新中国成立后，著名作家沈从文（1902－1988年）就淡出文坛，一直以博物馆解说员、研究员等身份从事中国纺织服饰及其他文物的考古研究工作，并于1981年出版了历时15年撰写的专著《中国古代服饰研究》。用后半生书写童话，这从何说起?

其实，我所指的并不是童话作品，而是一位伟大艺术家对文化、对生命的态度，这种态度让人感受到童话般的纯净与永恒。

沈从文后半生的经历可谓是与他同时代、选择留在中国大陆的名作家中的个别和异类，而更准确的定义我认为应该是骄傲。这是在读完复旦大学中文系教授张新颖所著的《沈从文的后半生》一书后，我最大的收获与领悟。

不知朋友们有没读过《金蔷薇》和《给一个青年诗人的十封信》，两本薄薄的书（后者其实就是一本小册子），前者出自苏联作家巴乌斯托夫斯基，后者出自奥地利伟大诗人里尔克。之所以将这两本书并列，是因为从20世纪中期开始，她们就是在各国文学爱好者中口口相传的谈艺术、谈文学创作的经典；她们是一流作家用最凝练、优美的语言，用最诚挚、亲切的态度，向文学爱好者们传授创作真谛、生命真谛的精品中的精品。而从《沈从文的后半生》一书中，从书里大量选摘的沈从文与家人、朋友的通信中，我窥见了《金蔷薇》般的悲悯、纯粹，品出了与《给一个青年诗人的十封信》精神相通的高贵气质。

《金蔷薇》以讲故事见长，“用散文诗的语言、小说似的铺叙，将文学劳动、接受美学、创作经验、名家创作情况等等内容，细声细气地娓娓道来”。在《沈从文的后半生》中，也有闪耀着“金蔷薇”光芒的故事。

1951年，一个22岁的，对文物，对中国古代服饰一无所知的青年有幸参观了一个在北京举行的敦煌壁画展。而彼时“作为新中国古服饰研究的开山，那满腔热忱在文物界罕见其匹的一代大师沈从文先生，几乎天天登楼给观众讲解”，相熟之后，沈先生“不但在展览会上讲，在办公室里讲，闲谈时还讲……生怕你听不懂。即使略有领悟，先生仍要旁征博引，反复启发，诱导你往深里想”，就连俩人坐在路边吃老豆腐时，沈先生也会指着碗里浮起的豆花告诉这个青年：“绞缬的效果就是这样的”。

这个青年叫孙机，是沈从文将他领入了文物考古之门，最后他成为了著名文物专家。孙机曾撰文纪念沈先生，其中专门说到“50年过去了，每当提到‘绞缬’我脑子里首先浮起的还是那半碗老豆腐”。

1953年，一个志愿军军人走进故宫午门西朝房参观，“我刚一进门，一个穿着白衬衫的五十来岁的人就站起来，跟着我看，然后就跟我讲。我记得那是铜镜展柜，唐宋的铜镜，几十面，一个柜子。这一个柜子就给我讲了两三个小时，使我非常感动。两个人约好了第二天再来看。我就这样一个星期看完了这个西朝房……这位讲解员非常耐心地给我讲，就像教幼儿园的孩子一样……（最后）我说‘这么多天你陪我，我一直张不开口问你尊姓大名。我非常感谢你花了这么多时间’。他说他是沈从文，我吃一大惊。”

这个志愿军军人叫王㐨，从部队复员后在沈从文的建议下进了中国科学院考古研究所，日后成为考古专家及沈从文最重要的助手。

在当时浓厚的政治氛围下，为什么会如此“不合时宜”地抓住一切机会，传播知识、传承文化，为什么那么重视年青人的文化修养，沈从文曾这样表白：“你年青人，我就为了你，为了你们，我活下来了……我就为你们之中还有可能从我工作中，理解我是你们的朋友，你们的熟人，就在一切想象不到的困难中，永远沉默地支持下来了。”

需要交代一个历史背景，新中国成立之初，沈从文曾经历了一次严重的精神危机，濒临崩溃，而他在解放前的小说创作也遭到了令人难以忍受的贬低和污蔑……可以说，从事文物研究（此前这是他的业余爱好，并积累了相当丰富的专业知识）是一个天才小说家在社会剧变之下的无奈选择，但他为之付出的心血、迸发的激情一点不次于他前半生对文学的投入。

“文革”期间，70岁的沈从文被下放到湖北干校，在一间漏雨、潮湿的小屋里，点着简易油灯，吃着泡饭，还写出了一系列考古论文，甚至尝试以诗写史……人性的光芒往往在逆境中最闪耀、最夺目。

所以关注年青人的成长，还因为这位艺术大师敏锐地洞察到“（年青人）由于青春无知，必然会有各式各样的错误，以及本质本性上的弱点，而作成毁人不利己的结局……”想想“文革”中那些狂热的红卫兵们，这句话算得上一语成谶。沈先生，以您一己之力，又能拯救几个年青人呢？但故事温暖，烛光不灭。

《给一个青年诗人的十封信》以抽象的、诗一般的语言“谈到诗和艺术，谈到两性的爱，严肃和冷嘲，悲哀和怀疑，论到生活和职业的艰难”。在书中里尔克说：“一件艺术品是好的，只要它是从‘必要’里产生的……走向内心，探索你生活发源的深处，在它的发源处你将会得到问题的答案，是不是‘必须’创造……创造者必须自己是一个完整的世界……没有比向外看和从外面等待回答会更严重地伤害你的发展了……”

艺术的本质是相通的，真正的艺术家必定是彼此灵魂的知己。看沈从文如何看待艺术与政治的关系：“艺术中千百年的以个体为中心的追求完整、追求永恒的某种创造热情、某种创造基本动力，某种不大现实的狂妄理想（唯我为主的艺术家情感）被摧毁了。新的代替而来的是一种也极其尊大，也十分自卑的混合情绪，来产生政治目的及政治家兴趣能接受的作品……在政治行为中，在生活上，在一般工作里，他完成了他所认识的或信仰的，在写作上，他有困难处。因为不外两种情形，他不写，他胡写。”

沈从文选择了不写，选择了以“退而求其次”的方式继续自己的艺术生涯，他从未胡写，从未违背自己从事文学创作时的初衷——“对人生的悲悯，对强者欺弱者的悲悯，因之笔下充满了对人的爱，和对自然的爱”。其实，上至国家主席毛泽东都曾过问过他的创作，但他没有违心地去写。对了，他也尝试去写过自己心目中的伟大作品，但心境、环境、身体让他无奈、默默地放弃了。

能称为童话者，因其纯净，因其没有杂质，不容玷污，沈从文以自己后半生的人格、成就，成为中国文学史上的奇迹和骄傲，书写了令人动容的乱世童话。他前半生的小说成就固然卓著，而他后半生的故事更令他成为真正“伟大的艺术家”，一个“伟大的湘西的儿子”。

清洁的精神，清洁的男人

“知识青年到农村去”——20世纪六七十年代，领袖毛主席振臂一呼，全中国1600多万城市初高中毕业生别无选择，集体奔赴一个共同的命运。

20世纪80年代，稍稍识字后，我是吮吸着当时正流行的“知青文学”的乳汁，完成了最初的文学启蒙。梁晓生、王安忆、铁凝、史铁生、张承志……都是刻在我童年记忆里的名字，还有他们文字里的青春、伤感、挣扎及历史、社会给个体造成的难以弥合的创伤。

国家不幸诗家幸。在所有以知青文学起步的作家中，张承志是将领袖“往农村走，往底层走，去了解社会真相”的诗人初衷贯彻得最为彻底的一位。有人说他另类，有人说他沉迷宗教，但我要说从20世纪80年代起，张承志发起的是一场个人的革命，所有读者及理解、欣赏他的人因之受教、受益，不理解、不喜欢的人，不看他的书便是了。他与政治，与政治的国家无牵涉、无瓜葛，他将体制内的职务早已辞了个干净。

现在的张承志代表的是一个自由、强大的个体，一种让人尊崇的“清洁的精神”。从20世纪80年代的《黑骏马》《北方的河》《大坂》到20世纪90年代的著名散文《清洁的精神》《一册山河》再到新世纪的《文明的入门》《敬重与惜别——致日本》，这个1948年秋出生的男人，已在精神上照耀了我30年。

《黑骏马》太有名了，曾被改编为电影，那是张承志献给自己的知青牧民岁月、献给草原上的“额吉”（蒙古语“母亲”）和兄长的，类似小说还有长篇《金牧场》等。其后，作为中国社科院民族历史语言专业的硕士毕业生，张承志更是深入草原，持续地研究考证蒙古游牧文明。

1995年，在《〈牧人笔记〉后记》中，张承志说“我为蒙古游牧世界完成的，上述一点点写作确实微不足道。但是，我想我多少抗击了学术和文学中，特别是在所谓民族学社会领域中横行的，无视民众主体、缺乏真实体验的某种殖民主义色彩浓重的风气……”“这本《牧人笔记》恐怕是我此生关于蒙古草原的最后作品了，我把它献给你们，盼望你们的家族中因为有过我这个养子而高兴”。

因知青岁月而成为一个民族的养子，这是张承志的人格、个性使然。在20世纪80年代的所有“知青文学”中，《北方的河》算得上较为独特的一篇，因为它的知性、形而上气息和对学术，尤其是对人文地理领域的关注。将学术和文学那么浪漫地结合起来，将辽阔的山河地理与个人情怀虽略为生硬但那么美好地联系在一起，透过《北方的河》，张承志已初露将从小说家转型为家者、旅行家和散文大家的端倪。

作为一个从小对历史、地理有偏爱的人，跟随张承志的脚步，我去了辽阔内蒙古、无边无际的新疆，去了宁夏西海固，去了江西与广东交界的梅关，去了海南，去了福建泉州，去了日本、西班牙、摩洛哥，还撑船横渡了欧洲与非洲交界的直布罗陀海峡……看了风景，更探索了各式各样的文化。张承志说：“我惯于背上行装，出发到数千里之处，去找发生过历史震荡的大风景。我喜欢在原地——细细品味，试着复原当时的感受，包括诗的含意。”

也许有人会说，太知道中国作家与旅行的关系了，那叫“采风”，叫“体验生活”，但张承志不是。知青岁月就不提了，20世纪90年代，在辞去体制内的光鲜工作后，这位知名作家远赴日本，靠着洗碗、教书加写作，捱过艰辛岁月，获取了有关日本社会的第一手丰富知识，并将之写进《敬重与惜别——致日本》中。

《敬重与惜别——致日本》》告诉我们一个别样、丰富的日本和关于日本的最透彻、到位的复杂心绪如“我们两个民族，性相远，习相近。近，导致人的亲近；远，导致人的相轻”“两国两族之间，繁衍着顽固的不信任”，两国之间“永恒的质疑，并未曾充分地传达”。

在宁夏西海固，张承志与一户回族农家结下了几十年的深情厚谊，那一家人的日子与他休戚相关。感情浓厚到什么地步？浓厚到在18年后，彼此决定在乡村举行一场隆重的“尔麦里”（穆斯林的纪念仪式），抒发心情，也为体会一次纯净的感觉（见《旱海里的鱼》）。他还执着地将橄榄树从西班牙、摩洛哥迁徙、普及到贫穷的黄土高原上去（见《幻视的橄榄树》）……

张承志与我们熟悉的某一类作家是对立的，这注定他是一位不见容于主流的“异端”。他如此评价那类作家、那类创作：“关键在于，一种立场和一种可能性，一种学问内外的情感和正义，在上述‘学者’和‘学术’中，在他们拥塞的大学、机关和学报学刊中，一再地失却着。失义的学术，使得学术本身成了对学术真理的异化。他们只是寄生于体制化、无情化、僵死而虚假的‘学’中的一些‘者’，说到底他们并不追求真知。其中一些甚至是罪恶的帮凶。或者直接为压迫提供证据，或者成为一种刀笔，对民众施加精神威胁。”（见《寺中的讲义》）

张承志是一位中国的回民，信奉伊斯兰教。宗教源于内心，是神圣的精神需求，不容他人置喙。我更景仰这个有信仰的人，到一家家地处偏僻的清真寺里，为年青的满拉（清真寺经堂学校的学生）们传授知识。我景仰这种纯粹、奉献的精神。这种精神也绝对不只属于宗教。

再回到让“知识青年到农村去”，去做什么呢？我想，领袖的初衷当是让青年们去读“无字书”，去做“活学问”，从成就伟大学者、伟大作家的角度，这绝对是厚重一课，是有益的探索、有效的途径，但对更多普通人而言，则是贻误青春，丧失了学习普通知识、普通技能的最佳时机。历史就是这样充满着悖论，让人摇头叹息、无可奈何。

张承志是幸运的，知青生涯将他扶上 “黑骏马”，助他淌过 “北方的河”，翻越了知识的“大坂”，他是知识和精神上的佼佼者，他理应写出那么多厚重的书，他理应承担引领者的命运。

再浅薄地表白一下，张承志、王小波、阿城，三个影响过我精神和心灵的知青老男人，从女人的角度，我爱恋的是张承志。清洁的精神，清洁的男人。

诗人在别处

“只要你曾在一只天鹅蛋里待过，就算你生在养鸭场里也没有什么关系。”这句话可谓安徒生的童话名篇《丑小鸭》的点睛之笔，而这只“丑小鸭”的原型据说正是身世坎坷的安徒生。

100多年来，安徒生的童话在全世界广为流传，据统计，印数只略逊于《圣经》。然而今天我最想谈的是安徒生的性格，我一直在猜想，是一种什么样的人格构成为那些至善至美、骨子里充满了诗意和忧伤的童话打下了底色呀？

“生活在别处”语出自一个叫兰波的19世纪法国诗人，他也让我明白了什么叫天才——就是一把正中我们心灵最脆弱处、现实最无奈处的匕首。安徒生也是诗人，这是他一生最看重的荣誉，他的童话本身就是一篇篇优美的叙事诗，而“生活在别处”也可说是安徒生一生现实和心路的绝佳写照。

贫穷的家境、卑贱的出身是人生遭逢的第一个难题。逆境中跋涉出的成功，因其难得，所以得到更多关注，但在逆境中更多的是被埋没的才华，是一场场没机会、没前途的苦恋。安徒生的父亲，就是一个少见的热爱文学、充满灵性的小镇鞋匠，但贫穷、疾病早早吞噬了他。安徒生是一个天生为艺术、为美而生的怪才，他在孩提时代就显露了自己多方面的艺术天赋。顺依自己的本性，躲在贫穷却温暖的家庭的壳里，小小年纪的他已开始“生活在别处”。冬天，没有棉衣出门，没关系，他用自制的木偶和熟读的剧本，为自己营造了一个小小天堂。春天，对着小溪、山谷，他一展自己明亮的童音，听者无不为之动容。甚至十一二岁，他已经开始创作剧本。

这样的孩子是不适合他出生的环境的，因为有时我们不得不承认，鄙俗、麻木、短视是贫穷的副产品，尤以小地方为甚。贫穷的母亲不得不送小安徒生去一个个工场当学徒，而每次安徒生都被工人们鄙俗、无聊的玩笑吓回了家。

14岁，还是个孩子，安徒生却作出了决定他一生命运的选择——离开从小生活的小镇，去首都哥本哈根寻找自己的艺术前途。从世俗、理智的角度看，这是绝对的荒唐，但对一个诗人的精神成长而言，这却是他挣脱樊笼的唯一途径——因为生活注定在别处。

安徒生说自己的一生就是一篇童话，他14岁之后的经历多少验证了这一点。从一个几近流浪儿的外乡孩子到受王室资助完成学业的大学生，以至后来文学的声名为他带来巨大的世俗荣誉。由此，你不能不感叹19世纪的欧洲文化与文明之兴盛，感叹安徒生作为诗人的造化。那么，故事就应该像很多童话一样结尾：“从此，安徒生过上了幸福的生活。”可是，一个与安徒生有着密切往来的人这样评价他：安徒生的日常状态就是悲伤。

从生活的国度、年代来说，安徒生是幸运的，但无论生活在哪里，一个热情、透明、纯真、忠于自己内心的诗人，都最有可能遭逢不幸，因为人性是相似的。所以，从26岁开始，旅行就成了安徒生的一种生活方式，只有一次次远离，一次次换气呼吸，他才有勇气继续在自己的国度待下去，生活还是在别处。

性格即命运，性格是插向人生的双刃剑，总有一端残缺和带血。安徒生的恩人、枢密官古林及他的家人一直给予安徒生无私的关爱，有时安徒生几乎觉得自己已与他们融为了一家人，他狂热地爱他们，但是诗人又是敏感和情绪多变的，他如兄弟一样看重的古林的大儿子爱德华一直批评他“像女孩子那样多愁善感”，对他怀有善意却保持距离。渐渐地，安徒生明白了自己寻求的是真挚的友情而不是冷冰冰的帮助。他悲哀地发现虽然已脱离了自己出生的阶级，但在新的阶级里，他却难以寻找到完全的认同。似乎他命中注定是个只能生活在夹缝中的边缘人。这一点同样影响了他的婚恋。

安徒生的很多童话都带有自传性质，像“海的女儿”对待爱情的纯洁无私，“锡兵”的高贵顽强，“卖火柴的小女孩”用幻想取暖……但这些都不是通向世俗幸福的保证。或许，不那么敏感，不那么天真，或许大学毕业后找个实在的营生而不是当诗人……但这些“或许”肯定只能塑造一个庸碌、安逸的哥本哈根市民，而不是流芳千古的童话大师，这就是残酷的人生悖论！

“生活在别处”，“别处”少了很多世俗的喧嚣和烦恼，“别处”给了艺术家心灵的空间与灵感，“别处”有奇异的机会在招手。但“别处”也不宜久留，留长了，熟悉的地方就没有了风景。

这篇文章写于2003年4月2日，正是安徒生诞辰198周年纪念日，好巧！近两百岁的老人了，但他的童话故事还要一代代讲下去。

来自北方的童话

也许是正统、沉闷的军人家庭和过早开始的阅读体验助长了我性格中的矛盾、激烈、悲天悯人。最难忘是阴郁的20世纪80年代末，无数个黄昏，还是初中生的我手捧当时的最爱——《小说月报》，蜷缩在家中的旧沙发里，很快忘记了周遭的一切……

还记得那些曾让我内心颤栗，并在灵魂深处留下印迹的小说。方方的《风景》——原来生命可以这样生于卑贱、无人关照地疯长；池莉的《你是一条河》——母爱是河，但河要载着子女艰难淌过尘世，就要含冤忍辱，要运用狡黠的生存技巧；刘震云的《新兵连》——畸形的政治环境像面哈哈镜，把人性中的自私、嫉妒、小奸小坏，放大、扭曲，落得满目伤痕，一场“青春祭”。

矛盾的性格使我内心不得安宁。渴望纯粹、美好，却时时陷入悲观，一条负面的社会新闻也会使我对人性充满了失望。这种书生气的偏狭，一定程度上也是阅读和早熟导致的后遗症。

新中国成立以来，或许是几千年文化传统的断裂，或许是社会政治环境的一次次突变，给太多人的内心造成冲突和创伤，所以不大能看到真正带给人美好和感动的小说了。还好，从最初的《亲亲土豆》《雾月牛栏》《清水洗尘》到新近的《花瓣饭》，我们发现了迟子建，一个来自中国最北、最寒冷地区——黑龙江漠河的女子。

迟子建的文字里有我们久已生疏的童话般的温馨、纯净，但却不是超凡脱俗、不食人间烟火。她同样在写被社会漩涡裹挟下的平凡百姓的哀乐人生，只是她淡化了个人无法控制、改变的因素，而更关注于能带给我们希冀、温暖，鼓励我们好好生活下去的一切——自然的美、人性美和人情美。迟子建的小说多以东北农村为背景，那些采自底层的浪漫、温情还有幽默，如野花般悄悄吐露芬芳。

短篇小说《亲亲土豆》中的主人公是一对以种土豆为生的恩爱夫妻，然而再好的日子也挡不住病魔的光临。妻子倾家荡产要为丈夫治病，可丈夫在得知自己患的是绝症后，从医院“逃跑”了。那样的心境下，他也没忘了夫妻间以前开过的玩笑，真的从城里给妻子捎回一件开长衩的旗袍。丈夫临终前的那个细节，最让人觉得温馨又酸楚。那天，他悄悄拿出了那件美丽的旗袍，跟妻子说，明年夏天穿上吧，妻子安慰道，到时穿给你看，而丈夫却说，穿给别人看也是一样的……哀而不伤，是这篇小说的基调，也是彻悟之人直面人生的态度。

小说结尾，妻子离开丈夫的坟，那些盖在坟上的土豆突然滚下一个，滚到她的脚边，“还跟我的脚呀”，爱怜的一句，似在跟丈夫说。看到这，读者不禁松了口气：这个女人一定会过好今后的日子。

人生难免遭遇各种各样的苦难，来自严寒之地的迟子建对此最有发言权，因为她见证过最坚硬、寒冷的冰也被阳光消融。《雾月牛栏》本应是一出悲剧，但是人的良知以及混沌也未尝不是一种快乐的领悟让我们释然。宝坠7岁时被继父失手打伤，丧失了一部分记忆和智力。虽无人知晓其中隐情，但继父却不能摆脱负疚之心，他加倍疼爱宝坠，甚至不顾自己重病，也要将钱攒下来给宝坠看脑子。而那个固执地要生活在牛栏里的宝坠，在他与牛的快乐相伴中，在丝毫不懂人情世故的纯真、自在中，我们似乎看到了“阿甘”的影子，于是我们原谅了继父，更爱上了这个故事。

近期的《花瓣饭》是我看过的一篇最有人情味的“文革”小说了。是啊，再冷漠、荒唐的年代，也有温暖的屋檐和温馨的人情。非常精彩的一幕生活短剧。3个饥肠辘辘的孩子在等着迟归的父母，最大的孩子一边按老师要求，写与父母的决裂书，闹着像“遗臭万年”之类的笑话，一面精心为父母准备饭菜。看来，今晚的饭是很难吃上了，一会儿，爸爸担心“苏修特务”妈妈路上有事出去找；妈妈回来了，又心焦爸爸，也要出去找，这样找来找去反反复复了3次……当夫妻俩踩着露水，沾着一身花瓣回来时，3个都要哭出来的孩子吃上了一顿他们记忆中最香的饭。饭里落上了花瓣，但没人将它们挑出来，这是父母爱的见证，也是孩子们幸福的保证啊！

人需要相互取暖，需要接纳和爱这个世界。是不是因为来自人烟稀少又最寒冷的“中国北极”，迟子建才格外明白这个道理？我不懊悔那段灰色的阅读经历，那都是些伟大的小说，它们令我早熟，令我提前对这个世界了解得更深邃，所以能主动剔除假象和虚荣，去追求人生真正的幸福。所以今天我决定用平和积极的态度生活，并时常用善与美来调制一碗心灵滋补汤，汤料里自然有迟子建的小说。

灵魂国度

心是孤独的猎手

谁的孤独更孤独

我英语不好，但对几个英语单词印象极深，且有特殊感情。一个是“nothing”——什么也没有，一个是“lonely”——孤独。我一厢情愿地认为这两个单词比它们的汉语解释更能表达一种虚无、颓丧的情绪。从美国作家卡森·麦卡勒斯（1917—1967年）的眼睛里，我窥见的正是这种情绪。

或许有人会问，麦卡勒斯是谁？简单说两句吧，她19岁开始构思、22岁完成的长篇小说《心是孤独的猎手》在美国“现代文库”所评出的“20世纪百佳英文小说”中列第17位，她是著名作家苏童的文学偶像，中国有一批文艺青年更以“麦迷”自居。

面前的两本书，《伤心咖啡馆之歌》《心是孤独的猎手》，封面都用的是麦卡勒斯的同一张照片，不美、中性化、尖锐、神经质，看上去不是个好相处的女人，她的传记《孤独的猎手——卡森·麦卡勒斯传》极翔实地印证了我的判断，但那双大大的眼睛里盛满的“nothing”和“lonely”，让人不忍和心生怜惜。

是的，这个只活了50岁的女人，虽年少成名，但情感、婚姻、身体统统混乱、与她作对，其中最令人揪心的是她29岁即身体瘫痪，最八卦的是她和同样有双性恋倾向的丈夫那纷乱的情史。最终，英俊痴情的丈夫竟是不堪被她再次抛弃而自杀。

中国人说天才“如有神助”，西方人却云“如魔附身”。我倾向于论成就天才可谓得“神助”，论俗世生活，天才的神经、血液里多潜伏着大小魔鬼，魔鬼们不甘寂寞了就跳出来惹下各种乱子。麦卡勒斯的一生是典型的天才的一生，且让我们对她的私人生活报之同情，然后一起沉沦到她营造的孤独、奇异的世界里吧。

一座美国南方小镇，一群自感无人理解、无人倾听的正常人争相把一个哑巴当作自己的唯一知己。《心是孤独的猎手》将人类的孤独处境推演到了极致。

比夫——中年咖啡店老板，对怪人、残疾人拥有特殊的好奇和同情。他与妻子感情疏淡，“和那女人相处，老让他感觉离真实的自我很远，使他变得和她一样粗糙、渺小和平庸”。有一天，他觉得自己对13岁、假小子般的女孩米克有了一种特殊情愫，内心诧异、惶惑。但付诸现实的，也不过是米克来买零食、杂货时，少收她一半的钱。

米克感觉到了“怪叔叔”的关注，但她的解读是：比夫讨厌她或者怀疑她有小偷小摸行为。米克厌恶这个“怪叔叔”！后来，比夫的妻子死了，米克也日渐长成了女人模样。有一天，比夫发现那种折磨过他的情愫消失了。

米克——不甘于自己的出生背景、环境，有艺术冲动、艺术抱负甚至艺术天赋的小镇女孩，但除非遭遇天上掉馅饼的奇迹，这样的女孩很快会被庸常的生活吞没，并终生难享发自内心的快乐。琴童出身的麦卡勒斯赋予米克的艺术天赋正是音乐。

整部书中最诗意的一幕就是由米克演绎的：在那个年代收音机还是奢侈品。又一个安静、隐秘的夜晚，米克再次躲在别人家窗下，偷听收音机里播放的贝多芬的交响乐。“怎么回事？片刻间，音乐的开头像天平一样，从一头摇晃到另一头。像散步，或者行军。像上帝在夜里神气活现地走路。她身外的一切都冻结了，只有音乐的开头在她的心脏里沸腾。她甚至听不见后面的音乐，但她坐在那里，握紧了拳头，等待，浑身僵住了。过了一会儿，音乐又来了，更重，更响。它和上帝毫无关系。是她，米克·凯利，在白天行走，夜晚独自一人行走。在热辣辣的阳光下，在黑夜中，充满计划，充满感情。这音乐就是她——真正的完全的她。”

书中结尾，米克迫于家境早早辍学当了商店售货员。“可是如今她脑子里没有音乐了。这可笑得很。仿佛她被关到了‘里屋’外面。有时一小段快曲来了又走了——但她再也没有进过有音乐的‘里屋’，那是过去的事了。”

杰克·布朗特和考普兰德医生——他们代表的是小镇的良知，两个与现实格格不入的理想主义者。白人布朗特更颓废，支离破碎地了解了一些马克思主义，支离破碎地在最底层作最无望的抵抗。黑人考普兰德医生更令人尊敬，他希冀凭一己之力，改变黑人种族的命运，可是就连他的妻子儿女也无法理解这个不相信上帝的怪人，甚至逃离他。

就是这些小镇上的边缘人、孤独人，在经历了无数无人倾听、无人理解的内心挫败后，共同信赖、依赖上了一个眼睛里透着敏锐和智慧，将自己的生活料理得非常清爽的哑巴辛格。“他们一个接一个地去辛格的房间，和他度过晚上的时光。哑巴总是很体贴和镇定自若。”“辛格对每个人的态度都一样。他坐在窗前一把直背椅上，双手牢牢地插进兜里，向客人点头或者微笑，表示自己明白他们的话。”

辛格是个受过教育的聋哑人，有一份在珠宝店的稳定工作，他读得懂唇语，甚至被教过说话，但是他真正热爱并擅长的语言工具是手语，他真正投入感情的也不是这些不请自到、围在他身边的正常人。他评价这些人“以为我和他拥有一个共同的秘密，我却不知道它是什么”“她知道我是聋子，却认为我懂音乐”“他们甚至很无礼……无礼，不顾及别人的感受是不对的”。但辛格不会无礼，这个善良、清醒的哑巴，尽可能善待所有围着他聒噪的孤独的人。

哑巴辛格其实是被孤独的正常人们“神化”了，事实上他一样逃不开对情感、对人与人之间亲密交流的执着，一样恐惧孤独，甚至最后以自杀抗拒爱人死亡、心无所依的孤独命运。只是，他选择的交流对象，也是他爱的对象，甚至比那些正常人更不靠谱，更令人绝望——一个智力、神经都明显有缺陷，最后住进了疯人院的肥胖聋哑人安东尼帕罗斯。

因为辛格对安东尼帕罗斯的感情，有人将《心是孤独的猎手》列为同性恋小说，恕我迟钝，作者写得也太含蓄了吧，我咀嚼出的只是辛格对安东尼帕罗斯真切的关爱、盲目的关爱直至最后绝望的孤独。

人类渴望语言、渴望交流、渴望爱到了什么地步，天才的麦卡勒斯通过描绘辛格的手，将这种情感抒发到了令人恐怖的极致。“辛格说着，拼命地说着。尽管他的手从没停下过，他还是说不完他想说的话。他想把浑身的话全讲给安东尼帕罗斯听，可是没有时间了。”“所有的梦里，安东尼帕罗斯都在。辛格的手紧张地抽动，因为在梦里他正与伙伴交谈，安东尼帕罗斯则注视着他……醒来后，一种孤独刺痛了他的心。”“辛格的手指绝望地诉说，狭长的脸十分苍白。最后的时刻到了。”“他的手折磨着他。它们不肯休息。它们在梦中抽搐，有时他醒来发现它们正在眼前打着梦话的手语。”“辛格的手‘结巴’了。他抓住伙伴的手臂，专注地望进他的眼睛”……

如此感人，如此荒谬，难怪有人将麦卡勒斯的小说精辟地评价为：“黑色童谣”“冷峻童话”。中篇小说《伤心咖啡馆之歌》同样拥有这样的气质。简言之，这篇小说讲的就是A爱上B，B却污辱了A。后来，B爱上了C，C却爱上了来复仇的A，并和A联手羞辱、重创了B。故事看似荒唐，却道出了一个人类情感的真相、孤独的真相：任何爱情的价值和质量完全是由爱者本人决定的，而爱与被爱，爱者与被爱者，完全是两回事。

我边写这篇文章，边反省自己的麻木和残忍。我曾跟很多人讲过一个段子。有位好友上大一时，去外地一所大学看望自己高中时爱恋的女同学，当晚留宿在了女同学男友的宿舍里。我觉得可乐、好玩，并赞美好友性格阳光。但即便阳光、豁达如他，那个夜晚也是孤独、受伤，终生难忘的吧。

其实，我们每个人都孤独行走在自己命运的河道里，所以永远不要问，谁的孤独更孤独。

我们的大脑是一座花园

早上出门时，儿子一边摆弄自己的鞋带，一边嘟囔：“我是不是和谢耳朵（美剧《生活大爆炸》的主人公）一样得强迫症了，两边鞋带系得不一样我就不舒服。”儿子在我手机里养了一只电子宠物“汤姆猫”，有天一忙忘给“汤姆猫”喂食和爱抚了，晚上儿子冲我发火：“都是你，‘汤姆猫’都抑郁了，和你说的那个崔永元叔叔一样。”

“强迫”“抑郁”，在没有谷歌、百度，也不善于向师长倾诉的青春期，为了了解自己，为解开心中疑窦，我翻阅了多少书籍、资料，才知晓并如隐私般守口如瓶的名词，现在，9岁多的儿子，却像对感冒、发烧等普通词汇一样，信手拈来、脱口而出。不得不感叹：这是社会的进步，也是人类对大脑、情绪，对自我认识的进步。

除了青春期自己曾遭遇的问题，让我对千差万别的大脑，对各种强烈的、难以抑制的情绪产生兴趣，还缘于对诗歌的热爱，如俄罗斯 “白银时代”（即20世纪初）的伟大诗人茨维塔耶娃、马雅可夫斯基，中国的顾城、海子等人的诗作。

马雅可夫斯基控诉战争的诗句鲜血淋漓——“在腐烂的车厢里，四十个人共有四条腿”，对祖国的爱圣洁高贵——“一条腿的老槭树，守护着蔚蓝色的俄罗斯”。 顾城十几岁就写出了如水晶般的诗句——“葡萄藤因幻想而延伸的触丝，海浪因退缩而耸起的背脊”……这些诗人都有一个共同点：个性与他们的作品一样强烈、独特，并都英年早逝，死于自杀。后来，无意中看到一句话：有过天才生活的人大都死于脑子。

如果我告诉你一位世界顶级的精神疾病研究权威、大学教授著书告白自己也是一位精神疾病患者，并曾有过因痛苦而寻求自杀的行为，你会不会震惊，觉得这个世界很荒诞？我的感觉也许比较另类：振奋，为真实而勇敢的人喝彩；好奇，想向这位集医生、病人于一体的教授请教有关大脑的谜题。所以我买了由这位教授撰写的4本书：《躁郁之心：我与躁郁症共处的30年》（上下册），《天才向左，疯子向右：躁郁症与影响世界的人》（上下册）。

这位教授名叫凯·雷德菲尔德·杰米森，是任教于美国约翰霍普金斯大学医学院精神病学系的美丽女性。多年来，杰米森以自己在专业领域的杰出成就和现身说法，向公众普及精神疾病知识的勇敢行为，先后获选美国“哈佛大学杰出学者”，英国牛津大学“利奇菲尔德学者奖”，并被美国《时代周刊》评为“全球最具影响力100人之医界英雄”。

杰米森科学、客观地看待心理甚至精神疾病，比如无法选择的遗传性。杰米森家有兄妹3人，童年生活快乐，其父亲家族有精神疾病遗传史。父亲的躁郁症在步入中年，事业出现危机后，日益显现，并严重影响了生活。兄妹中，杰米森不幸遗传了父亲家族的疾病，15岁时困扰她终身的躁郁症开始显现。在《天才向左，疯子向右》一书中，杰米森又为我们罗列了多位艺术家和在他们家族中代际相传的抑郁症、躁郁症等精神疾病，如英国诗人拜伦、女作家弗吉尼亚·伍尔夫，荷兰画家梵高，美国作家爱伦·坡、海明威等等。

你问，疯子都是天才吗？这是纯粹的无知。成为天才必须是无以伦比的智力和对某一事物长期专注、钻研共同作用的结果。你问，为什么那么多艺术家都有躁郁症的基因，这其中有必然联系吗？杰米森给出的答案是，最初推动艺术家开启艺术之旅的，往往是他们思维和感受中剧烈的能量、高涨的情绪、灵活迅速的思维、对壮丽和虚幻的体验，以及一种永不停息的狂热气质。而性格奔放外向，对自然、艺术的美有更强烈体验的人，更容易投入到艺术的实践中，而“一旦轻躁狂气质与极高的能力，一种独立、自足的特性融合在一起，那么其影响效果将远远高于这种超能力与普通气质所能达到的程度”。但这只是一种小概率的巧合，改变不了躁郁症作为精神疾病的实质和干预不力易导致自杀的悲惨结局。

我想，杰米森无论是现身说法，还是剖析名人的精神病史，主旨都是为了唤起大众对精神疾病的关注，希冀改变人们根深蒂固的“精神疾病=疯子”的错误观点和歧视。

是什么拯救了杰米森，让她一次次渡过精神危机，并在专业领域成绩卓著？整整30年，杰米森与她的医生、她的同样也是精神病学权威的丈夫共同摸索出的药方是：锂盐（一种治疗躁郁症的药物）、家人的情感支持以及充足的睡眠，缺一不可。

书中，杰米森坦言，年轻时，由于认识的局限及观念的束缚，自己曾非常排斥用药物控制躁郁症，但是一次又一次如坠深渊般的黑暗体验，让她厘清一个事实：药物是维持她精神健康的第一要素。作为权威专家，杰米森告诉读者“由于人类在基因工程、神经科学和精神药理学方面的长足进步，精神病学思想与临床实践开始偏离早期精神分析的影响，转向生理的视角”。

这是值得欢呼的进步。例如，为什么有人天生性格外向，热情洋溢，有人则内敛胆小？科学家告诉我们基因强烈影响性情。热情洋溢的行为跟大脑中的生物因子很有关联，如多巴胺，它是脑部众多神经传导物质中的一种，专门负责调节情绪并活化行为。

而随着各种针对性更强、副作用更少的药物不断被研制出来，越来越多的心理疾病患者及精神疾病患者有望获得重生。例如，享誉全球的抗抑郁药“百忧解”，有人笑称“美国前总统克林顿在吃，小崔在吃，白岩松在吃，我也在吃”。

在书中，杰米森更赞美了“爱”在帮助她战胜疾病过程中发挥的巨大作用。其中有母亲、哥哥给予她的悉心照顾，有众多同事的理解、支持，更有几位爱人，尤其是与她携手20载，于2002年去世的丈夫、医学博士理查德那博大、宽容、理性到令人动容的伟大爱情。

杰米森说，理查德将她的大脑比喻为“一个脆弱的生态系统，一个敏感的碱性池塘。只有锂盐、爱情和睡眠的微妙组合才能保持其活性”。池塘的比喻太生僻了，想来想去，我更愿意把我们的大脑比喻为“一座花园”。因土壤的酸碱性不同，因气质的阳光强弱不同，每座花园适合种植的花卉都不一样。正常的睡眠、丰富的营养是保证花园生机勃勃的要素。如果因为虫害、因为有人践踏等不可预期的原因，花园荒芜了，杂草丛生，这时就应该对症下药，寻求最科学、最合理的治理方法。

愿我们每人都珍惜生命，呵护大脑，健康、快乐无价！

把你的黑夜告诉我

去年夏天，读完那本书之后，我告诫自己，以后尽量别再碰这个人的作品：东野圭吾，日本当代著名作家，号称“当今日本书市第一人”。

别瞎猜，那本叫《白夜行》的小说写得棒极了，搞不懂为什么一些日本作家，像东野圭吾、村上春树等，出手就能打破纯文学与流行文学间的界限，写出的故事好看、耐读、经得起推敲，又不乏对社会的针砭与人文关怀。不再碰触的理由很可笑：恐惧，对书中刻画的无药可治、无从救赎的黑暗人性的恐惧。

这是我读过的最黑暗的故事，30多万字的小说，层层推理、剥茧抽丝，就让我平铺直叙，扼要讲给你听：

美丽的女孩雪穗幼年丧父，与母亲艰难度日。一个有恋童癖的男人，嗅着芬芳，以物质为诱饵，敲开了孤儿寡母的家门，并收买了那个被贫穷、无望逼到麻木的母亲。未承想，雪穗和那个男人的儿子桐原亮司是同学，甚至雪穗还是男孩心目中的 “女神”。在一栋废弃的楼房里，桐原无意中看到父亲将魔掌伸向雪穗，11岁的男孩冲动之下袭击了父亲，父亲当场死亡。

千头万绪的案件，古里古怪的中年死者，值得怀疑的人太多了。但是真正洞晓真相的两个当事人，却被他们的年龄所隐蔽、保护了。案件多年未破。

女孩的心智畸形早熟。在有预兆的情况下，她未阻止母亲自杀。彻底沦为孤儿之后，她投奔了父亲的远亲：一位优雅、生活无忧的单身老妇人。女孩一直与其私下来往。

在这个全新的家里，雪穗“洗白”了过往，美丽、聪慧、有良好家教，一路成为中学、大学里女生嫉妒、男生钦慕的对象。但是，一旦有人，通常是女性，因传闻、谣言甚至单纯因嫉妒去怀疑、敲打那层美丽的外壳，立刻会遭致疯狂的厄运：被劫掠、强奸……日后，她又用同样的招数对付情敌，甚至她的继女，一个如她当年般洁白、无辜的女孩。雪穗用无所不用其极的决心，为自己铺就了金钱与地位的人生大道。

谁这么心甘情愿地为雪穗遇鬼弑鬼、见佛杀佛？是的，你猜对了，就是桐原，那个11岁的弑父者。与雪穗决意拥有“完美人生”不同，桐原一直游走在社会边缘，是个凭冷血和智商赚取金钱的隐形人。无人知晓他与雪穗的关系，无人知晓一段永在暗处守护的痴情。最后，当案情渐被厘清，真相即将浮出水面之时，桐原死在了警察和雪穗面前。他用死彻底掩埋了真相、保护了那个早已不值得保护的“女神”……

东野圭吾已不是第一次吓着我了！我甚至将他的一个短篇讲给一位见多识广的律师朋友听。与《白夜行》中如滚雪球般不断膨胀的恶不同，那个故事非常简单，但同样将人性的荒谬和黑暗推演到了极致。

一个高中男生无任何征兆地从学校顶楼平台上跳下自杀了，他的好友坚信其中必有隐情。又是层层推理，真相浮出：原来那一天是男生的女友将他约到了平台上。他们是一对交往多年的小恋人，但女友已经对这个越来越平凡的男生心生厌弃，那天她是来提出分手的，但这话好难开口！男生在平台栏杆处淘气玩耍，甚至站到了栏杆外。栏杆外有一窄溜平地，算不上太危险。

这个男生不知道，爱能杀人，一对没有预谋的同谋者在瞬间结盟。平台对面的教室里，一个曾经恋过这个男生却遭拒绝的女孩将一面小镜子对准了他，阳光下镜子形成了刺目的反光。男生背对光芒，一无所知。正在烦恼的女友，忽然得到了一个可怕的灵感：回头！男生回头，被强烈的光芒刺晕，失足跌落……

好了，故事讲完了，我也可以坦白了，2013年，两起发生在神州大地上的真实案件，用它们的毛骨悚然、匪夷所思嘲笑了我的恐惧，也让我对文学有了更深的认识。一起是发生在云南的强奸4岁幼女案。另一起是发生在重庆的一个10岁女孩摔打婴儿事件。真实的案件竟比东野圭吾笔下的故事更极端、更冷血。我的恐惧无处逃遁。

一直以来，性情阳光的老公将我的悲观、忧郁归结为太爱看书、太入戏。在他看来，小说不过是将各种不幸、巧合推到极致，以赚取市场和眼泪。所以，今天我特意写这篇文章，既为嘲笑自己，也为驳斥和老公一样漠视文学的人。

真正的作家应该是人类行为的记录者，记录是为了警醒，记录是为了启示。对于那些我们只能知晓梗概的扁平新闻，小说家为其注入血肉和烟火气息，推演出隐藏在新闻背后和深处的前世今生。是的，文学即人学，绝不能因为现实丑恶就选择逃避、遗忘，绝不能只停留在浅层次的猎奇和谴责。触目惊心的事件发生后，必须有作家站出来，去作文学性的采访和调研，找相关人士求证细节、搜集资料，然后勇于做通幽洞微的人性发现者和记录者，去曝光恶之花，拽出恶之根。在此领域，东野圭吾值得我们的作家学习和借鉴。

我们也有自己的骄傲。今年，中国导演贾樟柯作出了一个空前的、非常值得观众们期待的尝试：拍摄电影《天注定》。电影中的四个故事分别取材于胡文海、周克华、邓玉娇三起近年轰动全国的刑事案件，以及富士康工人跳楼事件。当然，这四个故事与上面两起案件并无可比性，我只是想说在浮躁的当下，我们要格外尊重艺术家直面社会，大胆记录冷酷又极具时代性的事件，探索人性奥秘的勇气。艺术家是在为时代作传，为人性作传。

是的，没有无瑕的世界，没有真空的人生，了解丑，知晓恶，是为了更加珍惜美、保护善。艺术无涯、人性无涯，悲悯为怀。

都是荒人

朱天文与她妹妹天心一样，都是20世纪70年代宝岛台湾的天才少女。朱天文的少作让人惊艳，短篇小说《小毕的故事》《伊甸不再》《炎夏之都》，散文集《淡江记》，不动声色地讲一些自己的学子生活和世俗伦常故事。故事通俗、叙事简练，有淡淡的悲悯，也有一丝能察觉的冷、旁观和涉世未深。这是个自幼沉浸诗书，自觉、自重、自视高的女孩子，又有一颗极敏感、对周遭发生的一切洞悉清明的心。

她早早悟到了人世无常、悲剧轮回，所以在自己与世俗烟火间筑起一道玻璃幕墙。从《世纪末的华丽》到《荒人手记》，30岁之后的朱天文成了华语作家中的一道别样风景。她更加自我隔离和放逐了，放逐进一个美学、智识构筑的天地中。她一直未婚，和家人生活在一起，生活中最大两件事是闭门写作和喂食流浪猫。她越来越接近她的星座——太阳处女，月亮双鱼（这是她自己坦白的）。

在她迄今为止的巅峰之作《荒人手记》中，人物其实可以用单薄、抽离形容。一样是同志小说，《荒人手记》与白先勇的《孽子》可谓大相径庭。后者是传统小说的路径，人物粉墨登场，故事高潮迭起，那些悲欢离合里正影射着白先勇自己的经验和血泪。而朱天文则是借了同志的一个壳，或者说借同志故事找到了一个写作出口，她自己也承认是原来的一部谈女性情色问题的小说写不下去了，才从自己一个男同志朋友那找到了写作灵感。

简直乾坤大挪移啊，从女性情色生生转到男性情色。但看了《荒人手记》之后，你就知道没有什么不可能。因为朱天文专注的其实不是那个她所知不多的男同志的世界，她专注的甚至也不是情色。她想必早就横下一条心：色即是空，空即是色。她所书的其实就是这样一种人：逃离了世俗秩序安排的漂泊人、畸零人，他们如何建构自己的内心秩序，他们如何寄生在这纲常人世、如何直面孤独的宿命。这是一个无关男女的问题，这是早慧、不婚、敏感、洁癖的朱天文同样要面对的问题。

所以，朱天文也是荒人。《荒人手记》中抽去 “我”“阿尧”“杰”“永桔”的单薄情爱故事，最丰满、最赋予这本书智性、灵性的则是属于朱天文自己的美学观、人生论和读书、观影经验。透过荒人，我们也基本看到了朱天文在那道玻璃幕墙后的生活。比如养鱼，先是无奈、被迫收留了多尾学生弃下的鱼，手忙脚乱设法为这些鱼提供生存条件，又在忙碌和日日的细致观察中，渐渐找到乐趣以至乐此不疲……

要知道，单是养鱼的故事，在这篇不长的长篇中竟用了8个页码细细道来。是啊，孤独的宿命中也有生的乐趣，生的乐趣也未必需要来自人，还有数之不尽的动物、植物，这是一个万物生长的热闹世界，人只是其中孤零一支。

还有一个让朱天文流连、沉迷的世界。《荒人手记》也是朱天文的读书、观影笔记。我们知道了她读李维史陀、福柯。她喜欢费里尼、小津安二郎的电影。还有她对日本文化的热爱，那是基于价值观和美学观的真正认同。她在书里、电影里，为荒人、为自己无处安放的灵魂寻找栖息的处所。

很惭愧，我对朱天文喜欢的李维史陀、福柯、费里尼、小津安二郎都不甚了解。略补功课之后，我的直觉是无论他们的成就如何，就个体而言，他们也是这个世界的边缘人、畸零人，都是只有在文化和艺术中，才能找到自己的喉咙，才能发声的人。

上穷碧落下黄泉，寻觅复寻觅。有懂你的人，有懂你甚至亲历过你走过的黑暗，又能告诉你光在哪里的人。这些人在哪里，朱天文告诉你，可以自己寻找，可以为自己搭建未必理想，但能自我疗伤、自我满足的国。

《荒人手记》，一个孤独灵魂的疗伤笔记。

走进“茨威格诊室”

有人曾这样评价中国的文人和文学传统：明于知礼仪而陋于知人心。不管这个评价偏颇与否，反正阅读奥地利作家斯蒂芬·茨威格（1881—1942年）的小说，会让我们感到一种别样的心灵撞击。

那是一个敏感丰富的灵魂，一个对他人遭际、苦难洞察入微、感同身受的灵魂。他的笔触不仅是对人物命运故事性的叙述，更如灵魂的探照灯、精神的解剖刀，潜入你意识和潜意识的背后，记录一串混乱的脑电波，一幅震荡的心电图。作为精神分析学鼻祖弗洛伊德的同时代者，茨威格还与弗洛伊德有相同的国籍与种族（犹太人），茨威格十分推崇弗洛伊德的学说与为人，弗洛伊德的学说也深刻影响了茨威格的审美观和世界观，可以说没有悲天悯人的情怀，没有对精神分析固执的热情就没有茨威格文学上的巨大成就。

茨威格的小说里通常有两个较固定的形象——倾听与被倾听者。倾听者的形象通常较模糊，公正但缺乏明显的个性、喜憎，他们的存在似乎更是为倾诉者提供一个安全的环境，让他们暴露精神的伤口，尽情宣泄、疗伤。这种场景给人最直接的联想是现代医院里的心理治疗室。走进“茨威格诊室”的病人，他们都有或这或那的人性的弱点，在各种人性固陋的驱使下，他们也曾作出迷情甚至有悖道德之事，但短暂的迷失过后，善良、内省、怯懦的特质又让他们再也走不出那短暂的“二十四小时”（《一个女人一生中的二十四小时》），从而陷入无休无止的自我谴责、自我贬损中，而人类脆弱的神经是经受不住这种反复鞭打的，久而久之，就患上现代人所谓的心理疾患。他们是生理与常人无异，但灵魂却日日躲在不见阳光的一隅、独自饮泣的一群。

卑微者也许是为了一个可笑但又高贵的理由，走上了不归路。《一个陌生女人的来信》里，女主人公一生也没有停止过十二岁时的朦胧初恋，尽管那个放纵才华又放纵情感的男人从未对她有过具体的“印象”，而她却放弃了一生的幸福去追随、但又不打扰他。《热带癫狂症患者》中那个有点迷狂的欧洲医生，为了惩罚一个贵妇的骄傲和自以为是，拒绝为她堕胎，当他悔悟之时，贵妇已命丧土著游医之手。为了惩罚自己，也为了信守替她保守秘密的承诺，在返回欧洲的巨轮上，他制造事故，让自己与女人的棺材一道沉落海底，永远封存了那个秘密。同样，人人艳羡的高贵者，也许正生活在惶惶不可终日当中，高贵迫使他们戴上更加沉重的面具。《一个女人一生中的二十四小时》中的中年寡妇，高贵、矜持，在那个“二十四小时”之前，她谨言慎行度过了半生，绝对不会想到自己会作出那样的事。从此她的生命沦为那短暂二十四小时的见证人和嘲弄者……

阅读茨威格，让我们了悟人类的大悲剧往往从一个个捂住“伤口”、任其霉变的小悲剧开始。记述“心灵的真实”、描绘发生在一己灵魂的“一个人的战争”，文学因此更具人性的光彩，阅读者也得以反观内心，得到宣泄、释放，同时尝试去原宥和宽恕他人。“茨威格诊室”正是因此而设。

领悟成长

花儿都有权利开放

旷野岂止无人

2008年9月，读了深圳女作家李兰妮的泣血之作《旷野无人——一个抑郁症患者的精神档案》。近两年时间过去了，很多想说的话还是不知该如何开口。也许因为书中的那个痛苦灵魂距离我们实在太近了，但我们却无法做到像她那样坦诚，那样将自己揉碎、掰开，袒露血淋淋的伤口给别人看。

有一点不容置疑，那就是面对如此真诚、如此撕心裂肺般的写作，所有阅读者都应该抱有一颗敬畏之心，并从中受到启发和教益。

这本书更像一部个体的精神档案，其中既有关于童年回忆的随笔、家族历史的追述，又有专业、冷静的学术分析和个人经验、感受，还有权威书籍、资料的链接和补白。如此丰富的资料和庞大的叙述都直指一个事实：抑郁症是一个潜伏在我们身体内的幽灵。起初它很弱小，不值一提，类似小孩子都感受过的沮丧、消沉等情绪。没关系，睡一觉、打一场球就忘记、恢复了。但是，如果有“适宜”的环境，有细菌、病毒的不断滋养，日积月累、滴水穿石，这个幽灵会长大，大到完全将我们头顶的阳光遮盖住。

也有可能，幽灵被喂养长大的过程，即是我们成长的历程。我们长大了，拥有了健美的体魄、丰富的知识，所有人都认为我们前程似锦，一片光明，但却无人知晓那个潜伏的幽灵，它的庞大、可怕，它先是占据了我们的黑夜，又渐渐侵蚀我们的白天。阳光下，我们外表一切正常，但无人知晓有一种比无助更无助、比悲伤还要悲伤的情绪，正像毒蛇一样纠缠我们……

最深的伤害往往来自最亲近的人。李兰妮没有再像年轻时一样，因为要为尊者讳而涂抹、修改自己的作品。她只想真实地呈现抑郁症是如何潜伏进她的大脑，颠覆了她的生活。她把自己作为供解剖的标本，希望找出抑郁症的病灶，摸索出发病的机制，这是为了自救，也是为了救人。

李兰妮提醒我们，要关注自身的心理健康，并关注你为身边亲人营造的家庭氛围。抑郁症是否遗传，目前尚无定论，但是，可以预见一幅悲观的画面：患抑郁症或拥有抑郁性格的爸爸、妈妈，他们和普通父母一样疼爱孩子，但时常无法控制自己焦躁、低落的情绪，因此无法心平气和地爱孩子、与孩子互动。他们陷落在自己的问题里，孩子在孤独和内心紧张中一天天长大……抑郁症是否就是这样遗传下去的呢？

成长，真的是一个太沉重的话题。成长中是否有一双无形的手，或将我们领进花园，或把我们推入无人的旷野。这样的假设太可怕、太悲观了……但无论怎样，请一定记住，如果有一个小生命被我们领进这个世界，请尽最大可能调适自己的内心、健全自己的性格，以最阳光、健康的方式对待他。

因为旷野岂止无人，那里没有任何生命的迹象。请珍爱生命，远离旷野。

理想父母理想人生

这本书是2007年诺贝尔文学奖获得者、英国女作家多丽丝·莱辛在年近九旬时送给父母的一份独特礼物：她平生最后一部著作《我的父亲母亲》。

去年，莱辛以94岁高龄辞世，我想象老人终于可以上天堂向父母求证了："嗨！阿尔弗莱德、埃米莉，我写了一本书，书的前半部分，我专为你俩设计了一套理想人生，你们看看满意吗？对不起，没把你俩写成两口子，不过请放心，爸的老婆、妈的老公都是我瞎编的，不许生气、吃醋啊！"

一家人团聚的场面多温馨！可多年来我一直有个疑问：天堂之上，六七十岁，甚至更年轻时就辞世的父母，如何与耄耋之年的儿女相认。就样貌而言，如何分清父母和子女？产生如此荒唐的想法，可能与我从未见过自己的爷爷奶奶有关，他们去世时都年仅40多岁，因为暴病和饥荒。

"宁为太平犬，不做乱世人。" 莱辛为父母打造理想人生，首要之务是必须彻底抹杀掉影响了父母一生的重大社会历史背景——第一次世界大战。

让我们温习一下发生在20世纪初的第一次世界大战吧。一战历时4年（1914年8月至1918年11月），是一场主要发生在欧洲但波及全世界的战争，当时世界上大多数国家都卷入了这场战争。这场战争是欧洲历史上破坏性最强的战争之一，大约有6500万人参战，1000万左右的人失去了生命，2000万左右的人受伤。资料显示，相比第二次世界大战，以堑壕战为主、装备更落后的一战更血腥、更残酷，简直可以用“搅肉机”来形容。

理想中的阿尔弗莱德和埃米莉生活在没有被一战阴霾笼罩的英国。他们都出生于中产阶级家庭，尽管一个不受母亲待见、一个幼年丧母，但都没有影响这两个精力充沛、素质优越、目标坚定的孩子成长为人群中惹人瞩目的精英。

阿尔弗莱德英俊、乐观、随和，是个板球高手，酷爱无拘无束的农场生活。有人说，女儿是父亲前世的情人，看，老莱辛用多么温情脉脉的笔调构想父亲的理想人生：许他一个丰满美丽、善解人意的好老婆，一个虽麻烦多多，但终生不渝的好兄弟。虽然自己父母人情寡淡，却拥有情同父子、母子的“干爹”“干妈”。 理想中的阿尔弗莱德一生“老婆、孩子、热炕头”，在从小生活的、水草丰美的英国农场里岁月静好，现世安稳。

理想中的埃米莉，与阿尔弗莱德相识于花季，虽互不讨厌，但终其一生只是熟悉的陌生人，未擦出半点火花。这是一对配错了的夫妻，老莱辛恐怕在少女甚至童年时，就这样冷眼旁观自己的父母，对他们的婚姻作出了判断。真的，不要小看孩子，他们眼睛雪亮、嗅觉惊人。

相比安稳的阿尔弗莱德，埃米莉的理想人生要跌宕、精彩许多，埃米莉的人物形象也比阿尔弗莱德更丰满、更具立体性，这是为什么呢？答案也许是爱恨交加、情绪复杂。事实上，与精力旺盛、控制欲强烈的母亲的终生战争深深影响了莱辛的创作，她的很多作品都涉及母女关系的主题。

所以老莱辛干脆没有给她理想中的埃米莉“分配”一个孩子，一个都不给！老莱辛给她设计的命运轨迹是这位美丽、优秀的护士嫁给了她理想中的丈夫：生性冷淡、技术超群的外科医生。虽然夫妻生活淡漠，但埃米莉挺享受自己作为上流社会各种聚会的召集者、女主人的光鲜和精彩。

丈夫去世，埃米莉只消沉了很短时间，这个精力旺盛、组织才能惊人的女人，最终开创了令世人瞠目的辉煌事业：以丈夫留下的丰厚遗产为基础，打造自己的慈善王国，建立了多所针对贫穷孩子的专门学校。

老莱辛想必非常得意自己创造出来的理想母亲形象：看，你每天都过得那么忙碌、充实，充满成就感，你终于不用充当其实你并不擅长的角色——母亲。你终于放过我了，哈哈！

理想愈是美好，现实愈是残酷。书的后半部讲述了阿尔弗莱德和埃米莉两个人的真实人生。简而言之，阿尔弗莱德是一战战壕中的幸存者，战争给了他一副木制的假腿。他这样看待自己的死里逃生："真是非常幸运。我是说，如果你非常想活着的话。"

事实上，性情恬淡的阿尔弗莱德一生都没有从一战的残酷中彻底醒来，战争摧毁了他的身体也摧毁了他的记忆，因为记忆里尽是恶梦，尽是死亡，尽是那些如烟花般灰飞烟灭的年青战友，这样的日子过不好！更何况这样的日子还是背井离乡、错误选择在了非洲一块英国殖民地上度过。

一战之后，萧条的英国经济让阿尔弗莱德和埃米莉看不到希望，他们作出了一个事后来看很莽撞、很理想化的决定：去传说中土地肥沃、赚钱容易的英国自治殖民地南罗得西亚（即今天的津巴布韦）经营农场。无论是身有残疾、不擅经营的丈夫，还是浑身洋溢中产阶级情调，热爱交际、音乐的妻子，他们都不适合在蛮荒的非洲小农场谋生，但已掉头无路。

一对生不逢时、身不逢地、意气消沉的父母，这是莱辛从小面对的生活真相。从儿时的愤怒，尤其是对颓唐到卧床不起，认命之后又将旺盛精力往女儿身上倾倒的母亲，到少女时代的逃跑，逃出绝望的农场、绝望的生活，甚至尽快将自己嫁掉都成为了逃离的手段……阅读也是一种逃离当下的方法吧，通过邮购，少女时代的莱辛源源不断收到从英国寄来的文学书籍，这也为她日后从事写作打下了基础。

1949年，莱辛终于走出非洲，回到她父母的国度英国，并很快出版了自己的第一部小说《野草在歌唱》。非洲的悲惨经历滋养了她，挣扎的家庭经历滋养了她，漫长的一生，莱辛以著作等身、题材多元著称，成为20

世纪英国最伟大的作家之一。

《我的父亲母亲》也许算不上莱辛的一部有影响力的作品。但是，相比那部著名的、跟砖头一般厚，但看完后我却无甚印象的《金色笔记》，我永远记住了这部饱含了对父母的宽容、悲悯与祝福的书。

因为个人资质，因为来自的家庭，因为所处时代，因为各种际遇和偶然，所以不能苛求这个世间有完美的人，所以我们每个为人儿女者，请尽量宽容父母当年的不成熟，宽容父母没有给自己完美的家庭、完美的童年，但请铭记回忆中的丝丝温馨，然后，目光向前，去为自己相对完美的人生努力、飞奔！这是一位伟大作家在年近九旬的暮年给我们的启示。

花儿都有权利开放

在一个不快乐的家庭里，那个最敏感、最好强的孩子，无疑活得最辛苦。因为敏感她的痛苦加倍，因为好强她总想以一己之力打破凝结在家庭成员心中的“坚冰”——“拜托大家都配合一下，给我留点面子，留点尊严吧”，每次令人心碎的争吵、令人心寒的混乱后，小孩子总在心中喃喃地说。但现实一次次令她失望。

有过痛苦经历的人最怕永远活在过去的阴影里，她的任性、冷漠、拒绝反省只会让阴影的半径不断扩大，覆盖的人越来越多。最终，她陷在自设的泥沼里，无处逃身。

以上，是我对台湾女作家朱天文的小说《伊甸不再》的解读。是对主人公甄素兰命运的解读。小说中的一个细节对我触动最深。

情窦初开的年纪，喜欢上邻居家的男孩子，心下觉得他也是喜欢自己的。那种心情正像台湾诗人席慕蓉的诗《开花的树》里描写的，每天都希望自己像朵花般盛开在他必经的路旁。可是当甄素兰在别人嘲笑的目光里拖着犯了精神病的母亲回家，这一幕又恰巧落在那个男孩的眼里时，那朵花立刻凋谢了。这段经历成了永远扎在心头的一根刺。

自恋的、不负责任的父亲，爱得太深发了痴的母亲。太个案的故事。但是那种家庭悲剧带给孩子的迷惘和忧伤却是共通的、真实的。

依了弗洛依德的学说，人的很多“情结”都是在童年形成的。就像甄素兰，长大后成了电视明星，却飞蛾扑火般地爱上年长自己许多、早已成家的导演。她像一个任性的孩子，还在与童年的痛苦较劲，硬要为自己找一个心理上的坚强“父亲”。可这小小的叛逆又与社会的伦理道德“撞车”，血流一地。

我不知道作为作家兼编剧的朱天文为什么给长大后的甄素兰安排了一个明星的职业，是为了增强故事的戏剧性吗？当然，这种追问没有意思。只是我认为不快乐的童年、不快乐的家庭正好对两种职业有“帮助”，其中一种是演员，另一种则是作家。

如果心中没有需要化解的块垒，没有非常强烈的表达、倾诉的欲望，一个人多半是不会走上写作道路的。而童年的忧伤、家庭带给人的痛苦则非常“锻炼”一个作家的基本素质——敏感。同时，它“鼓励”你和这个世界保持距离，而把文字当成孩提时代的积木，去搭建一个虚无的、自我满足的世界。不信你去翻翻很多作家的自传，多是有一把童年的、家庭的辛酸泪。

虽然表现手段不同，但一个优秀的演员也需要有成为作家的特质——强烈的表达欲望和一颗极敏感的心。如果在真实生活里得不到快乐和满足，那么何不像“鸵鸟”一样，扎进一个虚拟的世界里，扮演自己永远也不会成为的另一个人？多过瘾啊。这就是为什么一些喜剧大师在生活里恰恰是乏味的、严肃的，与他的舞台角色迥然不同的原因。

成为明星、作家，那需要艰辛的努力和一定的天赋、运气。成了，如果依旧不快乐，有价值吗？更可怕的是，一些沉溺网络、电脑游戏，甚至毒品中的青少年，不也是陶醉、满足于另一个虚拟世界吗？父母的不理解、家庭的不快乐或许也是将他们推进那个世界的重要力量。

写到这里，我不禁回头看看自己正熟睡的孩子，忧心忡忡。我想与天下所有为人父母者共勉：家庭、父母是孩子成长中的雨露、空气、阳光，在我们的怀抱里，每朵花儿都有权利开放。

洛丽塔的启示

我承认自己不具备评论这部小说的能力，但还是想用笨拙的语言推介一下“她”。为什么是“她”？因为自从“她”面世之后，就成为世界文学史上最著名的少女之一，或者干脆说是最具特殊意味的少女代名词。那是一种很难明说的、隐晦的意味，是无法呈现在阳光之下的罪恶审美、罪恶爱欲。“她”的名字叫《洛丽塔》。

亨伯特·亨伯特——书中的爱欲狂人在全书第一行、第一个字，就着魔般地念出那个花骨朵般的名字：“洛丽塔是我的生命之光，欲望之火，同时也是我的罪恶，我的灵魂。洛——丽——塔，舌尖得由上腭向下移动三次，到第三次再轻轻贴在牙齿上：洛——丽——塔。”

多么像一个精神病人在喃喃自语。我幻想在一所与世隔绝的精神病院里，50多岁的亨伯特穿着一身还算干净的蓝白相间的病号服，坐在一张窄窄的病床边沿，一头向后梳的稍显蓬乱的浓密灰发，发际线已随年龄退潮，现出格外高耸的苍白前额。他身形高大瘦削，体毛浓重，整个人显得萎靡、疲惫，但又颇具教养，没有攻击性。仔细分辨，他所有病征似乎都是从那对深邃的眸子里透射出来的：严重失眠衍生出的绝望、厌世，病态的神经质和余烬般挣扎、闪烁的欲望之光。

亨伯特的眼珠是深色的，直觉，就像12岁的洛丽塔一定是一个有一双湖蓝或碧绿的狡黠猫眼、巴掌大的小脸、棕色秀发的少女，身形紧俏、细窄，处子般尚未发育，皮肤被大量户外运动漂成健康的浅褐色。

12岁的女孩，不管她的内心是否早熟，她都是法律和道德定义上的孩子。亨伯特将自己的病态审美、欲望强加在这个孩子身上，并阴差阳错付诸实施后，他就踏上了一条悖离法律的罪恶、危险旅途。

几年前，歌星红豆娈童案，让所有人大跌眼镜，起码在我20世纪90年代的记忆中，那曾是位一张可爱的娃娃脸不输林志颖，歌喉极似童安格的美少年。更令人痛心的是，一些无知、大意的家长和学校管理者，因仰慕歌星的声名，“引狼入室”或将小羊送入虎口……教训深重。

2012年，上海某中学97届多名男学生实名揭发当年的物理老师。这是其中一位揭发者的肺腑之言：“我是一名当事人。多年以来时常揣摩过去15年里，有多少学弟与我有相似的经历。我每次都以‘他可能不直接授课接触学生’或者‘他年纪大快要退休了’为自己懦弱内疚的心找个借口。如今身为人父，面对即将入学的孩子，我突然感到无地自容。今天站出来，给自己良知尚存的心一个交待。”

近两年，媒体曝光的“怪叔叔”之多，令人瞠目、战栗……还有跑到中国来当外教的外国“怪叔叔”，因以前在本国犯下的案子近日被引渡回国。一想到多少家长边掏着高昂的外教费，边让孩子“与狼共舞”，就让人忍不住揪心、愤怒。

在《洛丽塔》一书中，亨伯特正是利用了洛丽塔孀居母亲的恨嫁之心和对自己的花痴情怀，半推半就入主了这个家庭，又是一出“引狼入室”。那位母亲既不了解即将与自己结为夫妻的男人，又未真正关怀过古灵精怪的女儿，淡漠的母女关系是导致悲剧发生的关键一环。

婚后不久，母亲无意中偷看了亨伯特的日记，洞悉了这个令自己神魂颠倒的男人的诡异变态，恍惚之下，居然车祸身亡。接下来，就是“继父” 亨伯特带着名义上的女儿亡命天涯，就是洛丽塔“每天夜晚，每天夜晚——在我刚假装睡着时就开始的抽泣”。几年后，洛丽塔逃跑，这个出身中产阶级的女孩在底层的泥污中步步沉沦。17岁，亨伯特最后一次见到洛丽塔时，她已是大腹便便的孕妇。

“怪叔叔”令人恐惧，但我还是想说《洛丽塔》是一部真正的文学名著。我对好小说的评判标准是书中的人物是否会自动浮现在我脑中，呈现在我眼前，那是刻骨铭心的塑造，是历历如在眼前的细节，是能与之共鸣共振的情感风暴，比如哈代的《苔丝》，比如艾米莉·勃朗特的《呼啸山庄》，比如张爱玲的《金锁记》等都是这样的作品。还比如王安忆的长篇《长恨歌》是一部非常不成功的作品，因为女主角“王琦瑶”是个单薄的纸美人，为她附着上再多历史烟云，再多凄婉故事，她依旧是一幅画匠笔下的工笔美人图。

《洛丽塔》的作者是俄裔美国人弗拉基米尔·纳博科夫（1899—1977年），20世纪世界公认的杰出小说家和文体家，出身于艺术气息浓郁的富裕家庭。照我理解，纳博科夫是与《追忆似水年华》的作者普鲁斯特相近的作家，远离时代、远离政治，在小我的天地里将人性的欲望挖掘到了极致。“怪叔叔”亨伯特，正是文学对人性的另类呈现。

接近于无限透明

“那时候我们心嫩得像一团奶油，谁要轻轻按一下，那指纹将永远留在心上。”这是军旅作家朱苏进在他的小说《接近于无限透明》中的一句话。几年前的一个黄昏，那句话一下子击中了我。往事随风飘送，我的心也陷入孤寂、冥想的黄昏……

《接近于无限透明》是朱苏进追忆童年的半自传体小说。如果说诗有“诗眼”的话，那么文章开头我引用的那句话，当是破译这篇小说的“密码”。那是一个无法释怀的心结和难以愈合的伤口，那是声声迫切却又犹疑无人能懂的呼唤。童年的体验是铭心刻骨的，童年的境遇和遭逢的偶然将很大程度影响你性格、人格的成型，如影随形你未来的人生。

在《接近于无限透明》中，11岁的“我”因肝炎住进了传染病院，后来，一位年青病人住进了“我”隔壁的单间，在他的引领之下，“我”发现了一方奇幻、耀眼的知识星空，如痴如醉地沉湎其间，开始告别童年的蒙昧。这种奇特的师徒关系使俩人的病情都发生了好转。

周围大人们似乎并不关心身边正发生的一切。直到有一天，他们中不知何人探听出这个年青人是从精神病院转来的，以前的职业是大学讲师。大人们联名向院长抗议，并不断怂恿“我”不再理那个“疯子”。因为恐惧，“我”犯了一个令自己终生不可原谅的错误——不再理他，听任他在隔壁一声声急切地呼唤。在环境的挤压下，有一天他真的又疯了……

《接近于无限透明》让我理解了朱苏进，理解了他在《第三只眼》等小说中显示出的审丑心理。受伤的心灵从此对无论来自何处的伤害都格外敏感。甚至我斗胆揣测，鲁迅若无小时候家道中落，父亲重病缠身，他日日要在当铺、药铺间奔波的经历，又如何历练出一双洞察人性固陋的“毒眼”。只是这种经验的得来太惨痛了。

那个被击中的黄昏，我明白往事并不如烟，在我内心深处，一直站立着一个自卑、倔强的“丑小鸭”。星星点点的琐事不提也罢，但我却无法原谅小学二年级时的一位女数学老师，只因成绩不佳、卷面不整洁，她让我举着卷子在教室里绕室一周，并叫一位成绩好的女生跟在我身后作对比。当时我的反应、心情都淡忘了，但从此我过早泯灭了儿童活泼好动、兴趣广泛的天性，而将优良成绩、老师的赞誉看作生命的全部。那种日复一日，不因兴趣，而是掺糅着自尊和虚荣的苦读，阻碍了我与外界的交流，阻碍了我心智的全面成熟，这当然是后话了。

今天，所以再忆起这些，是因为这一两年不断从媒体获悉，一些孩子在父母离异后成为双亲俱全的“孤儿”，或由于父母、老师“恨铁不成钢”而采取的不当甚至恶劣行为，小小年纪竟选择了各种极端方式去逃避。不久前，又听说一个10岁男孩因偷拿了同学10元钱，被老师在脸上写下“贼”字。这让我不禁想起作家余华对“残酷”下的定义：人们长大后通常就遗忘了自己的童年，对别人的童年又置若罔闻，因此世界就变得残酷了。媒体和法律或许能谴责、惩办这些枉为人师的人，但我更担忧的是，在经历了这些不该发生的事后，谁能还原那方纯洁、无邪的心空？谁能为孩子未来的心理健康、人生快乐负责？依据心理学家的观点，深刻的内心伤害往往来自最亲近、信任的人。因为，是你们曾为孩子撑起幸福、安宁的天空，是你们在引领孩子走上向上、向善的道路。

岁月如河，我却不愿溯流回到最初。我只想说，童心无价，无数颗由健康、爱心、文明呵护成长的童心，日后才能以勃勃生机引领我们的国家、民族走向昌盛和强大。

游荡在校园的星星

“一念猥琐”，本想用这个标题。事情是这样的，有个朋友在一所普通中学当老师。据她讲，根据教委规定，所有九年义务制学校应接收一定数量的自闭症或智障少年“跟班就读”。朋友形容，与智障相比，自闭症少年更难管理和沟通，他们真的像外界形容的，是“来自星星的孩子”。

医学研究证明，自闭症人士的智商与常人无异，甚至不乏个别领域的天才，但他们却将自己的一切感官都向外界甚至最亲近的父母关闭，活在一个无人知晓的世界里。

朋友说，一日，一自闭症少年在校园里游荡，遇见他们学校的教导主任。少年径直上前问教导主任：“你是男的吗？”在得到两次肯定回答后，少年邀请教导主任：“咱们去开火车吧！”

猛然间听到这么无厘头的对话，再想象当时的情景，我……我笑到蹲在了地上，甚至第二天还将此作为趣闻告诉老公。老公听完轻叹口气：“真是够可怜的。”我猛地大惭，耿耿于怀好几天，不肯原谅自己那日笑得冷漠和猥琐。

身边已不乏这样的例子，被出生后发现有缺陷的孩子而改变的父母与家庭。老公在西部挂职时认识的某市党报的一位女记者，丈夫是医生，而直到幼儿园老师因孩子行为异常找他们沟通时，夫妇俩才意识到他们以前以“贵人语迟”“发育晚”为由自我安慰、不敢面对的问题，真的是问题。

大概医者更知疾病的残酷，所以当某市医院初步诊断孩子为自闭症时，身为医生的丈夫竟不敢陪妻子观看那部讲述自闭症儿童生活的电影《海洋天堂》。那年冬天，夫妇俩带孩子到北京求医，老公多方帮助联系医院。最后几家医院的诊断结果未达成一致，算是留下一线曙光。

很残酷也很真实，人就是以群分、以命运分，比如非正常儿童的父母与正常儿童的父母。女记者渐渐疏远了以前的朋友。老公后来听说她要辞职，带孩子去省城生活。再后来，就没有消息了。

还有一个朋友的大连表妹，曾每月花着高昂费用让自己的父亲陪孩子在北京接受治疗，但一两年过去，成效不大……蓦然想起，儿子上幼儿园时，班上也有一个智力发育有障碍的孩子。我还有一个奇怪的发现，朋友的表妹和儿子同学的妈妈我都接触过，都是气质温和、善良到让你印象极深、极好的人。所以，上帝才敢把与众不同的孩子交给她们抚养，是吗？

还是痛悔自己的“一念猥琐”，深深自责。反复思考，解决途径如下：利用我手中的笔，利用我编辑的版面，多多呼吁关爱特殊家庭、特殊孩子，有时间参与一些相关社会公益活动，贡献自己的微薄力量。

开得太早的花儿

作为一个初中时才从湖北转学到山东的孩子，我一直未真正融入到我的中学同学中。他们来自城市的各个街巷，父母从事着各种我不了解的职业。而从小我的同学和我一样都有一个军人爸爸，一个随军家属的妈妈，我们生活在整齐划一、自成一体的军队围墙内，那是我对世界的最初认知。

北方同学生理上的早熟、市井子弟的过早成人化，都令我惊惧和不适应。我小心翼翼地守护着自己自得其乐或其悲的小天地。即使这样，我还是记住了几个特别的初中同学，尤其是那几朵开得太早的花。

芸，徐静蕾那一款的身材、长相，但气质不像。那款美女小时大多小脸腊黄，瘦骨伶仃，极不起眼，可一旦进入青春期，一旦有荷尔蒙注入，她们就开始展露高挑、小脸美女的峥嵘。从无数文艺男对徐静蕾的推崇、迷恋，从李敖自述的他对长腿、瘦而无骨美女的终生追求，我猜测芸未来也会成为“有故事的女人”。事实上，她的故事从初一下学期就开始了。

除了修长、笔直的腿，紧致的小脸，芸还有一双细长、瞳孔极淡的眼睛。她知道自己美，自称“猫”，并渐渐有了和猫一样神秘的气质、行踪。

芸聪颖，是班上的语文课代表，谁也想不到学习不错的她会率先早恋，对象还是那个身材粗壮、性格粗野、学习极差的辉。

没有人知道他们之间的故事，但眼见辉日渐粗暴、情绪不稳，甚至在自习课上无故打人。而即使像我这样坐在第一排，不问身边事的“书呆子”，也能猜出他打人的缘由：为了芸。被打的都是班上几个学习好、长得也帅的男生。他打人时，芸就“噌”地站起身，目不斜视地走出教室。

不知为什么俩人后来分手了，辉不再打同学，好像去社会上混了。芸日渐时髦，不像初中生。我还记得那年春天，她脚蹬黑色高帮旅游鞋，正流行的黑色健美裤绷在曲线美好的长腿上，还有黑色短款防雨绸夹克，绑得极高的马尾。那是20世纪80年代末啊，太拉风了！

芸有了更出格的行为。下课或中午时分，与班上一个流里流气的男同学挤坐在教室最后一排的角落里，而又没听说俩人谈朋友。从没好意思往那个角落看过。今天回忆，大约是你碰一下，我摸一下，荷尔蒙的释放。但芸你是14岁的女孩呀。野猫一样的女孩。

还有一个女孩婷，是一个性格、长相都很甜美，给我印象很好的同学。她的故事比芸简单，身体早熟，又缺少父母关爱，渐渐地班上一帮以铁路子弟为主的流气男生开始喊她“嫂子”。因为婷跟那帮男生的头，班上年纪最大的留级生军好上了。

婷与奶奶住在一起，听说奶奶专门到学校找过班主任，说婷不听话，深夜了还和军轧马路。我是多么替婷惋惜呀，那个浑身上下流露着“混社会”气息，长相也不好看的军根本配不上她！老实的婷不是野猫一样的芸，她会被军吃定的，但她还没交过更好的男友，没见过更好的世界。也许是我自以为是吧。

高中阶段身边也有谈恋爱的同学，但那已是身心较成熟的阶段，所以不那么令人侧目。

写这篇短文，是因为刚看到唐慧案的最新报道。我以为最高人民法院没有核准涉案人员死刑是有道理的。同时我想和唐慧及天下所有为人母者共勉：工作再忙、生活再艰辛，也不要忽略对孩子生活与精神的陪伴，让孩子平安、顺利地度过那段最躁动、最迷茫的年华，不要给打着各种幌子、戴着各种面具的坏人以可乘之机。

陈冲说，她喜欢拍有故事的女人，但幸福的女人，通常故事不多。花儿们，晚点开，幸福在前头。

文艺奇花

朝向自由人性

重庆女人重庆故事

在我5岁的时候，父亲终于熬到可以为全家人办随军的级别。1979年夏天，一家五口（爸爸、妈妈、哥哥、姐姐还有我）乘坐两天两夜的大客轮， 挤在闷热难耐的“三等舱”里，从位于长江中上游的四川忠县（现属重庆）顺流而下到武汉。

又过8年，还是因父亲的缘故，一家人又坐火车北上，将新家安在了黄河岸边一个因泉水闻名的城市。现在，年近40的我生活在北京，离家乡重庆忠县越来越远，并从未回去过。

经常听父亲跟人摆“龙门阵”，夸我们老家忠县啷个（重庆话：如何）有名。比如，“忠县”县名的由来与一个叫“巴蔓子”的人有关。巴蔓子为古巴国忠州人，是东周末期（约战国中期）的巴国将军。约公元前4世纪，巴国发生内乱，巴蔓子遂以酬谢楚国三城为代价，借楚兵平息内乱。事平，楚使索城，蔓子认为不履行承诺是为无信，割掉国土是为不忠，蔓子告曰“将吾头往谢之，城不可得也”，于是自刎，以授楚使。巴蔓子以头留城、忠信两全的故事，在巴渝大地传颂，从此，他的家乡，也就是我的家乡以“忠”命名。唐朝中期，大诗人白居易曾被贬忠州做过太守，现在忠县还有一处占地24亩的白公祠。明朝末年的著名女将军秦良玉也是忠州人，曾参加过抗击清军、平定张献忠之乱等战役，战功显赫，明思宗朱由检曾作诗四首赞颂秦良玉……但是，因为年龄、经历及知识结构的代沟，我对父亲的如数家珍并不以为然。

从小学起，我在各种表格的“籍贯”一栏中填的都是 “四川忠县”，1993年以后则是“重庆忠县”，但“忠县”二字真正点燃我的眼睛，让我对它产生了兴趣和遐想却缘于2000年时读的一本书，虹影的自传体长篇小说《饥饿的女儿》。

虹影，女，重庆人，1962年生，20世纪80年代末赴英国，是先花开海外，2000年左右才香飘回国的著名作家。虹影以两本自传体小说《饥饿的女儿》《好儿女花》享誉文坛。同时，她还有一部因疑似影射民国时期某女文人而惹出海外官司的小说《英国情人》。

因极具话题性的《英国情人》和某些传闻，我曾经把虹影当作后来某些“美女作家”的前辈和开先河者。但是，2000年，《饥饿的女儿》让我知道自己错了，我开始为拥有这个作家老乡感到骄傲。2010年，《饥饿的女儿》的续集《好儿女花》彻底征服了我。书中以母亲为代表的女人们摇曳如野花、荒凉如野草的命运让我揪心，无法释怀，而更令我莫名亲切的是两部加起来共300多万字的故事，它的起点就在我的家乡：重庆忠县。

20世纪40年代，母亲还是十几岁的忠县妹娃子，胆大包天逃婚到重庆，掀开了她跌宕人生的第一页。先是因美丽倔强被英俊袍哥看中，小女工摇身变太太。紧接着，重庆解放，袍哥被政府正法。拖着幼小女儿的漂亮小寡妇又飘进一个善良的江苏船工的眼底。第二次的姻缘开头平稳，生儿育女，岁月静好。但似诅咒般，命运不将母亲的美丽彻底剥夺完就不会给予她安宁。

“文革”覆巢，难有完卵。江苏船工因“历史问题”被打倒、隔离，家中失去经济来源。母亲挑起家庭重担，为了填饱家中的4张小嘴，她干起了挑砂这种只有男人干的体力活，但是孩子们依然喂不饱。就在这时，一个年青小伙子先因同情，后来因熊熊燃烧的爱情，走进了这个急需食物的家庭。食物喂饱了孩子，感动了母亲，最后收获的却是一枚不受祝福的“苦果”：一个私生女，一个日后令母亲不知该如何面对的“饥饿的女儿”。

18岁之前，“饥饿的女儿”并不知道自己的身世，但生性敏感的她在这个物质贫瘠、情感粗糙，尤其是备感遭受母亲忽视的家里找不到爱，于是她先沉沦畸恋，后来一有机会，便远走他乡，逃离母亲和家庭。18岁后身世之谜已经解开，但当时“饥饿的女儿”还没有积累足够的阅历和沧桑去理解母亲和生父。

在《好儿女花》中，“饥饿的女儿”为母亲奔丧回到重庆。一次重创自闭心灵的揭秘之旅开始了。原来为了家庭，美丽尚存的母亲曾在“文革”中接受了一个手中有权的禽兽的蹂躏，那是她一生中最难启齿的隐秘。原来，爱情曾照亮过母亲的中年，母亲曾有机会跟那个善良痴情的小伙子一起走，但是为了孩子、丈夫她放弃了。所以，对丈夫对情人她都满怀愧疚，所以，她不知该如何疼爱那个不受祝福的私生子，所以，母亲开始任由自己变胖变丑，不再为任何男人美丽……但一颗母亲的心柔软依旧，无论是荒唐暴烈的大女儿，还是美丽自私的四女儿、古怪有才华的小女儿，无论她们的父亲是谁，在她心中哪个都值得疼，哪个都放不下。但是，当母亲洞晓了两个女儿间因男人产生的隐秘纠缠、家庭丑闻后，母亲，早已红颜消褪，身材走形，本该收获安宁的母亲彻底心碎了，心死了……

母亲的晚年，甚至要靠在江边的垃圾山上扒拾垃圾求得一种令人费解的内心满足……在得知母亲的晚年生活真相后，“饥饿的女儿”陷入了深深的自责和内疚中。此时情路坎坷的她，身体中也正孕育着一个女儿，只是“饥饿的女儿”“饥饿的母亲”这样的命运再不会轮回！

今天我还有很多亲人生活在重庆忠县、重庆市区，在来往中，我曾审视过几个血缘上相亲但生活中陌生的重庆女人。比如一位姨妈，古稀之年的人了，依然活泼、健康、美丽，还有那用心的装扮，无论如何，你不能想象这是一位来自中国不发达省区的农村妇女。美丽的姨妈性格大气、一生洒脱快乐。还有我的姑姑，容貌平凡，一字不识，年少父母双亡，婚后儿子早夭，就是这样一个可能沦为“祥林嫂”的女人，在来京帮我带孩子的几年中，凭着她的善良、幽默和为人处事中极大的包容、耐心，赢得了我和老公发自内心的尊敬和爱。

“三步一个张曼玉，五步一个林青霞”，曾有人这样戏谑地褒奖重庆美女之多之普遍，害得我这样的丑女至今无颜还乡。但依照我从虹影小说中理解的，和我从身边亲戚中观察到的，重庆女人更美在生命力旺盛，美在对自我、对情感的投入。

母亲的悲剧更是时代的悲剧，作为一个鲜活亮丽、血肉丰满的重庆女人、忠县女人， 她的一生堪称传奇，所以借由女儿的笔，她在文学中收获了最广博的悲悯，获得了永生。

我是重庆女人。我开始从内心接受我的籍贯，并感到骄傲和欣喜。

听田晓菲慈悲开讲《金瓶梅》

再过半个多月，我将正式迈进“女人四十”。没有多少对年龄的纠结、烦恼，只因我对人生的感悟就是：年龄的增长与内心的收获成正比。于我而言，老去真好，老去，是从苍白局促迈向丰富灿烂的征程。

前不久，有位朋友向我述说了一桩尴尬事。她11岁的儿子到一位长辈家玩，因为好奇打开了长辈一个平日上锁的抽屉，里面有几部情色电影的光盘。我和朋友探讨如何向孩子解释这件事，比如何谓成年人的世界，不要避讳，一定要谈！比如什么叫“尊重他人”，包括不翻阅他人的物品，不偷窥他人的电脑、手机信息。

是的，今天我可以把这件事当作一个笑谈，但如果我11岁时遇到类似的事呢，相信以我追求“干净”到偏执的性格，说不定就此成为一道心灵阴影。而我们的童年、少年，妈妈们多数没有能力和精力去操心孩子心灵的事。

年青有什么好？那么紧张、迷茫地面对这个世界。有人说寒冬出生的魔羯座女生会“越活越年青”“越来越漂亮”。我想这恰恰验证了魔羯女年青时给人的印象：严肃、死板、没有多少性别魅力。早慧的魔羯是一个有抑郁情结的星座，抑郁的根源是太早察觉了这个世界的灰暗和人性中的不美好。

感谢岁月，感谢我温柔的爱人和懂我的朋友，让我逐渐学会立体地、设身处地地去评价一些人，看待一些事，不再非黑即白、刀刀见血。但尖锐敏感毕竟是流淌在血液里的性情，你知其伤人伤己，但完全摒弃毕竟不太可能。我的解决之道是通过大量阅读、通过写作和与挚友谈心，为那些尖锐敏感找一个安全的、有价值的出口。

2013年，田晓菲的《秋水堂论金瓶梅》为我洞开一方苍凉悲悯的欲念世界，也是以前我最排斥的世界。厚厚一本书给我启示，引领我迈向丰富灿烂的岁月征程。

田晓菲，即便不是文艺中青年，也会觉得这个名字有点耳熟吧。没错，我们“70后”的初中语文课本里曾选用过她的诗，那位1971年出生、13岁即进入北大英语系的神童、诗人。现在，晓菲是美国哈佛大学东亚系的教授，正在大洋彼岸和她的汉学家夫婿一起研究最纯粹的中国古典文学。

一部伟大的文学评论书籍，评论的又是名著，我该如何落笔？就让我撷取其中最打动我的精华，无论文字，无论思想。

> 与就连不更世事的少男少女也能够爱不释手的《红楼梦》相反，《金瓶梅》是完全意义上的“成人小说”：一个读者必须有健壮的脾胃，健全的精神，成熟的头脑，才能够真正欣赏与理解《金瓶梅》，能够直面其中因为极端写实而格外惊心动魄的暴力——无论是语言的，是身体的，还是感情的……《红楼梦》摹写的是少年的恋爱与悲欢——别忘了宝玉们都只有十四五岁而已；而宝玉、黛玉这对男女主角，虽有性格的缺陷与弱点，总的来说还是优美的，充满诗情画意的。《金瓶梅》里面的生与旦，却往往充满惊心动魄的明与暗，他们需要的，不是一般读者所习惯给予的泾渭分明的价值判断，甚至不是同情，而是强有力的理解与慈悲。《金瓶梅》直接进入人性深不可测的部分，揭示人心复杂而毫无伤感与滥情……

记得一次坐出租车，收音机里正在讲一些老年人上当破财的事，司机就和我聊开了，他的一番话令我至今难忘。那位司机说，那些老年人并不是糊涂了，多是岁月积压，心里有鬼、有愧，而骗子的话恰恰击中了他们的内心，所以抱着为自己、为晚辈买平安的心理，冲动之下就上了当。

司机说自己曾在一家研究所干了半辈子人事工作，最大的领悟就是：人是世界上最复杂的东西，永远不要被事物的表面现象迷惑。曾经，研究所一位著名科学家刚刚退休，突然猝死在了多年不见的一个老同学家。人事干部的直觉——这件事不会那么简单。在作出保密的承诺后，科学家的女同学，一位孀居一年的老人承认，科学家是自己的初恋男友，并拿出发黄的信件为证。多年不见，初恋女友恢复单身，老科学家激情难耐，竟是力不从心，猝然身亡……

这样的故事，用同情好像不符合我们的价值判断和惯例，而晓菲点评《金瓶梅》的话却能一言以蔽之，我们只需给予“强有力的理解与慈悲”。

继续倾听晓菲天才而悲悯的解读：

> 这个横空出世的才子，中国小说的莎士比亚，在这一回里，他以声色娱我们的耳目，以人性的深不可测再次震撼我们的心灵。他给我们把人世尽情地看一个饱——先是一个妙龄佳人的污秽的病与暗淡的死，这里却又写她辉煌的出丧。至于她的情人，她为之出卖和害死了一个丈夫、忍受了他的马鞭子、冷遇和侮辱的情人，一方面在她的灵前和他们死去的孩子的奶妈做爱，一方面每天呜咽流泪，恨不得和她一起死去……真正的感情可以和自私的欲望并存，而那似乎是淫荡的，只不过是软弱而已。

> 《金瓶梅》最伟大的地方之一，就是能放笔写出人生的复杂与多元，能在一块破烂抹布的肮脏褶皱中看到它的灵魂，能够写西门庆这样的人也有真诚的感情，也值得悲悯，写真情与色欲并存，写色欲不只是简单的肉体的饥渴，而是隐藏着复杂心理动机的生理活动，写充满了矛盾的人心。

我心中潜伏着两个故事。一个发生在我少年时，男女主人公和我家同住部队的一栋家属楼里，一对刚刚结婚的军人小夫妻。婚后一个月、两个月？反正时间不长，一天晚上全楼的人被一个凄厉的声音惊醒了："某某主任的儿子要杀人了！"同时传来的还有急促的奔跑声、追赶声。接着几个月，同样的戏码反复在深夜上演……

如今想来，如此荒谬的故事里，肯定有性的因素，极不和谐、受伤害、被欺骗?

另一个故事的主人公也是一对军人夫妻，是工作以后发生在我身边的事。男军人明知自己身患肿瘤，却隐瞒病情与女军人相亲、恋爱、结婚。婚后病情恶化，在知道妻子怀孕后，男军人终于道出实情。女军人去医院做了流产。隔年，男军人去世。

我曾经痛恶过那个男军人，觉得他人品卑劣。可是，2013年，田晓菲让我习得了更广更深的悲悯——真正的感情可以和自私的欲望并存，不过是一个屈服于内心与肉体欲望的软弱的人而已。

还是再听晓菲如是说吧：

> 我们可以设想，当一个明朝或者清朝的文人读者在读到这一段描写时，必须会联想到古典诗词中无数梦中相思、梦醒空余惆怅的情景：因为这正是李商隐的《燕台四首·春》中所歌咏的，'醉起微阳若初曙，映帘梦断闻残语'的境界，而下面的'愁将铁网罥珊瑚，海阔天翻迷处所'，难道不可以描写虽然只不过是一个西门庆心中的那份惨痛情感吗。但是，如果我们细看梦的内容，却是瓶儿诉说被前夫花子虚告状，关在阴间的牢狱里，血水淋漓，与污秽做一处受苦，多亏黄真人超拔，才得脱免，将去投生；又警告西门庆说子虚早晚要来报仇。这一席话，不但完全没有七言绝句所描绘的优美氛围，而且十分阴森凄惨。这是《金瓶梅》常用的手法：当读者蓦然看到抒情诗的上下叙事语境，才会意识到在这"诗意境界"背后，那毫无浪漫诗意可言的可怖现实。

记录以上这段话，是想检讨自己22岁时的“无知者无畏”，当时迷恋西方文学的我，曾在一篇文章中，下过这样不知天高地厚的结论：整部恢宏壮大的唐诗中读不出一个浮士德，全卷悱恻缠绵的花间词里寻不见一个茶花女的倩影。如今看来，《金瓶梅》的世界之复杂、之多元，对世事、人情洞察、体悟之深刻，与《红楼梦》一样不逊于同期世界上任何一部文学名著，甚至是超出。

迈向丰富灿烂的老去征程里，怎能没有书呢？阅书、阅人，开悟世事。越复杂、越宽广、越博大，才可修得一颗真正的慈悲柔软心。40岁，同志努力，征途漫漫。

在青春击壤而歌

原本，为这篇文章拟好的标题是“1975，一个台北少女的17岁雨季”，既信息量丰富，又暗藏一个评论者的野心。丰富，因为它包罗了我要推介的主要内容，台湾女作家朱天心于1975年出版的自传体畅销小说《击壤歌》，时年朱天心芳龄十七；野心，我欲拿台北的1975与北京、上海对比，拿朱天心傲娇、恣意的校园青春与海峡对面北京、上海女知青们在 “广阔天地”里的蹉跎岁月对比……

思量再三，既感才气不逮，又担心立意太高，举棋不定。最后，竟是因缘际会，因为朱天心我翻出了她在《击壤歌》中屡次提及的“爷爷”，亦是她及她的作家父亲朱西宁、作家姐姐朱天文一致推崇的偶像——胡兰成的回忆录《今生今世》，而就在这本书中胡兰成回忆张爱玲如何点拨他的一句话，又在近70年后同样点醒了我。

胡兰成说：“我给爱玲看我的论文，她却说这样体系严密，不如解散的好，我亦果然把来解散了，驱使万物如军队，原来不如让万物解甲归田，一路有言笑。”张爱玲果然是写文章的大家、不世出的才女！是的，在人文学科领域，如果将思想、逻辑、语言全部武装起来，全力以赴、斩钉截铁为一个观点服务，这样的文章没意思、不可爱。不断怀疑、不断推翻、不断找寻，这一路走来才有生气，才可洞见生命的真相。

轻松面对《击壤歌》。如果要把这本在我心目中能与《麦田的守望者》《你好，忧愁》这样世界闻名的青春文学巨著相媲美的书推荐给一位朋友，我第一个想到的就是我上军校时的一个女同学，在我的青春记忆里，担得起“傲娇”二字的也只有她了。所谓“傲娇”，即不畏人言，忠实自我，活得天真率性。

《击壤歌》的主角是一群爱看好莱坞电影、爱吃冰淇淋、爱结伴在街上疯跑疯笑的台北高中女生，朱天心在书中浓墨重彩的也正是那剪不断、理还乱，又浓烈又脆弱的女生间的情谊，用与她17岁的年龄极不相称的练达文字和信手拈来的各种典故、诗歌和中外电影、文学知识，但书中那萦绕不去的青涩气息，那令人心疼的、至真至纯的情感世界都是17岁的，只属于那个17岁的B型血双鱼座女孩。有人说，B型血的男人像男孩，女人像女孩，更何况是感性之极的双鱼座呢？

只有傲娇、率真的女孩敢于这样表达自己：“她（乔）那么强那么强，是颗天上耀眼的星星，我（小虾）也是那么好强，强烈的野心常把我弄得觉得自己是个阴险的王莽。理智要我强过她，要和她分庭抗礼，要，要恨她，可是乔却把我弄得迷迷离离，让我在日记上写她的名字，躺在床上想她的每一句话……”“我不在意地瞟她一眼，看到她正男孩气地大步走着，真是惊心动魄！”还有极易让人误会的一句话“欲仙欲死，原就是这般的感觉”。只有17岁，只有不涉风月的纯洁女孩，才敢如此落笔吧。

不知道学家们会不会略感不适，但我懂得这种在青春成长期、在逐渐确定性别之爱前的真实情感，尤其是在女校或男校的单一性别环境下。或者如果文化允许，如果社会环境足够宽松，是否会有更多人难以确定自己的性取向？例如冰岛女首相与她的妻子，在确定关系前，俩人都曾嫁作男人妻，都曾为人母。哈哈，这与《击壤歌》已经无关了。《击壤歌》中的女生情谊只因真挚才形似“基友”，甚至现在“基友”一词也更多是戏谑，并非特指同性恋。

我欣赏傲娇的女生，但较难与她们成为生活中的好友，甚至我不记得自己曾和小虾一样，拥有过那么多掏心掏肺的“姐妹淘”。我与最要好的闺蜜从大学开始，已经结伴近20年，但真正谈得上推心置腹是这近10年的事。多年来，我们甚至连牵个手都会觉得别扭，更别提像小虾与女友间的亲昵无间了。我们一起分析过，奠定这20年友谊的真正原因是我们骨子里的那点异曲同工的相似：内心深处的不安全感，不强大但又敏感好强，所以不惧人言好表现。我们其实是不易与人交心、与人亲的，因为都有一颗较沉重的心。而导致这种性格的最深层次原因，是我们都有一个极强势、严苛，对子女的内心关爱不够的父亲，和一个较为粗心的母亲。哈哈，爸爸不会生气吧，您已经收敛脾气，习得慈爱了。

傲娇的女生通常都有一个宠溺她的父亲，即使不至宠溺，也是家庭氛围宽松，小虾（朱天心）即是如此。另外，不要忽略了那深深影响了台湾最著名的两位女作家朱天文、朱天心的奇人——胡兰成。

《击壤歌》中提到，“爷爷”担心小虾因习书法忽略了写文章，专门去买来好看的日本圆珠笔，《击壤歌》每写一节，“爷爷”必认真阅读，爸爸都没有这样……而更令人艳羡、叹息的则是这样的场景：“爷爷说看了我会想到《史记·高祖本纪》里子长描写高祖的话，龙颜，因为我有一个高高的额和一对圆圆的眼睛，若我是个男孩子我一定是高祖不是吗？爷爷说，尤其中国的经史子集都要读，我又要急了，因为才悚然发觉自己真是空费了十七年，急啊！我该怎么好！”

甚至全书也以“爷爷”结尾，“爷爷啜口酒对我说，李世民十八岁就打了天下。我亦要回答爷爷，风起的时候，我就要做那只大鹏鸟，凌空一飞，飞到那九万里的高空里，与天父守着我的海棠叶，其翼，若垂天之云。”如此傲娇、飞扬的17岁，是因为有精神之父的引领。

胡兰成是双鱼座，我猜他也是B型血，纵有千般不是、错处，但除汩汩才华之外，那与人亲近的柔软心，天真、天然之气，是能照亮、滋养人的，所以张爱玲才肯为他低到过尘埃里吧。朱氏姐妹于文学是有福报之人。

写到最后，还是想呼吁一下对传统文化的传承之责。现在教育部门已经开始正视这个问题，但还远远不够，再不捡也许就永远捡不起来了。简单举一个例子，我们的中文系大学生有几个人知道《击壤歌》书名的由来？掉掉书袋吧，据《帝王世纪》记载：“帝尧之世，天下大和，百姓无事。有八九十老人，击壤而歌。”老人所歌的歌词就是：“日出而作，日入而息。凿井而饮，耕田而食。帝力于我何有哉？”这也就是我们今天所看到的《击壤歌》。超喜欢这首朴实无华，歌唱劳动、歌唱自由的古歌谣，朱天心以此为书名，追求的不正是这种散淡悠远的意境吗？

我们的青春已快散场，何不挽手前行，一起击壤而歌？

萧红：从自由女生到自由女神

这段时间一直在找寻英国女作家珍妮·温特森的书，包括她的自传、她的首部小说《橘子不是唯一的水果》。今年8月，《读书》上的一篇介绍珍妮·温特森的文章深深打动了我。文章的标题是《上帝、苦难与自由意志》。文中写到，珍妮19岁逃离令人窒息的养父母的家，奔赴她的下一个屋檐——一辆借来的轿车时，她的养母曾大声质问她：Why be happy when you could be normal（寻常便好，何必快乐）？

昨晚，看电影《黄金时代》，一开场便是萧红小小年纪背弃婚约，与已婚表哥私奔，在呼兰小城卷起轩然大波。接着，表哥退缩，她被抓回又逃出家……不久，萧红蓬头垢面与弟弟邂逅，弟弟劝她回家。银幕上当弟弟困惑不解地望着那个离经叛道的姐姐时，我脑海中立刻浮现珍妮·温特森与她的养母，我揣测那个中国的弟弟也会有这样的疑惑： Why be happy when you could be normal?

我不会为萧红短暂一生中的任何举动感到惊诧，她的绯闻、怪诞、神经质，因为一切都出自一个具有艺术灵性、艺术自觉的女人的自由意志。

裴多菲的那首诗我们耳朵都听出了茧子，但它绝对是挑战世俗秩序的永恒真理：“生命诚可贵，爱情价更高。若为自由故，两者皆可抛。”萧红私奔、萧红写作、萧红离开挚爱的萧军，甚至萧红抛弃自己的孩子，都是为了奔向那个艺术家心中的最高殿堂：自由。就像她在《呼兰河传》中写到的：“花开了，就像花睡醒了似的。鸟飞了，就像鸟上天了似的。虫子叫了，就像虫子在说话似的。一切都活了。都有无限的本领，要做什么，就做什么。

要怎么样，就怎么样。都是自由的。”《黄金时代》的编剧李樯、导演许鞍华都是真正的、有自由意志的文人、艺术家，他们读懂、读透了萧红，所以他们才把我刚刚引用的句子放在了这部电影的结尾。再次为萧红惊艳，她的文字貌似浅显平淡，但越咀嚼越觉灵性、隽永。

回到自由。是的，“不自由地活，不叫活！”这正是萧红一次次离经叛道的真正原因。比如萧军，让人精神受苦的爱情、爱人，可以不要；比如孩子，在此我要为萧红辩护两句，在那个不能科学、有效的避孕和及时终止妊娠的年代，孩子的到来真的太随意了，人们对待婴儿的态度也与今天有所不同。所以，萧红弃子，为了自由不惜自私。

其实，与更多终生郁郁不得志的艺术家相比，萧红的命运并没有那么惨绝人寰。在文学道路上她有贵人相助，最初是萧军和他的报馆同事，后来则是得到鲁迅的提携，以一部《生死场》年少成名。而作为一个总与爱情纠缠不清的女人，她也算求仁得仁，就是临终前，除丈夫端木外，身边还奇迹般出现一个崇拜者、守护神——年少英俊的骆宾基。她只是太生不逢时，一次次赶上战乱、流离、待产和疾病。是的，她不快乐，可如果快乐了，就不会一次次飞蛾扑火般地去寻找下一个自由的栖息地，就不会在寻找途中留下那么美、那么充满灵性和悲悯的文字。

文学之外的萧红并不复杂，就是那个在祖父的后花园里寂寞生长的孩子，爱就去追，不快乐、不自由了，痛苦一阵，还是决定跑。任性、大胆又敏感、脆弱，双面性格，谁让她是6月1日出生的双子座女生呢？

感谢李樯、许鞍华、汤唯，好久没看到像《黄金时代》这样对胃口、投脾气的电影了。我也喜欢那些剧中人物的自述和旁白，非常聪明、如小说般的手法，否则一些庞杂的背景、人物、线索就会杂乱不堪。唯一的遗憾来自萧军，冯绍峰演得不赖，但那精致的书生长相，哪里是我们从历史照片上得见的三郎：粗犷剑眉，炯炯眼神，男人气十足的四方脸颊。辽宁锦州的男儿。

我书柜中的一套《萧红全集》，是1999年春去哈尔滨出差时，专程到距哈尔滨不远的呼兰县萧红故居购得的。我们对萧红最好的纪念还是抽时间再读读她的书吧。

半部浮士绘　半部成长史

“秒杀王安忆”，说出这句话时，心是痛的，因为我是看着王安忆的小说长大的，因为有目共睹王安忆的坚持、勤奋和不断进步。但，谁也无法阻挡横空出世的天才的光芒，《繁花》的问世让除张爱玲外，此前所有写上海及上海人的文学作品都黯然失色。我这么认为。

正如曹雪芹或许就是他笔下塑造的贾宝玉，《繁花》的作者、上海老男人金澄宇想必也将自己隐身在了阿宝或沪生（《繁花》中的男主人公）背后，两个非常有上海特色、沪上腔调的男人。经历和经验是一笔无人可掠夺的财富，囿于经验所限，通常女性可以成为优秀作家，但伟大的往往是男性。简单的例子，林黛玉能够想象贾宝玉那纷乱的情欲，那灵与肉永远无法统一的白天和黑夜吗？所以，复杂的往往是男人，伟大的骗子、伟大的情人、伟大的艺术家往往是男人。不禁想起仓央嘉措的那首诗：住进布达拉宫，我是雪域最大的王；流浪在拉萨街头，我是世间最美的情郎……不羁的男人，一半海水一半火焰，一脚伸向天堂、一脚踩在地狱的男人。

《繁花》像弄堂版、“文革”版、现代饭局版的《红楼梦》，中间有龌龊、低俗的多姑娘、贾琏、薛蟠，也有宗教、诗歌、星空和纯洁、早夭的弹钢琴的女孩。如此复杂、单纯、分裂，如此狂热又超脱，这是造物者赋予男性的特质和秉赋，是女性无法设想的另一个世界。

《繁花》用上海方言写就，秀雅的语言之魅让读者口齿留香。这种语言增了男人的温润，添了女人的娇嗲。同样一位美女，说这种方言是会加分的，就像东北话、唐山话会影响文艺片剧情一样。想必我的语言也是空洞无力的，念几句小说中的文字给大家欣赏吧："半夜出发，无依无靠，四个荒唐子，三更流浪天，现在南依古园、古树，缄默坐眺，姑苏朦胧房舍……""两男一女，灯下谈谈，窗外落雨，案前酒浓，印象深刻"。这样的语言是养心润肺的。

一生一世一本书，一个简单读书人的简单梦想，《繁花》的作者做到了。

倾听严歌苓

也许天性是个悲观但还未彻底丧失希望的人，所以倾听和倾诉的欲望都很强。我渴望人与人之间的真实。“为什么不说出来呢？”我总是对这个世界抱着这样幼稚的渴望和不满。我相信除了极少的隐私，只要我们彼此交心说出来了——也许我的一些做法在你看来不太适当，但我是经历了怎样的成长和心路形成了这样的思维、做事习惯，请容我慢慢改过；为什么总是看到我光鲜照人的一面？其实“人无往不在枷锁之中”，在人生的另一面，也许你正是我羡慕的对象……如此，人与人之间还有什么不可冰释、不能原谅的？但是，现实一次次告诉我，我那所谓“真理”的苍白。

一直以来，父亲都对我的阅读和写作充满了忧虑，在他们那个时代的读书人看来，颂歌和史诗才是文学的正途，而我却偏好窥探一些阴郁、另类的小人物的内心生活，也许潜意识里这是对倾听、倾诉欲望的满足。用苦难交换苦难，在倾诉中为彼此减压，这是我孩子气的交友观，也推而广之到了我的阅读。比如，我对著名旅美作家严歌苓的喜爱，尤其是她的一些反映在多重文化背景下的小人物命运的中短篇小说。

我对严歌苓的了解并不多，但一个有着上海文化家庭背景，却成长于“文革”的部队舞蹈演员，她拿起笔的初衷，想来是为了祭奠在那荒谬时代走过的难言青春。在国内文坛刚刚获得承认，却因种种原因背井离乡，选择了在英语环境下靠汉语写作、生存的艰难之路。她成功了，去国怀乡，跳出庐山之外，遭遇异域文化的冲击，却意外地使她心灵放松，视野变宽，即使再写曾经历过的那段荒谬岁月也拥有了更博大、悲悯的人性关怀，所谓失之东隅，收之桑榆。

跟我来倾听严歌苓。《白蛇》是一个在通俗中显出另类的故事，但那种另类带给人的却不是猎奇的快感，它令我想起香港女作家李碧华的《霸王别姬》，都是在通俗、华丽外衣下，张扬人性刺目血色的小篇幅、大制作。

那是“文革”时期，善恶倒置，美丑颠倒，两个差异太大的女子间的离奇情谊，或许它不符合正常的秩序和规范，但它的纯洁在于它与功利、欲望无关，它来自两个女人对美和艺术的执着，对美的极端珍爱和保护。美好的事物为什么总是脆弱、不被祝福？环境不是可以推卸一切的理由，因为在政治的急流险滩下还涌动着另一条暗流——普通人内心深处潜伏的对美的占有和破坏欲，以及心与心之间的不予理解、拒绝倾听。

《橙血》也是一种人与人之间关系的绝境，其实我们完全可以超脱它的种族背景——一个富有、残疾的美国老妇人收养了一个中国童工，抚养和教育了他，形成了一种亦母子亦主仆的关系。老妇人想当然地认为自己对那个中国孩子拥有无上的权利，希望他永远与自己一起过幽闭的生活。因为自己的青春、幸福被漠视了，所以也开始漠视别人的青春、幸福。结果是酿成悲剧。没有那么疯狂，但它的内核还是像张爱玲的《金锁记》。曾有一位作家说过：“从来没有活过自己，没有用自己喜欢的方式获得过自我满足的女人，一定会牢牢地控制他人，因为只有控制他人才能使她感到安全。”而最让当事人痛楚难言的是这一切都打着爱和保护的名义。

这部小说集中最令我动容的是《初夏的卡通》，两个异族老人间仅仅存在了几天的黄昏恋，他们的媒人是各自的小狗。人其实远比动物孤独、受限制和不快乐，而人与人的关系，也许还没有动物之间来得朴实、真挚，因为动物不需要用脑子去想，去权衡和盘算。

从精神病院逃出来的罗杰没有等来约会，却遭到野蛮拘捕，他猜测是那个中国老妇人告的密，但他没有恨，他更惊异的是自己还会爱，还有爱的能力，但他已没有机会了。在洞晓罗杰的真实身份（流浪汉）后，艾米莉没有赴约，但这道黄昏彩虹却如回光返照般，很快燃尽了她的生命。

这篇小说的标题为什么叫“初夏的卡通”，我想作者是想拿动物们快乐的相爱方式来讽喻人与人之间关系的艰难。瞧，小说的结尾多卡通：“它不知道世上已不存在一条叫彼得的雄狗。它就那样等在那里，一种优美的意境使它的丑陋和低贱消失了。对于雌狗露丝，整个空气都充满了彼得。”

心与心的不予理解，拒绝倾听，我们在彼此误读中，继续着各自的人生。这好像是严歌苓笔下人物不可挣脱的命运。比如《阿曼达》里的失意人杨志斌，《冤家》里的离婚妇人南丝，还有《拉斯维加斯的谜语》里从个性谨慎、克制的教授沦为拉斯维加斯赌徒的老薛的奇特命运。

如果有了更广泛的爱和理解，我不相信有所谓注定不可更改的命运，就让我们的关怀从学会倾听开始。

走近悲剧

两年前结识了一位搞文学创作的阿姨。一次交谈中说到毕淑敏发表于1993的一篇中篇小说《阿里》。那时我还只算个文学发烧友，尤其着迷于毕淑敏在《昆仑殇》《阿里》里刻画的冰山、雪域、军人的那种冰雕般坚硬、晶莹、纯美的艺术氛围。尤其结尾，当读到有了“叛逃”嫌疑的女兵游星，为维护父亲作为临战统帅的尊严，沉井自尽，我曾抚桌痛哭一场。没想，阿姨却不以为然，转而和我聊了了同年《译林》杂志上刊登的一篇美国小说《将军的女儿》。

小说中将军的女儿布·坎贝尔是个美丽开放、精明强干的女上尉。然而一个夜晚，她竟浑身赤裸地被捆绑、勒死在军营里……并不复杂的案情因遭到来自军营上下、甚至死者父亲——将军本人的阻力，变得扑朔迷离。真相最终还是大白，但除了又徒增几位骇然、愤懑的知情者，真相已无任何意义——早在十年前，它就注定被封杀和埋葬的命运……

女上尉之死是她自己一手导演又弄巧成拙酿成的惨剧。这绝不是嬉皮、无耻，女上尉只是用一种极端的、自虐的行为艺术，宣告她对以道德、光荣自我标榜的军界和对那种被“军人荣誉”异化了的父爱的愤怒！

10年前，在西点军校，布·坎贝尔还是个纯真、好学的军校女生。但平静的求学生活却被一次丛林军事演习打破了。演习中，5名男军人用极野蛮的方式将她劫持、轮奸了……当她精神崩溃住进医院，她的父亲——坎贝尔少将却接受了国防部的秘密请求：为了西点的荣誉，永远封锁和忘却这条丑闻。同一年，父亲的肩章上又多了一颗将星。

10年过去，女学生成为父亲基地里一个才华横溢又放荡不羁的上尉军官。在纵情背后，那团留在记忆丛林深处的阴影却愈来愈清晰和狰狞……而尤其令她耿耿于怀、不可原谅的是10年前父爱的虚伪和背叛……这使布·坎贝尔深入骨髓地透彻了军营内被压抑、潜藏，以至如癌疯长的人性之恶……

也曾以恶抗恶——在放浪形骸中让记忆、精神暂时麻木，并以此来嘲笑、羞辱父亲，嘲笑、要挟整个军中社会。但乖戾、变态毕竟不是女上尉的本性。终于她决心与父亲、军营达成原谅和妥协——于是，就有了那个夜晚，布·坎贝尔自导自演恢复了10年前发生在丛林里的一幕，然后设法通知让父母赶到。她试图用回忆告诉父亲，那种伤害是多么沉重绝望、难以释怀！她想听见父亲一句忏悔的恳求，然后把她领回家。父亲独自赶来了，但给她的却是斥责和冷淡。他不愿靠近裸体的女儿……父亲刚走，紧接着又一个悲剧巧合，美好的愿望终成泡影——在父亲第二次赶到之前，布·坎贝尔被曾被她利用，现在又由爱转恨的肯特上校瞧见。在误会和疯狂的嫉妒之下，肯特勒死了她……人性到此愈加复杂。

而在《阿里》中，游星不就是在一个夜晚，与恋人在高原上纵车忘情，把车开到了边境线上吗？一顶“莫须有”的叛国犯帽子何至用死洗清？而又有什么荣誉能高贵过一个鲜活的生命？况且还是在游星的父亲（司令员）还一无所知的情况下。于是，悲剧只能归结为“文革”那段畸形岁月对人的摆布、作弄，政治成了罪魁祸首，而人是不能自救的、盲目的、非理性的牺牲品，仅此而已……《将军的女儿》虽然是部通俗小说，但是从中我们却看到一种寓意更深刻、更接近人性终极思考，从而也更具生命力、震撼力的大悲剧——男女固有的性别差异，人类几千年社会分工、男尊女卑，使今天真正意义上的男女平等仍旧遥遥无期。今天在全世界各个角落，哪怕是所谓最文明、发达的美国，掀开那面尊重女权的美丽旗帜，也许我们仍能看到几具被男性的欲望、功利和人性中共同的自私所扼杀的女性的尸体……阅读悲剧，我们脑中会留下布·坎贝尔那凄厉疯狂、痛苦无助的身影；但读过《阿里》，人们除了再次诅咒那段荒唐岁月，主人公游星只沦为一个美丽、伤感的小说符号。并不是她比坎贝尔缺乏塑造性，而是代表了中国小说的一个通病——塑造人物平面、武断，关注政治，却缺乏对人性揭示的力度和穿透力。

这种比较未必科学，再者我也无意评判中美文学的孰高孰低。比如《将军的女儿》到底是严肃揭露还是有讨好读者和煽情之嫌，笔者仍有疑惑。而《阿里》毕竟使我们感受到了一种美和升华……我只是认为：中国文学、中国人文性格中的确呼唤一种更深邃、更极端的悲剧意识和哲学高度。

胳膊断了往袖子里藏——回避自我的悲剧，不惜在蝇营狗苟中麻木自我、丢弃自我，同时，又以袖手的同情、明哲保身的旁观来对待旁人的悲剧（甚至民族悲剧），这种思想惰性和抛弃自我、回避真理的世故、怯懦，不但使中国古代，在哲学和自然科学的发展史上留下了大片的空白，也使文学显示出一种与华美、凝练到无以复加的形式美极不相称的思想精神上的滞后和苍白。整部恢弘壮大的《唐诗》中读不出一个浮士德，全卷悱恻缠绵的“花间”“婉约”词里寻不见一个茶花女的身影。这样说自然有失公道，甚至有媚外之嫌，只是作为一名中国古典文学的热爱者，我更以为文学首先应该是“人学”，而“人的悲剧往往是内在的”，我们的文学缺乏的正是这种内在的拷问与自省。虽然“内在”可能比现实更肮脏、更龌龊，但文学不怕“审丑”，“审丑”正是为了鞭策世俗麻木的灵魂，使文学“向一种伟大到可怕的美靠近”。直到今天，“中国还没有自己的卢梭，自己的陀斯妥耶夫斯基”，这是中国人人文性格的遗憾，还是文学的遗憾?

两年前，那位阿姨向我推荐《将军的女儿》的目的，也许正是为了推动这种新文学观的建立，也使我能够领略一种更深邃、更真挚的艺术的魅力吧。

愿游星和布·坎贝尔地下的灵魂安息!

乌泥湖往事

著名作家方方的新作《乌泥湖年谱》，一部非常深刻、惨痛的长篇小说，如果将它定义为“一位工程师在特殊年代的心灵史”的话。看政治的翻云覆雨、政治的无所不用其极将人心如何撕扯，将人之肉体、人之精神如何打击直至覆灭……

“更立西江石壁，截断巫山云雨，高峡出平湖。”这部小说的精髓正是让人不胜唏嘘的三峡工程前史。而这也是小说的第一条主线。原来早在20世纪50年代三峡工程就已进入筹备阶段，无数工程水利精英为了这个宏大目标集结长江中游，蓄势待发、雄心勃勃、舍我其谁。但是后来，后来……生不逢时徒奈何？！感谢方方，又在文学史上筑起一方“失败者的丰碑”。只有文学不会遗忘这些时代铸就的失败者。

熙来攘往、人间故事，其中既有乌泥湖当地以种菜为生的汉口郊区农民，也有喝过洋墨水、为修三峡大坝来到汉口、来到乌泥湖的高级工程师和他们的家眷。一幅乌泥湖众生相，不但有新中国成立初期的时代特色，亦有古今不变的世俗人情。这是小说的第二条主线。

记得十几年前，有次读了也是方方写的中篇《万箭穿心》，一个汉口女人的故事，立刻断定故事太精彩了，肯定会被改编成影视剧。果不其然，前两年同名电影上映了，还获过奖。斗胆再押一次宝，若将眼前这本《乌泥湖年谱》改编成电视连续剧，绝对精彩，一串串故事、人物信手拈来。

小说还有第三条线。想了解多子女家庭的温馨、快乐吗？看看书中主人公丁子恒的三儿一女就知道了。优秀的大毛、二毛，顽皮的小三毛，爸爸妈妈最宝贝的唯一女儿嘟嘟。为什么方方将这个幸福家庭的一幕幕描摹得那么真实而富有情趣？除了作家自身功底外，更重要的原因应该是她就是“嘟嘟”。据悉，方方本人正是来自一个高级工程师家庭，也有3个优秀的哥哥……家庭幸福太重要了，于丁子恒而言，在那个特殊年代，他备受摧残的精神之所以不至彻底覆灭，是因为有家，有美丽温柔的妻子和4个可爱孩子为他作支撑。

国家不幸诗家幸，所以中国当代作家中的“50后”“60后”更出色，更出大家。其中女作家中我喜欢王安忆、铁凝、池莉、迟子建、叶广芩……但谁也取代不了方方在我心中的特殊地位，只因她的成名作《风景》《桃花灿烂》曾在我少女时代的头脑、心灵中掀起过惊涛骇浪，只因这个工程师的女儿笑容之质朴、性情之耿直。

近期，方方在微博上披露了一个多年没有作品的诗人穷尽办法评正高之怪事，引发了一些舆论风波。支持方方。

人物评传

跟着艺术家仰望星空

你的人生不设开关键

我有一个坏毛病，对自己不感兴趣的东西，常常不求甚解，所以我一直没搞明白儿子的iPad（平板电脑）的开关键到底在哪。我曾惊诧地看着他将还在闪耀的屏幕“啪”一下如书本般合上。“别弄坏了！”有几次我叫道，当时才9岁的儿子鄙夷地看着我，都懒得解释。被“强制”合上的iPad过一会儿就自动冷却下来，我感到好奇，可转头就忘了。后来，儿子的iPad被我失手摔坏了（此处略去几百字），iPad开关键的事也就不了了之。

这个谜团最终竟是iPad的缔造者——史蒂夫·乔布斯亲自为我解开的。解开得那么诗意和令人心碎。2011年，乔布斯逝世前夕，再次约见了他的传记作者沃尔特·艾萨克森。艾萨克森在《乔布斯传》的尾声中这样写道：“他（乔布斯）承认，当他面临死亡时，他更可能相信存在来世。他说：‘我愿意认为，在一个人死后有些什么东西依然存在，如果你积累了所有这些经验，可能还有一点儿智慧，然后这些就这么消失了……啪！然后你就没了……也许这就是为什么我从不喜欢给苹果产品加上开关吧。’”

如果没听过这番阐述，我永远不会觉得“开关”无论作为一种设置或一个动作，都是那么冰冷、残酷、泾渭分明。乔布斯直指人心的话语，让我们得以换一种眼光和角度打量我们的周遭，思索万事万物的诸多细节，你不得不承认，他是对的。这正如乔布斯所说：“有些人说‘消费者想要什么就给他们什么。’但那不是我的方式，我们的责任是提前一步搞清楚他们将来想要什么。”是的，我们的确不喜欢那种简单、直白、冰冷的开关键。

感谢《乔布斯传》也给了我这个百分百文科生很多计算机知识启蒙，比如此刻我学会了感叹和思考：为了令iPad具备可不主动选择关机，且待机时的耗电量几乎为零的功能，苹果的工程师们得在后台开发多少条程序、命令？

完全可以用浩瀚来形容《乔布斯传》，严谨、扼要的专业陈述，鲜明强烈、呼之欲出的人物刻画，动荡起伏的人生故事，我甚至认为可直接以此为蓝本创作一部电影了。但这些还不是关键，最打动我的是乔布斯做企业也即他做人的理念，例如“至繁归于至简”“我们的目标从来都不是打败竞争对手，也不是狠赚一笔，而是做出最好的产品，甚至比最好的还要好一点”“优秀的木匠不会用劣质木板做柜子的背板，即使没人看到”“过程就是奖励”“伟大的艺术家和伟大的工程师是相似的，他们都有自我表达的欲望”“你必须不断地去推动创新”“我们试图用我们仅有的天分去表达我们深层的感受，去表达我们对前人所有贡献的感激，去为历史长河加上一点儿什么。那就是推动我的力量”……

穷尽一生，乔布斯以不竭的激情致力于将科技与人文水乳交融，在高科技产品中融入设计的敏感、完美主义和想象力，打造了一家世界上最具创造力的公司，并经他之手，使个人电脑、动画电影、音乐、手机、平板电脑以及数字出版六大产业发生了颠覆性变革。

尽管传主的个性并不完美，但《乔布斯传》仍不失为一部励志大书。前几日，听了一个新闻业务讲座，在谈及“纸媒的黄昏”这个话题时，给我们讲课的老师说了这样一番话：“羊皮纸消失了，《圣经》依然在流传，竹简不见了踪影，《史记》依旧激荡人心。”是的，有价值的思想是不受开关键控制的，或许到下个世纪，只有到博物馆里才能见到iPad了，但乔布斯的故事、乔布斯的思想是常青、不灭的。

我们每个人是不是都应该有自己的雄心和壮志？

跟随茨威格仰望星空

茨威格？是的，就是那个在《一个陌生女人的来信》《一个女人一生中的二十四小时》等小说中将女人心描摹得那般纤毫毕现、百转千回、感天动地的奥地利著名作家。

原来，除小说外，茨威格还以撰写人物传记闻名，在读完眼前这本由十四篇历史特写组成的《人类的群星闪耀时》一书后，此前我印象中的阴柔、善感、心理医师般的茨威格已被大写和升华。

十四篇特写、十四个人物，历史跨度逾千年，涉及政治、军事、文化、科技等诸多领域，以至于我认为可将其看作一部凝练、浓缩至极致的欧洲简史。历史是由人创造的，而在巨大意志力、非凡能力、伟大品格及历史赋予的偶然与机遇等诸多因素作用下，有时一己之力、一己的遭遇真的能让历史之水改变河道，或者冥冥中历史本该如此行进，如此被引领。

引领？或者你以为这一定是十四个拥有非凡成就、干出了一番惊天动地伟业的大人物，我的回答是历史在某种意义上是含混的，在不同的世界观、不同价值观之下，对伟大、伟业可以拥有迥然不同的理解和诠释。

即使横跨近2000年的历史长河，我还是要把茨威格笔下生活在公元前的古罗马演说家、人文主义者西赛罗与19世纪俄罗斯著名作家列夫·托尔斯泰及20世纪初的美国总统威尔逊归为一类人，即伟大的人道主义者、理想主义者。

我对理想主义的理解是，虽然经过一代代人的努力，理想主义者追求世界和平与人类永久和睦的理想一直未能实现，但是理想主义存在的本身就是一种希望、照耀和引领，是黑夜中那双寻找光明的眼睛，是反击现实的有力武器。人道主义者、理想主义者的痛苦不易为同时代的人理解，例如西赛罗和列夫·托尔斯泰，他们是独裁者和所有权贵的眼中钉，因为他们宣称“暴政侵犯每一种权利，只有当每一个人不是企图从自己的公职中获得个人的好处，不是企图在社会利益的背后隐藏自己的私利，真正的和谐才能在国家中实现。只有当财富不被大肆挥霍而成为奢侈与浪费，而是得到妥善管理，并被转化为精神文明、文化艺术……国家才能健康发展”。

可是，他们却又洞穿了另一种危险：革命的危险。西赛罗宣称“独裁是危险的，革命也同样如此”，托尔斯泰则认为：“通过暴力不可能建立一种符合道德的制度，因为任何一种暴力不可避免地会再产生暴力。一旦你们（革命者）掌握了武器，你们也会很快建立新的专制主义。你们不是破坏专制，而是使它永存下去。”“只要你们不承认对所有人都应怀有兄弟般的仁爱，那么我就拒绝同你们站在一起。”历史总是被这些智者不幸言中。

往事越千年，但一代代人道主义者、理想主义者们依然不改他们渴望调和折中，希望社会各阶层、希望全世界各个国家能和睦相处的初衷。所以在惨绝人寰的第一次世界大战之后，时任美国总统的威尔逊渴望并努力推进缔结一份能保障人类永久和平的条约。毫无疑问，这位堂吉诃德式的英雄、另类政治家最后失败了。但是，虽败犹荣。今天的伊拉克、今天的乌克兰，昭示着我们这个世界远没有变得更好，理想主义者依然在奋争和求索……

艺术是对人类终极的关怀。极致的艺术品是艺术家在极致状态下的非凡创造。对音乐大师亨德尔而言，是音乐，是对音乐狂热的爱与追求助他战胜了身体与心理的绝境。对伟大作家歌德而言，是诗歌抚平了他那颗骚动不宁的“老年维特”之心……《人类的群星闪耀时》为我们记录、描述了伟大艺术家与他们的伟大作品交汇时刻的电闪雷鸣。

太喜欢茨威格对亨德尔在创造高潮状态下的描述了，不愧是出自音乐家的国度——奥地利的作家，请听：

> 他把这个“阿门”配上雄伟的赋格曲，把第一个音节——洪亮的“阿”作为最初的原声，让它在穹顶下回旋，轰鸣，直至它的最高音达到云霄；这原声将愈来愈高，随后又降下来，又升上去，最后再加入暴风雨般的管风琴，而这和声的强度将一次比一次高，它四处回荡，充满人寰，直至仿佛天使们也在全部和声中一起唱着赞美歌似的，仿佛头顶上的屋宇梁架在永无休止的“阿门！阿门！阿门”的歌声中震裂欲碎似的。

艺术与人类的关系是怎样的？亨德尔用他最伟大的作品《弥赛亚》作出了回答，他说：“演出这部作品我不要任何钱……这部作品应该永远属于病人和身陷囹圄的人，因为我自己曾是一个病人，是依靠这部作品治愈的；我也曾身陷囹圄，是这部作品解救了我。”

有人说历史是由一个个偶然组成的，但偶然只是一闪而过的外力和介质，历史则永远遵从量变到质变的规律，而人的努力程度也是一种量的累积。

从事功在千秋的科学事业的人，除了广为人知的伟大科学家之外，还有那些能将科学家的发现、发明推广、应用的人，比如《人类的群星闪耀时》中记述的美国实业家赛勒斯·韦斯特·菲尔德。在经历一次次失败、饱尝世态炎凉之后，菲尔德依然不改初衷，终于在1866年主持成功铺设了横跨大西洋、连接了美洲与欧洲的海底电缆。从此，美洲与欧洲间可以用清晰的电报讯号联系，人类的文明进程得以大大推进。

也有一些人以他们的惊人努力让历史变色和蒙羞，如奥斯曼土耳其帝国的穆罕默德二世。在翻云覆雨、攻城略地的政治角斗场，这位皇帝处心积虑、积蓄力量，而助他一臂之力的还有那些因为对抗、不团结而未形成合力的欧洲诸国。最后的质变结果就是1453年，东罗马帝国灭亡，基督教的历史名城君士坦丁堡从此易帜成为伊斯兰教的伊斯坦布尔。

即使对这位纵容军士在君士坦丁堡烧杀抢掠的恶君，茨威格也理性地承认他是个“富于奇思异想的梦想家，这种类型的梦想家懂得如何通过自己的意志把梦想变成现实”。命运眷顾更强者，有时遑论正义与否。这也是历史。所以，茨威格发出这样的警告：“由于战胜了空间和时间（凭借科学的进步），但愿人类永远友好团结，而不是被灾难性的猜想一再迷惑：想不断去破坏这种伟大的统一；想用战胜自然的同样手段来消灭人类自己。”环顾今天的世界，言犹在耳，振聋发聩。

此刻，正在写这篇文章的我已经40岁。有时我问自己，真的那么愿意写作吗，资质一般，工作、家事疲劳，靠写作赢得名利的可能性更是微乎其微。然而，这本书中的一个人物激励了我，茨威格洞穿人心的话语激励了我。

这个人叫斯科特，1912年，他因晚了近5个星期而落败成为全世界第二个到达南极极点的人。但是，即使知道自己已经屈居第二，所有努力、艰辛似乎已经付之东流，即使在返程时遭遇绝境，即将葬身冰雪之中时，他还是凭借惊人的意志力写下了一封封也许永远无人看到的信，其中一封信中写到“我不知道，我算不算是一个伟大的发现者。但是我们的结局将证明，我们民族还没有丧失那种勇敢精神和忍耐力量”。

最终，当这些信及保留在胶片中的影像奇迹般地呈现在了世人面前时，全世界都被这个“亚军”打动了。在英国国家主教堂里，英国国王跪下来悼念斯科特和他的几位战友。

茨威格赞美这种精神：“只有雄心壮志才会点燃起火热的心，去做那些获得成就和轻易成功是极为偶然的事。一个人虽然在同不可战胜的占绝对优势的厄运的搏斗中毁灭了自己，但他的心灵却因此变得无比高尚。”

相比茨威格诗一般的语言，我相信斯科特临终前写给妻子的信能让更多普通人产生共鸣。在信中，斯科特关照妻子最主要的是不要让儿子懒散，他说：“你是知道的，我不得不强迫自己有所追求——因为我总是喜欢懒散……关于这次远征的一切，我能告诉你什么呢。它比舒舒服服地坐在家里不知要好多少！”克服懒散、坚定目标、不懈追求，这是人类所以进步、群星所以闪耀的最朴实、最通用的准则吧。

文章是杂乱的，因为我已经陶醉在这片历史的星空下，追寻永无止境，思考永不停歇……

社会热点

看见中国

肖申克永不瞑目

如果不写这篇文章，我的良心会难过的。开宗明义，这篇文章的主题是“冤狱”。请允许我讲得迂回些，比如从我非常崇拜的一个男人讲起。这个男人叫安迪·杜佛尼，是被誉为“当代惊悚小说之王”的美国作家斯蒂芬·金的中篇小说《肖申克的救赎》的主人公。对了，小说后来还改编成了同名电影，我也看过。但是，论惊心动魄，论反讽悲凉，论内在张力，我认为文字强过影像太多，这也许正是我沉迷阅读，难以成为真正影迷的原因吧。这是题外话。

“他们说太平洋是没有记忆的，所以我要到那儿去度我的余生。在一个没有记忆、温暖的地方。”我曾激动难安地把小说中安迪的这句话抄下来。这话听着很平常，但如果你知道安迪经历过什么，他记忆中承载着什么，你就不会这么说了……

简而言之，世界上真的存在一种拿山东土话讲叫“巧爹碰到巧娘”、让当事人跳进黄河也难洗清的冤案，比如令30岁的银行家安迪于1948年身陷囹圄、被判处终生监禁的这一桩。安迪的老婆红杏出墙，和一个高尔夫球教练搞上了。事情败露后，他老婆扬言离婚并跑去跟那教练公开同居。某个晚上，愁苦的安迪跑到教练家附近酗酒，而就在那天晚上，他老婆和那教练让人枪杀在了家中床上。不利于安迪的证据实在太多了，比如案发前两天他刚买了一支枪，而案发那天晚上，他又恰巧把那支据他说买来是想自杀用的枪扔进河里冲走了……

多年后，这桩案子的真相极其偶然地曝光了，并真的印证了安迪的推测。安迪曾告诉朋友："我认为那天晚上，我真是倒霉透了，古往今来最倒霉的事都集中在这短短几小时内发生。我想一定有个陌生人凑巧经过。也许在我走了之后，有人车子爆胎了，也许是个强盗，也许是个神经病，走进去把他们杀了，就这样，我就被关进来了。"

没错，那桩案子正是一个神经兮兮的强盗在入室盗窃时偶然犯下的。怎么样，安迪够倒霉了吧？但还有比这更绝望的事。

入狱第十五年，安迪偶然从一个狱友那得知，这个狱友在另一所监狱服刑时，曾亲耳听到一个犯人承认那桩被媒体炒得沸沸扬扬、改变了安迪一生命运的案子是他做下的。长夜漫漫，安迪看到了曙光。

但是，掌管监狱的典狱长迅速掐灭了这缕曙光。安迪"这是我的人生、我出去的机会，你看不出来吗"的哀嚎换来的是二十天禁闭，被独自关在只适合老鼠生存的地窖里。

为什么？原因有三。

第一，安迪对监狱官僚们有用，有大用。多年来，安迪利用自己的金融专长替历任典狱长做假税、洗黑钱，由此换得如下待遇：住单人牢房，被调至图书室工作（为图书室丰富藏书，帮助有需要的狱友也成为安迪安抚良心的寄托）及确保自己不再受狱中同性恋犯人们的蹂躏。

第二，典狱长极其讨厌安迪。安迪入狱后，一直保有一种从容、自尊的自由人心态，这让沉默寡言、彬彬有礼的他在犯人中格外引人注目。他不是奴隶主般的典狱长们希望看到的、从身体到内心都趴在地上的奴隶。

第三，这一条干脆就是废话，因为从第二条就可以推断出，这个典狱长就是个彻头彻尾的混蛋。

安迪的人生还有救吗？当然！在遭监禁27年后，他成功越狱了，依靠知识、胆识和顽强的意志。为什么一定要住在单人牢房里，牢房里为什么一直挂着一张巨大的性感女郎的海报，为什么多年不间断地托人买小石锤，并一直以打磨石制小物件掩人耳目……那个惊天秘密正是他每天晚上都在偷偷挖地道，那个地道正隐藏在那张巨大海报后面……

不用担心安迪越狱后的人生，入狱前夕，他已让挚友为自己准备了假身份证件，并让挚友利用那个假身份替自己理财……

安迪真的如愿来到了温暖的、没有记忆的太平洋岸边，当上了有钱有闲的小旅店老板。2013年，我触目惊心地读到一桩中国版“肖申克的救赎”，而那个中国的“安迪”名叫于英生，入狱前是安徽省蚌埠市东市区的区长助理。1996年12月2日，于英生之妻韩某在家中遇害。经蚌埠市公安机关侦查、蚌埠市人民检察院提起公诉，蚌埠市中级人民法院以故意杀人罪判处于英生无期徒刑，安徽省高院二审裁定维持原判。

2013年8月，在于英生入狱17年后，安徽省高院再审此案，以犯罪证据“不具有唯一性和排他性”改判于英生无罪。3个月后，经过警方艰苦努力，尤其是借助高科技手段的神威，这起案件的真凶奇迹般地落网了！（有兴趣的朋友可上网了解详情）

安迪毕竟是杜撰出来的人物，导致他入狱的种种巧合，是作家天赋异秉、异想天开的结晶，所以在逻辑上几乎无懈可击，但于英生案不同，有媒体报道，据知情人透露，当年于英生案进入法庭审理程序后，其辩护律师认为，该案事实不清、证据不足，还存在刑讯逼供的情节：首先，死者的体内有其他男人的精液，这本身就是一个很大的疑点。另外，辩护律师详细计算了于英生从单位到家的时间，计算的结果是他当时根本没有时间回家杀老婆，再说还有证人证明于英生当天是什么时候回家的……

从34岁到51岁，于英生与安迪一样，在无妄之灾中，由青年蹉跎至老年。悲剧的辐射力最是惊人，比如于英生的老父亲。老人坚信儿子无辜，一趟趟乘火车去狱中探望他，并长年为他奔走喊冤，而更令人悲叹的是这位伟大的老人却没能看到儿子沉冤昭雪的那一天……

还有于英生的儿子，据媒体报道小伙子现正上大学，是由外公外婆带大的。难以想象，这个笼罩在“爸爸杀了妈妈”的巨大阴影下的孩子，有着怎样辛酸的成长经历……

有人说，这起冤案中唯一令人欣慰的是17年前于英生被判处的是无期徒刑，言下之意就是总比死不瞑目强。这种说法很正确，也很幽默。同时，这种欣慰也适用于2005年，因为“被杀”的妻子意外回来而在11年后出狱的佘祥林；适用于在“浙江叔侄奸杀冤案”中无辜入狱近10年的张辉、张高平……这串名单很长，有兴趣的朋友可以自己上网搜搜。

而内蒙古呼和浩特市那个永远被定格在18岁的青年呼格吉勒图就没能享受到这份“欣慰”，因为在那起发生于1996年4月9日的奸杀案（也称“4·9”案）案发仅61天，他就被法院判处死刑，并立即执行。

2005年，内蒙古系列强奸杀人案犯赵志红被控，其交待的第一起案件就是“4·9”案。而接下来发生的事情让这起冤案变得更加沉重：2006年11月，呼和浩特中院对赵志红案不公开审理。公诉机关对赵志红招认的10起强奸杀人案的9件提起公诉，唯独漏掉了“4·9”案……2014年10月，呼和浩特退休检察官、曾经多次撰文为呼格吉勒图呼吁的滑力加被人以递送投诉材料为由约出家门后，在一个饭店内遭到严重殴打。而某日，在信访局里，当呼格吉勒图的母亲对一个女工作人员说：“我儿子两个月就执行死刑了。”对方的回答竟是：“（法律）允许的话，一个礼拜都可以。”……在案件迟迟未再提审的9年里，呼格吉勒图的父母每个星期固定出现在内蒙古高院，风雨无阻。

就在2014年11月20日，18岁的呼格吉勒图终于快瞑目了，当日，内蒙古自治区高院宣布，呼格吉勒图案复查已经结束，正式进入再审程序。

2014年11月21日，《新京报》发表了对呼格吉勒图母亲尚爱云的专访文章，标题是《我教育出的儿子，不是杀人犯》。看后我哭了，真的。

我写这篇文章的目的是什么，呼吁加快依法治国步伐和落实“疑罪从无”的办案原则？当然，这是必需的。但为什么要拿斯蒂芬·金的小说、拿文学作引子？我的答案是希望藉此告诉更多的人，不论古今中西，都有一种叫“冤狱”的命运在上演。请关注那些命运背后的悲惨身影，给予你力所能及的爱和同情。还有一点则是所有人都能做到的，即不要歧视自己身边的犯人家属们，这与冤案与否无关，是我们做人的底线。

祝福天堂里的呼格吉勒图，祝愿你此刻正在一个温暖的、没有记忆的大海边，幸福、恬静地生活。

接受有缺陷的生活

近日看到一则新闻，是对温岭杀医案背后的医学探密，让大众了解了一种陌生的疾病：空鼻症。通过资料我总结这种疾病主要有以下特征：一般发生在曾用激光等微创手段治疗过过敏性鼻炎、鼻中膈弯曲的病人身上；这种病介于主观臆想与生理事实之间，即现代医学检测手段无法证实，但一干病人的相似症状又无法回避、忽略的混沌局面。

在此我不想评论医患间的孰是孰非，因为答案很简单：再强烈的痛苦都不能成为任何人举起屠刀的理由。我想说的是，在生理层面，人们是否可以树立这样的观念：很多慢性疾病就是你人生如影随形的灰色伴侣，直面它、接受它，尝试平静地过一种有缺陷的生活。

道理很简单：两害相权取其轻。你为扰你安宁的过敏性鼻炎四处求医，但有一种病它的别名就叫“治不好、死不了”。有经验未必那么丰富又过分迷信医疗手段的医生建议你用激光将病灶除之，此时你是将自己推向了一个艰难抉择的境地：有通过激光治疗使病情得到缓解的人，甚至有号称治愈的病例，但也有一部分人在手术后成为“生活中只剩下鼻子”、每呼吸一次都是受罪的空鼻症患者。此时，理性的选择我认为应该是不治疗，甚至我认为这应该是医生与病人的共同决定。

台湾的一位著名眼科大夫已“金盆洗手”不再做激光治疗近视眼手术，只因有部分病人在术后逐渐出现干眼症等不适症状。大陆媒体对这则新闻跟进过一段时间，后又不了了之，让人不禁怀疑是否与医院利益有关。但，最后的决定毕竟由病人自己来做，没有人把你强拉上手术台是吧？

如此，为何不坦然接受一种有缺陷的生活，从可以忍受的痛苦中汲取养分，令自己变得更豁达，更强大？人生是一场祸福相依的博弈，最后较量的就是智慧和心态。古人我推崇司马迁，如作家冯唐所说：“被阉的司马迁暗暗下定决心没有那啥也要牛逼千百年姓名永流传。”外国人我欣赏边因哮喘缠绵病榻边写出了奇书、巨著《追忆似水年华》的普鲁斯特。今人中较有性格的就是冯小刚了，感谢冯导，他的每次亮相都无异扇了虚假医疗广告一耳光，像什么“祖传秘方治疗白癜风，包治包好”！冯导内心强大，令人敬佩，他曾对某媒体说：“就用我这张脸，让那些恨我的人找点心理平衡吧！”

接受有缺陷的生活，不单是生理病症，甚至包括强迫症、抑郁症等只能缓解、不能根治的神经系统疾病。人有病，天知否？天说：太阳底下并无新事。笑着忍耐或许就是生活的真谛。

宽容是一种美丽

不知从什么时候开始，我认定这个世界上最美丽的词应该是“宽容”。

其实人与人间的不和争斗，国与国之间的战争，究其根本还是不宽容。20世纪初荷裔美国历史学家房龙写过一本叙述人类思想发展史的著作，书名就是《宽容》。我这样理解，在人类思想成长的稻田里，总会相伴而生另一种植物——稗子，它是稻子的天敌，它疯长的代价就是饥饿与荒芜，而人类心智的饥饿与荒芜更可怕。这种可恶的稗子就是“不宽容”。在人类思想发展史上倒在它阴影下的冤魂，像我们熟悉的就有伽利略、布鲁诺等等。

我的学识还不可能承担对人类思想发展史的评述，我只是受了这本书的启发，用“宽容”来反观我周遭的世界。

房龙认为导致“不宽容”的原因主要有三种：因为懒惰，因为无知或者因为自私自利。

还是在那本书里房龙说“法国有句谚语：了解一切即宽恕一切”。房龙认为这过于简单，修改成“了解一切即理解一切”。理解了起码不会再因为懒惰和无知而犯下“不宽容”的错误。

深圳的一位王先生为了让自己和与自己有一样经历的人得到社会的理

解，作出了勇敢的尝试。在2002年凤凰卫视《冷暖人生》栏目里，王先生自曝“家丑”，讲述自己作为一个有家庭的同性恋者纠缠在正常家庭、正常人生与内心真正的渴求、欲望之间的惨痛心路。不夸张地说，除了媒体对一些明星私生活或明或暗的传闻外，这是我第一次亲眼看见一位中国同性恋者。我第一个反应是：“疯了，这种事拿出来说，不做人了？”

是的，为了“做人”，做别人眼中的人，王先生们过着掩掩藏藏、人格分裂的生活。他们渴望将真实的自我拿到亮处、拿到阳光下，透透气，畅快地呼吸，更希望获得别人的理解与同情。到现在我还是不太明白同性恋者，但我知道早在20世纪90年代世界卫生组织已把同性恋人群认定为正常人群，而我国也在2001年公开承认了这种界定。但世俗与传统的力量依然是强大的，所以凤凰台曾事先征求王先生的意见，询问他是否需要戴副墨镜出镜，王先生谢绝了这种善意。

应该为王先生的真诚与勇敢喝彩，接下来是我们应该怎么做。比如，不在公开场合对他们指指戳戳，不公开评论他们的私生活，不介意他们做我们的朋友、同事或邻居，这是“宽容”的行为准则。

世间最不可宽恕，杀伤力最大的“不宽容”应是自私自利驱使下的“不宽容”。私利有大有小，与杀伤力成正比。“一将功成万骨枯”，古往今来有多少战争是非打不可的？有多少战争背后不是掩藏着统治者一己私利的？

就拿离我们最近的几场战争来说吧。还是2002年凤凰台的节目，记者造访了战争后的伊拉克等地方，触目惊心啊。美丽的女教师，可怜的薪水养不活战争中受伤的丈夫和几个孩子，只好业余“兼做”妓女。女教师毫无惧色地站在镜头前，我认为这是因为她深信，她的处境是策划了这场战争的人的耻辱，而不是她的。

“像伊拉克人一样”，曾经是西方世界一种流行的比喻，形容一个人财大气粗，花钱大手大脚。但那早已是前尘旧梦，海湾战争后的伊拉克人连生存必需品都需要配给。凤凰台的记者说看见那些拿着面粉袋，正在商店门口排长队的伊拉克人你最好不要去采访他，因为阿拉伯民族非常好面子。细究战争爆发的经过，不都起源于各方统治者的“不宽容”吗？只是“不宽容”结下的苦果却由无辜的人民品尝。

深夜，写着这篇短文，恍惚间似看见“宽容”化作一副慈祥老人的模样，在星空中发出深深叹息。

姐姐妹妹站起来

2003年6月30日，媒体冠之的京城首例“性骚扰”案在海淀区法院二次开庭审理。其实根据了解，这起案件严格来说应该是“名誉侵权案”，只是事件发生在男上司与女下属之间，其间的暧昧曲折很让人产生丰富联想。

即使在开放的西方社会，“性骚扰”也是个很沉重的社会话题。是维护自尊、人权，还是不曝光隐私，有时还牵扯到是否能保住饭碗，受骚扰的当事人往往徘徊、困惑，最后甚至演变成自我折磨。而当事人即使有勇气诉诸法律，也因为取证困难和法律设置上的盲点而陷入被动。这就是“性骚扰”案目前在中国的现状。

更严谨深刻的社会心理学探究还是留给专业人士吧，我想做的是聊聊女性生存状态，给姐姐妹妹们煲一碗自家配制的心灵鸡汤。

有位好友近年生活一直不顺，而她将自己所有的不顺利都归结于从小父母感情不和，家庭经济状况不好，她内心一直缺乏安全感——所以带着改变出身的初衷，与一个高干子弟结婚，婚后却没得到想象中的安全感和幸福。

好友的工作轻松、稳定，但周遭关系横行、人浮于事。去年因人际矛盾，竟有人无中生有传播她与领导的“绯闻”。“这个环境不适合你，跳出去吧”，几年前我就这样提醒过她，但本科毕业、英语六级的她却害怕辞职后出去奔波、应聘，害怕工作不稳定，害怕被炒鱿鱼……

这个例子看似与“性骚扰”无关，但我认为女性对命运的无力感、自我价值模糊、强烈的依附心理，都是人为给自己设置的心理泥潭。依附的反面就是受制，受制于特定的个人、特定的环境。

恃强凌弱是“骚扰”的本质，“弱”不单指个人的背景、性别，还有你平日反映出的个性、能力，你面对“骚扰”有可能作出的反应等等。所以，我为那些敢于拿起法律武器保护自己的女性喝彩，也想对另外一些女性说，如果你已无法正常工作，那么选择离开也是一种胜利，这代表你的自尊、自强，代表你对自己能力的自信。

下面这则新闻更应该说是娱乐八卦。前不久，西南某省一个名不见经传的女歌手在她的新书签售之际，自曝“隐私”——年前去京城邀请某影视男大腕当她新书发布会的嘉宾，没想到深夜，在她应大腕要求开的、用来谈公事的宾馆房间里，大腕对她提出了非分要求，被她拒绝……

我不屑并不因为对那位大腕的人品有多了解，只是觉得这个女歌手的心机太明显——炒作新书，炒作自己，而陈述的事实又过于拙劣。果然，这个歌手现在已拒绝再谈此事，倒是大腕扬言要拿起法律的武器。

一方面在一些女性困惑与尊严、饭碗之际，另一些“前卫”女性禁不住出名和金钱的诱惑，将个人隐私当做了一场“出名秀”。其实这也是女性的短视和愚蠢，你暂时满足了人们，尤其是男人对美丽女人的“窥视欲”，实现了“眼球经济”，可是，当你年华老去之时，这或许会成为你获取真正幸福的障碍。

陶晶莹有首歌叫《姐姐妹妹站起来》。姐姐妹妹站起来，是要从内心真正站起来，独立、坚强和自信。站起来，不是去和男性对立，争长短，而是要以两棵树的姿态共同去迎接、拥抱人类的未来。

人人都八卦

前日下班，与二货闺蜜一同乘地铁。我眼多尖呀，擦肩而过的工夫，就瞄见站台上貌似一男一女、动作亲蜜的一对有不对头处。我边走边对二货耳语道："我敢打赌，那是俩女生。"

二货，神经大条的射手座，根红苗正的前学霸，用她一贯女学生干部的正经、不屑打击我："扯！就是一男一女。"但我坚持。

出我所料，二货竟拉我折返现场，鬼鬼祟祟想探个究竟。再看，二货茫然；三看就是大家一同在车厢里了，那一对动作更亲昵，也更显而易见，那个伴着娇美女生的短发年青人是位敦实、沉稳、中性化打扮的女生。

是啊，人人都八卦。前几日，一天蝎男博士差点儿让我笑抽了筋。他也是路遇那么一对女生，而令他备受打击的是那俩女生都那么美，美得令这位文科男脑中响彻一个成语：暴殄天物。我讥讽道："你这是男权思想作祟！"其实，我还构思出一幅图画，想赠予男博士：一只癞蛤蟆眼巴巴瞅着一对翩然起舞的天鹅，无处下手、下口，干着急……天啦，阴暗天蝎男，不许报复我！

再回到2013年，好像是4月底，一条国事新闻缭绕上了八卦气息：冰岛女总理偕夫人访华（几个北欧国家已将同性婚姻合法化）。当时，我调侃一位特正经的朋友："咱们的第一夫人和女总理的夫人聊些什么呢？”神回复：“（北极圈的）夜那么长，你们都干什么？”我晕，这位够闷够骚。

今年年初的一条大八卦当属李银河与她的“跨性别”伴侣（生理性别为女性，心理性别为男性）间的故事。令人欣慰的是，在我周围的言论中，有不解有探究，但没有攻击、嘲讽，更没有猥亵、谩骂，究其原因，既有对李银河和她逝去的丈夫王小波的信服和尊重（这对伴侣毕其一生的努力，是在不同领域为广大曾被简单、粗暴的意识形态闭塞耳目的国人拓宽视野、普及常识、开启心智），更因为改革开放30多年，中国社会的日渐开放、文明，而开放、文明的重要标志就是：在法律许可范围内，承认、允许人有差异性，有各种选择的权利，甚至法律可以进步到承认自己的盲点与局限，以至对自身作出修订和修正。

八卦的底线是不歧视、不打扰。就像有人拿左手写字、握勺，我们无涉褒贬地轻叹一声：原来你是个左撇子啊！

黑熊的眼泪和塑料树

近日，清华学子刘海洋用硫酸泼黑熊事件（2002年），各大报纸、电视、网络以几乎前所未有的强势给予了关注。评说范围也从最初的斥责到名记、学者们层层剥笋的深度剖析。那还要不要赶这个“时髦”，笔者费了一番思量。最终决定说几句是因为作为一个年轻人，我也刚从五味杂陈的青春期走过来。

成长是个学会判断、选择，走向心身完善的艰难过程。在如何使自己更健康、宽容、博爱等方面，我觉得我，甚至我了解的很多人都依然需要帮助，依然不成熟。心智与成长环境不同，也许有的人成长期要更漫长一些吧。从刘海洋说到人的成长，说到我自己对成长的领悟，其实是想冒眼前天下之大不韪，为刘海洋讨个饶。该承担的责任他一样不能少，因为他的年龄摆在那了，但他毕竟还太年轻，罪不至死，未来的路还有很长，我们看待他的目光能否平和些，少一丝憎恶，多一点对这个事件背后的深层反思，能否把这个事件更看作一个与环境、心理有关的个案，而非绝对的道德个案。而就是道德出现了偏差，还有个治病救人的原则。这就好像中国式家长、老师对孩子的教育，直接、怒气冲冲的“你为什么要这样”要远远多于追根溯源的“他为什么会这样”。一念之差，孩子的心离你越来越远，而悲剧往往就在一件件不起眼的小事中从量变到质变。

为人父母者不要忘了留意刘海洋单亲家庭的背景。这不是为了替刘海洋开脱，而是给大家一个警醒。无独有偶，两三个月前，那个使美国政府陷入无比尴尬境地的、以本·拉登为英雄，独自驾机撞击大楼的美国男孩也是来自单亲家庭，更巧合的是他也是由母亲单独抚育成人的。对此，心理学家的解释是：“父亲的严厉实际上培养了孩子对权威、对法律的认可，而单亲家庭中缺失了这部分教育内容后，长大成人的孩子实际就会在行动中缺乏对法律和权威的认同，更不愿意接受相应的约束。”草率的婚姻，婚姻中的自私和不计后果的言行，导致的最严重后果就是原本该是两人爱情结晶的孩子，成为了一枚苦果。

听说刘海洋事件发生后，有一个人的反应几乎跟他母亲一样强烈，病倒了，她是刘海洋的高中班主任。刘海洋曾是她执教生涯里的一个骄傲。我不想对这位老师作什么评价，在追求升学率的今天，谁不喜欢尖子生呢？人的品德、性格不是一朝一夕形成的，对于一个内向的人，也不是轻易会暴露的，所以对他的老师、学校我们不必过分苛责。我觉得应该警惕的倒是近些年社会中一种急功近利的不良风气，它已弥漫至了社会的各个角落。有件事与刘海洋事件几乎同时曝光，看似风马牛不相及，但我却嗅到了一些共通的气息。新闻发生在“归来不看岳”的黄山，很难想象，曾经让无数人为之神往的黄山著名景点“梦笔生花”顶部的那棵黄山松竟是塑料树。黄山松是怎么没了的？被一些想钱想昏头了的商家，为多接待一些游客，大兴土木，开山炸石，建楼堂馆所，嫌树碍事，砍掉了。游客到黄山来干什么，看风景，风景没了人家还来干什么？联系到我们的教育，那种学生学习好，就一好百好，学习差，则一无是处的功利风气难道没有吗？再回到刘海洋事件当中，令我们奇怪的还有他做此事时的“从容”、无所顾忌，教育是综合的，除了不健全的家庭外，我们不能不揣测多年优等生的身份，是否也加重了他性格中的自私、唯我独尊？而这种教育的后果不也是在培养一棵中看不中用的塑料树吗？

刘海洋事件中流泪、疼痛的不只是黑熊，还有他含辛茹苦的母亲和对他抱以厚望的老师，对于该给他什么处置，我想更多人的愿望都是惩罚与挽救并重，既要体现法律的威严，又要避免让他丧失重新做人的勇气。我们宁愿相信这是成长中的偏差引发的罪过，这时候如果人人都愿意伸手扶他一把，看待他的目光温和一些，也许冰块能消融，也许还有希望和新生。

最后，让我们再一次提醒自己和身边的每一个人：珍爱动植物人人有责。

香武仕断想

也许是这些年听的、见的，包括身受其害伤过的心太多了，我好像对制假、贩假这类事已变得麻木，但是近两年几件咄咄怪事还是令我“拍案惊奇”。先是前年惊曝的“毒大米”、“毒面粉”案，还有今年“3·15”前后被撕去伪装、大白天下的所谓受过丹麦皇家册封的音响名牌“香武仕”案。前者让我们怵目制假人心有多黑，后者让我们惊心制假人的胆有多大。如果制假行当也有评比的话，我认为这二者该是不相上下的“双璧”。

是的，我们已将制假人的道德底线放到最低了，你们用充斥着污秽的“黑心棉”做被子，你们将纸板刷上亮漆也敢冒充皮鞋，这些好歹没有直接危及人的生命，而就算是假酒、假酱油，退一万步说还有个适用人群和用量的问题，但米和面不同，那是十几亿老老少少天天要吃进嘴里的，是我们生存下去必不可少的要素啊！也许家中购置过“香武仕”音响的人知道真相后，恶心几天也就算了，反正音响还能听，虽然心理感觉上没有以前悦耳了。什么？一些“3·15”的积极分子动员我们把它砸了？嘿嘿，都还不富裕，也是用钱买来的呀。或者找原公司去索赔？想了一会儿，都忙，算了吧。在对恶人恶事的宽容程度上，我敢说一些国人可算是举世无双。说远了，还是说“香武仕”，不知为什么我有个不算恰当的联想，我想起十六七世纪欧洲人登上非洲、美洲大陆，用他们手上不值三钱两钱的玻璃制品等小玩意骗取土著人的黄金、宝石，他们利用的不就是土著人的愚昧、无知吗？中国改革开放已这么多年，国力也富强了很多，但一些国人心中“外国月亮比中国圆”的媚外情结就是那么根深蒂固，于是就有一些心黑、胆肥的中国人将国产的土音响涂白脸，垫高鼻梁扮成外国媳妇再娶进中国，身价顿时倍增，这是自个儿人拿自个儿人当猴耍啊！

记得前些年有句话很时髦：“失去想象力，人类将会怎样？”以中国的现状，我认为即使我们想象力差点、弱点也不怕，勤能补拙嘛，但是如果这一颗、两颗、三颗制假的老鼠屎在市场上越来越泛滥，毒性越来越强，国际知名度越来越高，不远的将来我们将不得不问自己“失去诚信，中国的经济将何去何从”。其实教训早已经有了，20世纪90年代初，中国商品曾充斥过贫乏的俄罗斯市场，很多做边境贸易的人都发了，但好景不长，一些中国商人浑水摸鱼，带去大量假冒伪劣商品，结果是搞臭了中国商品的名声，损坏了中国人的形象，归根结底也是断了自己的财路。

孔老夫子说“言而无信，不知其可也”，看来在他的道德操守里，连说话不算数都是不允许的，这不能不让我们感叹世风日下，人心不古。根源是什么？“都是贫穷惹的祸”，是拜金潮，更有个别地方政府领导为“发展经济”，创造虚假繁荣，为自己积累政绩而对制假、贩假监督不力，甚至变相纵容。

我还有两个思考，一是前些天看一个新闻专题，说北京来了个骗子集团，专门在银行里设下骗局，诱使一些贪图便宜的人上当，节目里受骗人一个个声泪俱下，而节目编导也更多是在谴责骗子们的罪行。但我想是谁在使骗子的骗术得逞，不正是这些贪小便宜吃大亏的人吗？而为什么制假、贩假在我国屡禁不止，不也是因为它存在着市场，有大量贪图便宜，而不去正规商店购物的人，有对它睁一只眼、闭一只眼的政府部门吗？香武仕是个异数，它伪而又贵，是利用了人们另一种畸形的消费心理，而这个“国际玩笑”所以能开这么长时间，当地的市场监督部门不该负一定责任吗？

另一则发人深思的新闻发生在新加坡：新加坡政府为保护环境不许民

众吃口香糖，也不准卖口香糖，一经发现就要重罚。也许有人会认为对区区口香糖未免小题大做，但可以肯定“重罚之下必少勇夫”，新加坡政府这种凡事无所不用其极的做法，对我们在打击制假、贩假上是否有借鉴作用呢？而当前最关键的我认为是要把以诚信、以塑造中国人美好形象为中心的道德教育从娃娃抓起，将它植根于我们民族的内心。

影视影人

隔岸风景

谁的命天注定

贾樟柯的电影《天注定》还未公映（也不知能否如期公映），买了张盘先睹为快。因为事先已遭“剧透”，知道片中的4个故事是以曾轰动全国的3桩刑事案件和富士康跳楼事件为原型，所以第一感觉就是电影名字起得好，“天注定”，满腹悲怆向苍天。

类似打动过我的标题还有一个，严歌苓的中篇小说《谁家有女初长成》，讲的是一个被熟人拐卖到大西北的四川女孩。女孩先是认命，默认了那个买她的养路工丈夫，继而发现即使认命之后，仍有更残酷的遭遇在等待自己：丈夫是个好哥哥，不肯眼看智障弟弟也一直打光棍。命运太狰狞了，女孩终于沦为了杀人凶手……残酷的故事，泣血的标题。

我是典型的发散性思维，《天注定》还让我联想起一部俄罗斯名著的标题，高尔基的《在底层》。“在底层”完全可以作为《天注定》的副题和注解，因为片中4个故事都发生在当代中国的最底层社会。

姜武饰演的“大海”，原型胡文海，2001年山西榆次特大杀人案主犯。王宝强饰演的“三儿”，原型周克华，苏湘渝系列持枪抢劫杀人案制造者，公安部A级通缉犯，2012年被击毙。把这俩人列在一起，是因为虽然呈现方式不同，但他们都代表了底层社会里的强势、暴烈、反社会类型。

电影开头，矿工大海派头颇足、人缘颇佳地游走于乡党之间，好几个乡党都惋惜他生错了年代，这种脾气、胆量活脱就是古代敢揭竿而起的草莽英雄嘛。他行为大胆、直接到令人瞠目，敢点着鼻子警告私自变卖集体资产的村支书， 敢径直闯进邮局，叫嚷要把检举信寄到“北京、中南海”……当他的威胁渐渐沦为笑话，当他这个好强、要强、逞强的人也快沦为一个笑话时，他操起一杆猎枪，对准他认定的或死有余辜者或帮凶或仅仅嘲笑过他的人。

假如是同乡，王宝强饰演的“三儿”会打心眼儿里看不上大海，他会觉得高中毕业、还记得几个英语单词、爱拿政策法律说事的大海“读书读坏了脑子”。但是三儿只会在心里这么想，这个极有心机、极度内向的男人不会向任何人暴露自己的真实想法，而且大海根本也很难在村子里见到三儿，因为三儿流窜四方，干着惊天动地的买卖。在三儿的眼里，乡村生活无聊到死、无聊到暴。

我幻想恰巧近日三儿与大海在监狱相逢，“人之将死其言也善”，三儿大概会翻着这几日的报纸对大海说：“知道山东平度最近发生什么事了吧，有村民对征地不服，搭帐篷阻碍施工，村主任和开发商就敢大半夜派人去烧帐篷。这就是真刀真枪对着干的下场！老子早就把这社会看透了！”

电影必须是发端于故事的艺术。《天注定》在去年第66届戛纳电影节上荣获了最佳编剧奖，实至名归。贾樟柯毕业于北京电影学院文学系，对剧本、故事的把握真的是他的长项。但必须说，贾导在这部电影中也“夹带私货”了，这4个故事中感染力最弱的应该是取自“烈女”邓玉娇的那个，原因不言自明，电影中的“小玉”是由贾夫人赵涛饰演的。

赵涛的年龄及清冷知性的气质估计让贾导在创作剧本时为难了一番。最终，与现实中二十出头，看上去懵懂、娇憨的邓玉娇不同，电影中的小玉成熟到能和“师奶杀手”张嘉译谈情说爱，是个有故事、有阅历的沧桑“小三”，真不明白在洗浴中心里，那个瞎了眼的小干部干吗找死盯上了这个满腹心事的不年轻的女人。小玉杀人的那场戏稍失水准，但见容貌已不算年轻的赵涛姐姐杏眼圆睁、大义凛然，活脱一位江湖侠女。

邓玉娇的故事本应与自杀打工仔的故事放在一起，他们共同代表了底层社会最广泛的“弱”，那些如扬沙般飘舞的卑微生命。

这才是我们时代的真相。几年前当富士康“七连跳”惨剧发生后，我曾写过一篇短文，试图靠近那些绝望、决绝的生命，想象他们从自己贫穷如非洲的家乡，来到发达如欧美的北上广，内心经历过怎样的刺激和波动；想象当他们日复一日被困在流水线上重复最机械、最简单的劳动，当他们洞穿因翻不过学历的大山，根本无力改变自己的命运之时，该如何安抚和平息那炽烈的青春怒火……

虽然说电影中的4个故事都取自 “旧闻”，但《天注定》也有先知先觉的神来之笔，那就是“繁荣昌盛”的东莞了。中国有钱男人腐化、糜烂到了什么地步，看看东莞就知道了。噢，对了，今年2月份东莞色情业已被扫除，那就到《天注定》里去看看吧，其中细节恕不“剧透”，我怕脏了自己的电脑。

真心赞一下贾樟柯，他是中国导演中少有的具有底层视角、关怀，具有悲悯情怀的导演。回到“小辉”的故事，是的，男性打工仔们不但受到贫富、阶级的压抑，还有性的压抑和嘲弄，他们在富人的工厂里当工具，他们的姐妹、情人则在东莞的宾馆里给富人充当另一种工具……

有人说《天注定》传播暴力美学，我不认同，再十恶不赦的暴徒都是从婴儿长大，都是由普通人演变而来的，除了个人主观因素，难道就没有应该引以为鉴的社会原因吗？更何况电影是艺术不是纪实，“大海”和“三儿”不能等同于他们的原型。

否则，谁的命天注定，这悲怆的呐喊怎会有人倾听？

经不起炙烤的人性

冯婉瑜为什么失忆了，而且单单是对她思念了20年、翘首了20年的丈夫陆焉识失了忆？失得那么彻底，任凭陆焉识用各种温馨回忆、刻骨铭心的回忆，都唤不回那缥缈的记忆。而更令人唏嘘的是，在冯婉瑜意识深处，她又牢牢记住了远方受苦受难的丈夫，记住了丈夫在信中的嘱咐：5号回家，去火车站接他。月复一月，年复一年，冯婉瑜风雨无阻去火车站赴"5号之约"，丝毫没有觉察陪她赴约的人，正是她终生迎候的人。

近日，电影《归来》热映。此次，张艺谋终于沉下心来为艺术"谋"，奉献给观众一部过硬的悲剧，也为观众留下一个谜团。既是谜团，人人都有尝试破解的权利。

这部电影最打动我的是巩俐饰演的冯婉瑜，因为相比陈道明饰演的陆焉识，我认为冯婉瑜的内心戏更曲折、更幽深，悲剧感更强烈，因此也更能彰显一个演员的艺术功力，巩俐完成得不错！

冯婉瑜的悲剧在于她还有选择的机会，而这反倒令她比陆焉识更痛苦。为什么这么说呢，打成"右派"的陆焉识已沦入人间炼狱无处可逃（逃了一次又被抓回去了），妻子成为他精神上的唯一支柱，所以他在能找到的各种纸片上随时倾吐自己对妻子和女儿的思念，思念滋养着他，想象中的爱情滋养着他。

但是冯婉瑜呢，她没有被置于绝境，她人生最大的悲剧是"右派"

丈夫给予的，她其实有权利为自己和女儿着想，不让悲剧再延续下去，她也不是没有过犹豫和动摇。那个雨夜，“逃犯”陆焉识一声声地敲门，她没有开。虽然她很快就后悔了，但是那几分钟，她是真的狠下心来没去开门。

仅仅是那几分钟的犹豫，就让冯婉瑜饱受了良心的煎熬。而这还仅是冰山一角。可以想象，日复一日20年，一个立体的、有血有肉的冯婉瑜内心经历着怎样的自相矛盾、纠结冲突。不用人为的想象、演绎，就拿电影中的几个细节来说吧，比如那个令冯婉瑜恐惧的“文革”当权派“方师傅”。20年中想必有不少像“方师傅”这样的男人在觊觎着这个丈夫不在身边的美丽女人。对他们，冯婉瑜肯定是排斥和厌恶，但如果恰巧出现了一个不那么讨厌的男人呢？犹豫是罪孽，心动也是罪孽……还有要强女儿的前途，冯婉瑜更不可能不考虑。20年，冯婉瑜坚贞、平静地生活着，那如麻的思绪和内心想必无人倾诉亦无人知晓。

为什么在丈夫逃跑回家又被抓走后，冯婉瑜渐渐出现老年痴呆病症，而在失忆的症状中，又对陆焉识的相貌遗忘得最彻底呢？我的理解是在羞愧自己的短暂犹豫，窥见女儿的背叛和目睹了盲流般的丈夫被野蛮抓捕之后，冯婉瑜真的无法承受了，在理智与情感、坚定与摇摆的矛盾纠结中，她累了、怕了，她的灵魂蜷缩成一团，想给自己放假了。

其实，有一个冯婉瑜一定是恨陆焉识的，她人生的快乐就葬送在了这个男人手里。不过一纸婚约，狠狠心也就结束了，她可以带着女儿开始新的生活。是啊，谁知道“文革”会结束呢，谁知道社会还会变、“右派”还会平反呢？

但另一个冯婉瑜想必又“呸、呸”地咒骂自己，焉识是爱人、亲人，焉识没有错，更没有罪，他是被冤枉的呀，焉识在受大苦，受大难，自己动一点离开他的念头都是罪孽呀……

就拿陆焉识私逃回家一事，冯婉瑜想必也分裂出了几个自我，有担心、惊恐、思念、兴奋，但落实到现实，落实到残酷的社会现实，冯婉瑜难免心生怨怪：这是找事儿，找了天大的事儿，既给陆焉识自己，也给她们母女。但这个坚贞、伟大的女人仅仅犹豫了几分钟，第二天仍为丈夫送去了不顾一切的爱。

爱很累，爱伤人，爱让自己活成一团乱麻，于是陷入老年痴呆的冯婉瑜第一个就“选择”不记得陆焉识长啥样了，即使陆焉识历经磨难回到自己身边，她也无知无觉，从内心屏蔽了丈夫的归来、爱的归来。但是她还记得“5号”，记得那个符号般的“陆焉识”，并在等待一个就在自己身边，却永远也等不到的“陆焉识”。这只能归结为一个女人信念的强大，与我们理解的所谓爱情无关。

在我们民族的记忆中，“文革”必须是不能忘却的重要一章。忘却是对民族灾难的不负责任，忘却是对一个个被侮辱、被损害的生命的轻薄和蔑视，忘却将导致病根不除、罪孽潜伏……

近日，刚读完“文革”中的年青政治犯，“文革”后的大学生、编辑徐晓的回忆随笔集《半生为人》，非常震撼，正犹豫要不要写篇书评，恰巧今天看了电影《归来》。都是“文革”中的人和事，都有对夫妻伦理之情的困惑，甚至在我对冯婉瑜的解读中，也包含着我对徐晓和她这本书的理解，巧合得令人诧异。一部电影、一本书，我咀嚼出同样的主题：在集体癫狂，集体失去理智、理性，失去正常判断的社会环境中，真善美被蹂躏到了什么地步，人性如何经得起这样的炙烤而能免于自残、发疯或者像冯婉瑜一样失忆？

《半生为人》的书评我就不写了，但我记录下了徐晓的一些宝贵思考：

> 如果说命运能解释一切，那么过失和丑行都应该被原谅，更不必问人格和人性；如果悲剧是必然是绝对的，那么反思和内省都多余，更不必问历史问社会。
>
> 对给自己造成的后果负责任是一回事，对给别人造成的后果负责任是另一回事；对与错的判断是一回事，好与坏的判断是另一回

事；在社会政治的层面上对别人有所交代是一回事，在情感和心理上对自己有所交待是另一回事。那么，我们选择的依据应该是前者还是后者呢？常常是，既不能放弃前者，又无法回避后者，为此我们只能处于两难。

人与人像链条一样连接着，上帝总是借他人之手将幸运或者厄运传播，我们每个人都无可逃避地既是施者又是受者，每个人的心灵都既是天堂又是地狱。

……

最后我想说，在一个理性、健全、自由、公平的社会里，人性不会遭遇炙烤，她沐浴阳光雨露，正常生长，春华秋实。这是艺术家的心愿，这是我们每个普通人的心愿。

我的“好色”经历

直入主题吧，我有两次颇为自负的“好色”经历，因为年轻敏锐，因为慧眼独具。哈，先别撇嘴、挤眼，魔羯座敢自夸的事，通常是有把握的。

第一个是香港演员梁家辉。1983年，梁家辉在电影《火烧圆明园》《垂帘听政》中饰演咸丰皇帝。那年我9岁，记得电影中有一幕，由刘晓庆饰演的少女慈禧“兰儿”眉眼如蝶，在亭台花树间用小曲逗引皇帝。当镜头对准梁家辉，霎时，我被眼前那个玉面长身、温柔干净的皇帝击中了。

这个皇帝，泼辣俗气的刘晓庆根本配不上，不是因为演技、相貌，而是气质如此不搭、不协调。9岁的我，心中悄悄认定。

1992年，一件证明我眼光、让我“与有荣焉”的事情发生了。那一年，梁家辉因主演法国电影《情人》赢得了世界声誉。电影改编自玛格丽特·杜拉斯的同名小说，梁家辉以温柔干净的东方式性感征服了众多欧洲女影迷。

温柔干净是一种由内心折射至容貌的气质风度，这种气质适合在自由宽松、温饱无虞的社会中孕育、生存。想必当年的刘晓庆对这种气质的男人也很陌生吧。当时的中国内地虽然已从“文革”浩劫中复苏，但人与人之间尚未消失的防范、警惕，逞强好胜的“武斗”遗风和“大革文化之命”后留下的知识与教养的滩涂，一切都站在“温柔干净”的对面。

感谢梁家辉，他更以自己在俗世生活中的教养、情义验证了“温柔干净”4个字，验证了我的眼光。那是一家香港八卦杂志偷拍的照片，照片上，梁家辉与太太并肩街头。看上去，身披风衣的梁家辉风采依旧，但他的太太却发胖、衰老到令人惊讶。据说，太太年轻时也是美人，不知患了何种病，用过激素后，身形就大变了。外界对这一切知之甚少，但在娱乐江湖中“没有消息就是最好的消息”。

第二个“好色”对象是濮存昕。1991年，上高二时，电视上的惊鸿一瞥让我记住了那个有着长长的、单眼皮眼睛，眼神清冷、忧郁，气质如玉树临风的男人。此时，令他声名大噪的电视连续剧《英雄无悔》还未播出，所以同学们都不知道这个人。

有着东方王子般的身形气质，但人生经历、生活环境却与王子有着云泥之别，这是对濮存昕年青时代的真实写照。濮存昕出身艺术世家，父亲是北京人艺的著名导演苏民，苏民祖上是苏南书香门第、官宦世家，这一切似乎可以解释濮存昕外形、气质的由来。

20世纪八九十年代，无论是话剧导演邀濮存昕在舞台上饰演曹植、哈姆雷特，还是电影导演邀他出演由白先勇的小说改编的《最后的贵族》，相信都是看中了他那难得的外形和出众的气质。但是，即便粉丝如我，也不得不承认，濮存昕的表演只算得上不功不过，他似乎很难走进那些“天上之人”的内心，虽然努力去诠释、扮演，但依然给人“隔”的感觉。

这其中有天分的原因，更有现实的鸿沟。在应该大量积累书本知识的年龄，濮存昕作为知识青年从北京去了黑龙江北大荒，蹉跎7年。在兵团文艺演出队，因为没有炯炯有神的大眼睛，濮存昕被认为不适合扮演英雄人物，为此化妆师还专门替他画了个“熊猫眼”。

即便历经坎坷回到北京、做了演员，20世纪80年代的濮存昕面对的生存环境依旧贫民到令人心酸。在《英雄无悔》播出，拥有一定知名度后，他每天早上仍要端着一家人的尿盆出入胡同里的公共厕所；因为住房逼仄，他曾心酸地告诉记者：“过夫妻生活都生怕弄出点声音”。

三代培养一个贵族，贵族要靠物质财富和精神财富共同孕育。而曾经我们面对的是怎样的物质和精神的双重匮乏！所以中国男演员中最具贵族气质的濮存昕，这样解释自己为什么那么不贵族地代言了那么多广告：钱，生存需要钱，自己热爱的话剧事业更需要投入大量的钱，就算是为话剧事业乞讨了！

小结完自己的“好色”经历，我想说，人是社会的产物，只有在让每个人都拥有自信和尊严的社会，才会绽放更多的美人。无论男女。

当汤唯邂逅《晚秋》

好电影的标准是什么，于我而言很简单，那就是看过之后，有细节、画面久久萦绕于心，让你耿耿于怀或心有戚戚。这样的电影不多，但2011年上映的韩国电影《晚秋》肯定做到了。

我是在得知汤唯与《晚秋》的导演、韩国人金泰勇新近喜结良缘之后，才在网上搜索并看了这部片子。惊艳！全然没有我想象的韩国艺术片的纠结、沉闷，甚至可以说这是继张曼玉、黎明的《甜蜜蜜》之后，我看过的最完美的一部亚洲爱情片。

近两年，在看过汤唯与张学友主演的《月满轩尼诗》和她与吴秀波主演的《北京遇上西雅图》之后，我才算真正认识并喜欢上了汤唯，一个灵动、知性，既卓尔不群又狡黠、可爱的女子。而此前的《色戒》口味太重，让包括我在内的很多人曾先入为主地戴上有色眼镜揣测汤唯：心机女、孤注一掷，等等。的确，汤唯可谓搭上了自己全部的名节、操守和对戏剧的狂热（肯定也有对名利的渴望），竭力演绎了那个其实和她的本色相去甚远的“王佳芝”。但《色戒》在意识形态、人物设置等方面皆存在令人诟病之处，先天不足，所以此后遭遇的种种也就不难预料了。

《色戒》后的几年，汤唯遭遇了什么，传闻中的封杀到底内幕如何，知情者、当事人皆讳莫如深。但福兮、祸兮谁知道呢，《色戒》后芳踪难觅的汤唯成了观众心目中的“弱女子”“受害者”，那份惦念甚至发酵成为心结，这直接导致此后她的亮相、复出都成为众所瞩目的焦点和新闻。

尤其令人惊喜的是，《色戒》之后无论《月满轩尼诗》《北京遇上西雅图》还是《晚秋》，皆故事平常动人、人物性格饱满，且剧中人物都比简单、狂热的“王佳芝”更令人亲近。通过在这3部电影中的精彩演绎，汤唯为自己积攒了大量人气，同时这位画家的女儿，又以她完美的身形气质、出色的着装品位屡屡成为各种红毯秀场上的宠儿。“女神”就这样炼成了。今年，35岁的女神出嫁了，嫁给了一个名不见经传的韩国导演。

2011年版的《晚秋》翻拍自韩国20世纪的经典老片，当然故事背景及各种细节等改动肯定较大，而这种改动简直是为汤唯度身打造。一对异乡人，因母亲去世而被假释出狱的华人女囚犯与靠男色为生的韩国小混混的西雅图（又是西雅图！）邂逅之恋。故事算不上新鲜。但是，从开头的略显俗套、平淡之后，故事渐入佳境。

第二次邂逅，玄斌饰演的“勋”带着汤唯饰演的“安娜”在西雅图闲逛。途中，安娜告诉了勋自己假释犯的身份，勋也以戏谑的口吻将自己出卖男色的工作向安娜作了介绍。两个社会边缘人的心一点点贴近。

勋告诉安娜自己会说中文“好”，他以为“好”是英文“bad”的意思，安娜告诉她“好”是“good”，“坏”才是“bad”。

接下来，安娜用勋听不懂的中文向他讲述了自己成为囚犯的故事。她从小爱慕的男子有一天消失了，无奈，她嫁给了一个非常爱自己的男人，却在婚后发现那个男人性格暴躁且有强烈的占有欲、嫉妒心。有一天，她爱过的男子回来了，让她跟他走。在她犹豫不决的时候，丈夫得知了这件事，疯狂地殴打她，为了自卫，她误杀了丈夫……

勋就那样纯净、温柔地看着她，她每说完一句就回应一个“好”，或者回应一个“坏”。他的耳朵听不懂她在说什么，可他的心知道眼前这个已经不会笑的女人在述说自己最深最深的痛。

汤唯和那个韩国导演也是这样好上的吗？两个人一直用英语交流工作，有一天，不用对着摄像机，美丽的女主角用导演听不懂的语言，述说自己内心的纠结、痛苦……那个没有男主角帅，但眼神一样纯净，气质更加深沉的男子，一会儿回应一个“好”，一会儿回应一个“坏”，静静地倾听，深情地倾听，但是绝不会去探听：你说的是什么？爱情过的是心。

汤唯，A型血、天秤座。我又非常八卦地搜索到：玄斌，B型血、天秤座；金泰勇，B型血、射手座。他们是非常投缘、相配的3个人，所以才能在银幕上下碰撞出如此自然、热烈的火花，所以才共同成就了一部那么美好的电影。

内敛、倔强的A型女遇到快乐、散淡的B型男，婚后难免要充当姐姐有时甚至是妈妈的角色，但B型能给予A型的真诚、快乐却是任何世俗名利都难以替代的。祝福汤唯和那位有才华的导演。

白日为何放焰火

又是欠缺在剧本，欠缺在讲故事上了，不得不说携柏林电影节获奖东风，强势上映的《白日焰火》仍摆脱不了多年来国产片的通病：故事牵强，人物单薄，总体仍是形式大于内容，只能给个“中评”。

中国导演们都应该向姜文学习，当壮美大气，但通篇过于散文化的《太阳照常升起》败走票房后，姜导几年磨一剑，潜心抓剧本，千锤百炼出故事环环相扣、大小人物通通出彩的《让子弹飞》。好故事是电影的根、电影的魂，张艺谋的巅峰之作《红高粱》《活着》《菊豆》，哪一部背后不是站着一位中国当代文学大师及他们的扛鼎之作？之后，张导以《英雄》为开端的作品，似乎正暗合了中国文学的黯淡衰落，全社会开始载沉载浮在拜金逐利的大潮中。

回到《白日焰火》，刁亦男身兼编剧、导演两职，看得出这是一部诚意之作、野心之作，最终回报与付出也算成正比，可喜可贺。但是，如果再多找几个行家里手把剧本磨一磨，将故事、人物、对话再细细推敲推敲，相信结果会更好。因为失望，我已几年不看国内文学期刊了，但是《白日焰火》让我忆起一个作家的名字“须一瓜”，印象中是位女性，做过记者，南方人，写犯罪推理小说是把好手，故事跌宕并有对人性深刻的洞察。相信须一瓜会将这个故事叙述得更圆满。

《白日焰火》到底讲什么，有剧评家说它有日本推理小说《白夜行》

的影子，都是一个男人为了一个女人，甘愿没有了自己的身份和人生，以守护她为己任。此外，都有一个对案情紧咬不放的死心眼警察。但是，故事是发生在21世纪前后的中国，那种大和民族爱到极致、付出到极致、冷酷到极致的强烈气息立刻削弱了不少。几个主人公似乎都未超越“为自己的人生讨个说法”的俗世思维。

王学兵饰演的丈夫：我为你顶包作案成了“活死人”，你就该生是我的人，死是我的鬼，你和谁好我弄死谁！桂纶美饰演的妻子：你的人生“死”了，但我还要活，像一个正常女人那样活！廖凡饰演的前警察：只有这个案子能证明我的价值了，让我的人生扬一次眉，最起码输得慢一点……思维都很当代中国。就像电影开头，潦倒的廖凡醉卧雪地，有路人停下电动车关心询问，观众的心刚暖了一下，没想路人在确定廖凡酒醉无反抗能力后，立马骑上廖凡的摩托车一溜烟跑了。开个玩笑，这“孙子”很当代中国。

此外，还有整桩黑色故事的起因，一件号称价值两万八的皮衣。一件皮衣引发的惊天血案，是不是也很当代中国？为富不仁者当心了，洗衣店的小妹伤不起，更欺负不得。

《白日焰火》非常诗意的名字，也非常日范，但是单薄少回味的故事是承载不起这种诗意的。导演此次找清新范儿的桂纶美出演东北大妞，也是出于诗意和反差的考虑吧，故事原因，作用不大。但是真有一个人通过这部电影为自己的人生讨了个说法，不用猜，当然是凭借该片荣登柏林电影节影帝宝座的廖凡，真心演得不错，关键角色相比压抑的桂纶美、王学兵更有发挥空间。

祝福廖凡，这位相貌偏奇特，不好归类，宜让人产生滑稽和搞笑联想的文艺男、演技派想必今后将向艺术家方向大步挺进！感谢《白日焰火》为观众展示和推荐了一位优秀演员。 无论如何，《白日焰火》还是让我们看到了国产片的希望。加油！

兀立山顶等风来

一定要夸夸那个小精灵、鬼丫头鲍鲸鲸。继《失恋33天》之后，还是由她编剧、滕华涛导演的《等风来》让我这个跷班的下午过得太舒心，太超值了！

自从去年夏天冒出《小时代》这种精制烂片，让我很无聊、很韩寒地想去教育郭敬明弟弟“个矮不丢人，成为‘精神侏儒’才可怜”之后，自从两三星期前，《私人定制》又让我再次叹息中国实力派导演节操碎了一地之后，鲍鲸鲸与滕华涛用《等风来》联袂证明了中国编剧、中国导演的职业水准和职业操守。尤其是鲍鲸鲸，1987年生人，相当于90后啊，中国电影业的希望。

其实就是一部谈不上多深刻的青春电影。职场残酷，光鲜时尚杂志背后大编、小编们的鸡毛人生。大学新闻系毕业的“沪漂”小白领从成为社会“扫雪人”的精神理想破灭，到毕业3年后买房的物质理想破灭，直至最新的一桩期盼了3个月的意大利美差泡汤。万般不甘、万般无奈，踏上了尼泊尔“寻找幸福”之旅，更悲催的是还跟了一个叽叽喳喳的大妈团，团里还有一个“剧”欠扁、“剧”不长眼的“富二代”。

不知这部电影找的哪家公司做的宣传，必须说那两张见诸影院、街头的海报制作得太不给力了，让人误以为是倪妮、井柏然两个气质非常不搭的一对在谈恋爱，既没传达出电影的精髓、神韵，更让人踌躇要不要买票去看这放一块很别扭、名气又不大的一男一女。

电影中的王灿和程天爽代表了中国眼下广受关注的“富二代”与承

受着时代赋予的巨大压力的“北漂”“沪漂”们的精神对峙与角力。彼此都有漏洞，都有互相瞧不起之处。先是“富二代”缺少教养引发众怒，再到“富二代”收敛之后的委屈辩白：我活得真，我句句都是掏心窝子的实话。“沪漂”仍旧一句：没有你爸给的信用卡你啥也不是。“富二代”说，那你满嘴“跑火车”，在意大利的森林里采松露是怎么回事，松露是靠猪鼻子闻出来的懂不懂。言下之意，你做梦都想进入我们那个阶层……人生而不平等，这是个靠辩论不能解决的问题。最终只能靠什么？《等风来》的回答是靠领悟、靠心态。

在用帅哥美女、异域风情愉悦眼睛，在用幽默对话娱乐耳朵的同时，轻松的《等风来》仍传递了一些严肃的、有价值的思考，比如职场中不同级别承受着不同压力，谁能给予谁公平、正义、安全感？人的安全感到底应从何处来等等。

合格的编剧起码要能讲出一个自圆其说的故事，再优秀点儿的会用丰富、可信的细节让一部电影有嚼头，有回味，而精神、气质则是更高层次的要求了。《孔雀》《立春》的编剧李樯当属文艺片领域的翘楚，青春片里的执牛耳者应是鲍鲸鲸。

电影中，程天爽的谐音“成天爽”让“富二代”笑破肚子，她自己改的名字“程羽蒙”又被“富二代”鄙夷为做作、矫情。名字是父母对儿女的祝福，程天爽发飚了，将“富二代”打翻在地，而之后在叙述“羽蒙”二字的由来时，那叫一个如泣如诉。初入职场，为做好选题，精读了5个版本的《山海经》，最后选题被老板女儿的一句话轻松否决。“羽蒙”正是《山海经》中的一种鸟，想飞、却翅膀太短飞不高。

就是片中一个无足轻重的配角，鲍鲸鲸赋予她的细节都是那么富有戏剧性，那么令人印象深刻。有点二、有点愣的“李热血”，在等男朋友来赴约会时，闲着无事，爱心爆棚，到献血车上献了一袋血。男友来了，她拿着那袋血，“我等了你一袋血的工夫”。男友被愣姑娘吓跑了。

最后说点轻松的吧，倪妮真美！以前看古书里形容美人“烟视媚行”，今天才明白了这4个字的意韵，真正淡如烟、媚如丝呀。

兀立山顶等风来，富二代为解“羽蒙”之痛，邀请她去山顶滑翔，体验飞的感觉。美丽的电影有一个美丽的尾巴，挺好。

忧郁的山楂树

想起多年前发生在身边的一件事。一个男人，知道自己患了重症，也许是放不下、不甘心自己未享受过夫妻恩爱的快乐，隐瞒病情与一个女人交往、结婚。男人的病情在婚后一步步恶化，毫不知情的女人却怀孕了……男人向女人坦白，女人选择了流产。最后的一幕是葬礼上，女人默默站立，没有流泪。不知那个女人后来的命运怎样。

这个故事让我感到冷。从小到大我都怕冷、怕阴郁、怕残忍、怕脏，怕不健康、不明朗的一切、一切。

小时候，生活在南方的一个军区大院里，我家住在大院的最深处，全院最低凹的地方，一到夏天下暴雨，大水就会漫进一楼。幸好我家在三楼。南方的潮湿总给人一种不洁净、不清爽、黏糊糊的感觉。时间长了，似乎人身上也长出了毛，泛出令人恶心的绿。

那栋红砖楼当时应该有点破旧了，楼下的开放式垃圾场终年异味缠绕，但小时候并不觉得，习惯了。只是我害怕这栋楼周围森森的树，茂密的草。难以言说的怕。我的小脑袋里没有多少快乐。

有一个大院的临时工，很墩实、和善。他有老婆，有一个可爱的小女儿，我没觉得这家人和别家有什么不同。但有一天一个同学神神秘秘地告诉我，那个临时工的女儿是领养的，他老婆生下几胎都是死的，“专门下死蛋的鸡”，同学学大人的口吻说。我记住了这句话，大概因为厌恶和震惊。我无法承受那种市井、刻薄和阴冷。我觉得冷，觉得心里有什么东西被打破了。

四五年级吧，有一天，班主任在课堂上和我们说了一件事。一个坏人深夜钻进一所高中的女生宿舍，将一个女生裹挟而去，翻墙逃走。“本来是为了住在学校好好读书，这下一辈子都毁了。”我记得班主任的女儿恰好也在那所中学读书，否则这件事不会对班主任刺激那么大。这种一辈子都毁了的话，我们小孩子似懂非懂。但是心里觉得冷，觉得恐惧。对这个世界莫名的恐惧。

不知为什么，小时候心中积存了太多不快乐的事。小说《山楂树之恋》又将我带进了那种年少时的回忆。

张艺谋的新作《山楂树之恋》很好看，但和小说的氛围差别太大了。我理解张艺谋，他要拍的是提纯的梦境，是心中没有被污染的桃花源，而不再是直面惨淡人生的《活着》。

小说《山楂树之恋》将20世纪六七十年代，“文革”环境下的少女，尤其是那种没有好出身、没有得到过家庭细心呵护，而本身又敏感、自尊、好强的少女，那种对外界的恐惧，对异性的恐惧，还有对自己身体的迷惑描写得非常真实。

哪有那么轻易的爱呢，隔着世俗的流言，隔着街角暗处让女孩猝不及防的猥亵的目光，隔着两性间的差异和陌生。还有时代，那个绝对不要再重来的时代……所以，女孩静秋看男子老三的目光，和老三看她的目光，也许直到最后生死离别的一刻，才算真正重合。因为静秋不用再求证这个男人的真诚了。他对她的好，是再也不会改变的事实了。

终于走过青涩的少女时代，为人妻，为人母。长大真好，一天天变老真好。经历多了，心中那沉沉的怕才一天天淡去。但是，一双忧郁的眼睛，一颗悲观的心还是无法改变，如影随形。慢慢接受了一个事实，这是一个暧昧不明，无法截然给出答案、作出判断的世界，善恶交织，欲望杂陈，每一张面孔背后都有一段独特的经历、一份独自的悲欣交集。我们无法求同，唯一能祈祷、期盼的只能是一点点宽容和善意。

如果有来生，你会选择做什么？我的答案肯定是一棵树。那种枝叶简洁，树干笔直、瘦长的树，我一定要生长在北方人烟稀少的荒原，我一定要竭力将头伸向高空空气最稀薄、最洁净的地方。然后，静静闭上眼睛，沉入宁静的梦乡。

星际穿越诗歌

5年前的《阿凡达》与昨天偕夫将雏去看的《星际穿越》，都是近年令我印象深刻的科幻大片。《阿凡达》瑰丽、魔幻，《星际穿越》理性、严谨，无论前者之缤纷妖娆，后者之苍凉孤绝，共同点是视听效果、想象力都堪称非凡。好莱坞就是好莱坞，引领世界的"梦工厂"。

但激动过后，又不觉好笑，除去华丽外衣，好莱坞大片往往透着骨子里的外向、简单、俗套，传递的价值观肯定契合"美国梦"与美利坚主旋律，不外乎天降大任于爱家、爱国、爱上帝的孤胆英雄，看他们如何凭一己之力拯救美国、拯救世界、拯救地球等等。从我小时看的超人，到今天儿子看的蜘蛛侠，概莫能外。审美疲劳。忽然很怀念《少年派的奇幻漂流》，难得的将好莱坞的技术、场面、奇妙想象与复杂人性、东方禅意结合得那么悠远惆怅、意味深长。李安是绝无仅有的打通了东西方任督二脉的艺术家。

还好《星际穿越》的导演、编剧诺兰是英国人，大学专业更是英国文学。于是，这位比美国人更具人文情怀的导演将一点英伦腔调、灵魂私货夹带进了这部好莱坞大片中。

我被击中了，虽然弄不懂什么五维空间、虫洞，但电影中反复吟诵的那首英国诗人迪伦·托马斯的诗，让我内心激荡难安，并对影片中当地球末日来临，是与家人相互取暖，共同坐以待毙，还是弃小我、求大我，奔赴未知，为人类开辟新天地的英雄抉择有了更深体悟。

来吧，听听这首诗——不要温和地走入那个良夜，老年应当在日暮时燃烧咆哮；怒斥，怒斥光明的消逝……您啊，我的父亲，在那悲哀的高处，现在用您的热泪诅咒我，祝福我吧，我求您，不要温和地走进那个良夜。作为一个个性强烈的月天蝎，这首诗里有我认同的人生，是我灵魂盘中的菜。

说实话，在无比光荣、伟大、正确亦简单的好莱坞大片中，这首诗出现得有些“违合”，那种激烈、愤慨的苍茫诗意与环环相扣、留白不多的剧情并不太搭。但是管它呢，谁让今年是偶像级天才诗人迪伦·托马斯诞辰100周年。

星际穿越诗歌。灵魂不灭，诗歌不死。

隔岸的风景

不久前，终于看到了曾轰动全球的好莱坞大片《阿甘正传》。此前，很多影评文字都围绕阿甘及他所指示的象征意义展开，例如有人说阿甘是“颠覆了传统英雄模式的‘当代英雄’”。然而，也许是挥之不去的性别意识使然，我却为片中一个被阿甘营造的喜剧氛围冲淡、掩盖的悲剧人物所吸引——阿甘从童年开始的唯一的女友，后来又成为他妻子和孩子母亲的珍妮。

越战前后，两度与阿甘邂逅的珍妮，都无奈、抱歉地离开了他，虽然愚钝的阿甘尝试告诉她“我爱你”。但这一次，珍妮出乎意料地回到了故乡的小镇，回到了阿甘身边。每日缄默、疲惫，却颇有耐心地陪阿甘散步，听阿甘絮叨越南的绵绵雨季、丧身热带丛林的布伯、断了腿的丹中尉和战后那艘扬帆启航的“珍妮”号捕虾船，珍妮似乎心不在焉……一天，他俩无意中来到珍妮和父亲、妹妹共同度过10年的童年旧屋，但见珍妮一反往日的恹恹和疲惫，面容被回忆和恐惧扭曲，她疯了似的捡起脚下的石块向那所房子掷去，直至哭倒在地。平静下来，她问阿甘：“还记得小时候，我们躲在玉米地里的祷告吗？”阿甘一脸无辜和茫然。

那是10岁的阿甘和珍妮。阿甘是这样描述珍妮家庭的：珍妮的妈妈在她5岁时就去世了，她和妹妹与父亲住在一起。一日，阿甘去找珍妮，正遇见她从家中惊惧地逃出，拉着阿甘向附近的玉米地奔去。两人刚刚躲进没过人的叶丛中，一个男人凶神恶煞的声音，从画面外由远及近：“珍妮！珍妮！”画面上出现两条着皮靴，踩在玉米深丛中的巨腿。穿着白色睡衣，有着安琪儿般可爱面庞的珍妮在瑟瑟发抖。她闭上眼，轻声呢喃着：“让我们祈祷，上帝啊，让我变成一只小鸟吧，让我逃离这个地方……”不久，经法院判决，珍妮搬到了祖母家。

这是一桩阿甘永远无法知晓的公案了。

珍妮为什么回到阿甘身边？那是在一次失败的自杀尝试后。一间充斥着颓废、糜烂、酒精甚至毒品的客厅里，那个刚刚殴打过珍妮的男人烂醉在地上。衣衫凌乱的珍妮走向阳台，爬上栏杆。试探的脚终于没有迈出去，接下来是一声撕心裂肺的哭泣……

片尾，若不是身染重疾，珍妮会再次回到阿甘身边吗？或者她仅仅是为了把阿甘的儿子送还给他，了却平生最后一桩心愿？观众中有人在埋怨珍妮傻，珍妮为什么屡番离开阿甘？既然她身边有过的聪明男人，无不在侮辱和损害她，为什么她不能接纳阿甘，这个奇迹般的体育明星、渔业富翁？然而，在以自己的方式回报阿甘后，她还是义无反顾地离开了最后的伊甸园，和那个未吃过人类“智慧果”的亚当，又投身灵魂堕落的人间炼狱。也许原因就是珍妮从未以男女之情爱过阿甘。在她眼中，阿甘永远都是当年校车上那个愚钝、遭人歧视、需要帮助的男孩。初识时，珍妮那句对阿甘而言不啻为天籁的善良之音，使阿甘对珍妮执着了一生。但随着他们一天天长大，金发美女珍妮、校园叛逆珍妮、浪荡前卫的珍妮，她的心灵、她的隐痛、她的渴望，又岂是智商只有75的阿甘所能走近和了解的？当阿甘以不明就里的平淡声调讲述校园种族歧视、总统被刺等种种社会怪象时，我们可以理解为反讽，会心一笑，但如果他对深爱女孩的真实人生其实茫然不知、无从安慰时，我们又如何笑得出？所以，珍妮总是一次次离开阿甘。

其实，阿甘根本就是一个男人的神话。为了躲避顽童们的戏弄，他迈着安有固定架的双腿开始尝试奔跑，结果跑掉了固定架，跑出了他惊人的体育天赋。这似乎印证了他那位宽厚、睿智的母亲的预言：人生是一盒朱古力豆，不尝尝，你永远不知道拿在手中的那颗是什么滋味。天才的赛跑才能，帮助阿甘成为学校里的橄榄球明星，受到总统接见，并稀里糊涂地取得大学文凭。

越战中，执着于对战友布伯的友谊，阿甘舍身救人，莫名其妙成为英雄；养伤时，百无聊赖拿起了乒乓球拍，心无旁骛，竟打成了全国冠军和乒乓外交中的明星。

退伍后想着布伯至死的愿望：成为捕虾船的船长，让阿甘做大副。于是，在所有人目瞪口呆中，阿甘投身捕虾业。他的热情、执着感动了在战争中失去双腿，从此自暴自弃的丹中尉，两人齐心协力，一次大难不死的风暴过后，他们的事业红红火火。

珍妮回乡，与阿甘一夜夫妻后，不告而别。为了宣泄痛苦，阿甘开始了传奇般的环国马拉松。而在奔跑中，奔跑本身又成为他唯一的追求。所以，几乎轻而易举，阿甘又成为媒体追逐、众人景仰的偶像级人物。至此，须发垂胸的阿甘，成为一个智者、英雄，并升华成为一个神话。

丹中尉从崩溃边缘到奋起振作，正是阿甘的人生哲学在聪明人身上取得成功的范例。片尾，丹中尉安上了假肢，带着他的亚洲新娘来参加阿甘和珍妮的婚礼。两对新人相见，本应是皆大欢喜的结局，但影片已埋下伏笔，珍妮彼时已染上令医生束手无策的奇怪病毒，将不久于人世。婚礼正是葬礼的前奏。

有人猜测，珍妮死于上世纪80年代初，彼时，艾滋病刚在美国被发现，也许珍妮正是这种世纪绝症的先蹈者。艾滋病的疑窦，暗示了珍妮曾有过的荒唐、迷乱和自甘堕落。

是的，阿甘仅仅是一个男人的神话，是对男人欲望、心灵的劝讽。然而对于女人，这只是一道隔岸的风景。

其实，隔岸的风景，不过又是水银灯下幻化出的一道海市蜃楼。阿甘是不存在的，而珍妮遭遇的偶然，也不是要教唆女人们仇视男性，恶化、对立两性关系，编剧不过是循着天堂、地狱两条虚拟的笔迹，画了一个极不完美的圆。

但最令我揪心的还是珍妮，是我的，连虚幻出一个神话来自我安慰也不可得的姐妹们。

是哪位哲人说过，人类愚蠢之最莫过于他永不悔改地重复着相似的错误。反映在两性关系上，那个残陋的圆是否还将一代代画下去？

女生威武

好巧，今天一早一晚用影像形式给了我巨大震撼的是两个女生。早上看了此刻正席卷网络，由前央视主持人柴静自费拍摄的、直面雾霾难题的专题片《穹顶之下》，晚上又在网上观看了2006年的好莱坞影片《水果硬糖》。

柴静，39岁，已为人母的她依旧清丽、知性，喻其“女生”，是为她身上那股挡不住的求知、探索、敢为真相一条道走到黑的书生意气。女生，女书生，生猛的女人，管你怎么理解。不单柴静，六旬的龙应台在我心目中也仍是女生。

《水果硬糖》讲述了一个14岁女孩以令人瞠目的智商、勇气设套惩罚一个有恋童怪癖并有杀人嫌疑的“怪叔叔”的故事。女主角艾伦·佩吉出演这部影片时刚刚成年，真正的女生。

一现实一虚构，一辽阔苍穹下一区区斗室内，将这二者并列，是否牵强、可笑？但换一种思路呢？苍穹之下，瘦小的柴静苦思女儿为何在胚胎发育期就罹患肿瘤（还好是良性），忧虑这是否与无孔不入的雾霾环境有关。而当女儿手术成功、健康回家后，柴静又眼睁睁地看着小宝贝一年中有将近1/3的时间被雾霾困锁屋内……

幼吾幼以及人之幼。同样是母亲，我想说柴静及她身后的制作团队做了一件功德无量之事，用她的正义、爱心、智慧尽可能地与更多母亲分享雾霾的真相与克服的方法。比如我记住了那位洛杉矶医生的话，人体永远不可能适应雾霾天气，人体的正常器官只会在雾霾中被蚕食及萎缩；我还记住了环保热线电话“12369”，以后当发现身边有环境污染隐患时，我也会掏出手机拨打和干预一下……尤其令我感念的是，柴静与她身为著名摄影师的老公已身处能让孩子去国外生活的阶层，她自费拍摄此片的动机除了良心和正义，我想象不出其他。

再说说斗室之内的《水果硬糖》。故事是虚构的，人物是杜撰的，甚至这部片子也并不适合未成年人观看，因为片中那个14岁女生惩戒“怪叔叔”的桥段可以用惊悚来形容。但斗室之内的罪恶如果无人揭穿、干预，同样会对不计其数的未成年人造成身心伤害。片中，14岁的女“罗宾汉”为朋友复仇，一点点撕下英俊、优雅的“怪叔叔”通过网络搭讪、摄影诱惑等手段精心穿戴的“羊皮”，在法律绳索尚未到达之前，给了坏人终生难忘的惩戒。在网络泛滥的今天，未成年人如何在网上、网下世界有效实施自我保护？这部影片发人深省。

大爱无疆，女生威武！最后，不管你是男生、女生都请记住曼德拉的这句话：“不要嘲讽那些比自己更勇敢、更有热量的人们。可以卑微如尘土，不可扭曲如蛆虫。”

亲爱的小孩

这篇文章绝对不能让我儿子看到，因为这会暴露那天下午他打电话给我，表示不愿去上下午5点至晚上8点的英语课外班时，我正躲在离家不远的电影院看电影《亲爱的》。我当然向他say no，必须去！

电影结束，被剧情搅得心中苍茫，惴惴不安。离英语课开始还有20多分钟，飞一般赶到巨人学校等儿子，左等不来，右等不来。急性子的人从来都是行动主义者，我干脆跑下楼，跑到儿子必经的路口等。望穿秋水。会不会擦肩错过了？我开始迷糊。于是又折返回去，爬上3楼。

推开教室，儿子正在认真答题。看手机，下午5时15分。40分钟内，边等儿子边给老公打了3个电话：为什么没来？为什么还没来？来了！来了也要再怨怪一句：咱们就不该答应让儿子自己去上课外班。

其实以北京三环以内的治安环境，在离家几百米范围内，一个五年级孩子的自我保护能力已基本让人放心，所以表现得那么抓狂，是因为刚看了那部讲失踪儿童的电影《亲爱的》。我入戏了，神经变得脆弱敏感。

剧情太催泪了：一对离婚夫妻的3岁儿子丢了，俩人历经磨难寻找儿子，并加入了一个由失踪儿童父母组成的民间团体。在民间团队成员多方搜集线索及警方协助下，两年后，儿子居然找到了！但儿子已经不认识他们，也忘记了过往深圳的繁华，在安徽农村的一个寡妇家里，喂鸭子、带小妹妹……

失踪孩子的爸爸是黄渤演的，妈妈是郝蕾演的，人贩子（已去世）的老婆，即那寡妇是赵薇演的，民间团体的负责人是张译演的，演员个个都出彩，不知该夸谁。或许最该夸的应该是这部电影的编剧和导演，故事感人、情感真实，演员想不出彩都难。尤其值得一提的是，电影中的故事、人物据说都有生活原型。

我老家重庆有句土话：儿想娘，扁担长；娘想儿，路样长。路有尽头吗？没有。所以，父母对儿女的牵挂、思念也一样漫长没有尽头。所以，不要问那些失踪儿童的父母心有多苦，活得有多累。

忘不了，儿子四五岁时，有次在商场，赖在跳舞机前不肯走。我和老公想吓唬他，就径直往前走了。过一会儿，扭头，居然没跟上！赶快回到跳舞机前，没有人！那一刻，我脑子一片空白，身体好像失去了重量。就在这时，儿子从商场门口跑进来了。原来，他去停车场见自家车里没人，又掉头回原地找。多聪明的孩子呀！

去看看《亲爱的》吧，如果此刻你正被家里那个调皮捣蛋、不爱写作业的孩子气得忍无可忍。两小时后，当你红着眼圈从电影院出来，相信你心中只有一个念头：只要孩子平平安安、顺顺当当地在自己身边长大，一生何求？

两个1952年出生的女人

其实这真是两个风马牛不相及的女人——刘晓庆和毕淑敏。一个是辉煌已过，眼下身陷囹圄（2002年）的电影明星兼商人，一个是大器晚成的作家兼心理学者。如果非把她们扯到一块儿的话，她们的共同点就是都出生于1952年（有关刘晓庆的年龄有多个版本，1952年是其中版本之一，姑且信之）、女性，且都曾有过一段军旅生涯。

透过这两个同年龄女人的事业抑或直白说命运轨迹，我想探究的是人的欲望和成长。

毋庸讳言，刘晓庆曾是一代人心中的偶像。时势造英雄，20世纪80年代初，当旧时代结束，一个思想解放、张扬个性的新时代到来之际，当许多压抑太久的心灵还在犹疑、张望的时刻，已在银幕上展露风采的刘晓庆又凭借那本著名的自传体作品《我的路》大声宣告了：我、离了婚的我、我之爱、我之恨和我要成功，每一条都是当时中国人唯恐避之不及的话题。有人咒骂，有人冷眼，但更多人借此释放和抒发了同样的心声——欲望无罪，个人追求无罪，只要无碍于社会、无损于他人，人有权利实现自我的价值。

这是社会的进步，人性的回归，大胆追求成功、敢于彰显个性的刘晓庆生正逢时。刘晓庆以她的率真、勇敢和出色的演技成为20世纪80年代内地明星中的明星。

作为作家，毕淑敏起步较晚，没记错的话，她的处女作《昆仑殇》发表于20世纪80年代末，当时她已30多岁了。那是个朴素又独特的中篇。朴素应该是军人、医生出身的毕淑敏的本色，独特是因为她11年边防女军人的经历。那篇小说，我感觉毕淑敏已动用了自己太多的情感和经验，如果以相同体裁再写下去，这将是个流于平庸的作家。这样的作家、这样的例子我们见过太多，所以真没指望“毕淑敏”这个平凡的名字，这个已不年轻的女性会创造什么奇迹。

刘晓庆有句名言：做女人难，做名女人更难，做一个离了婚的名女人更是难乎其难。所以在数次当选影后的同时，她也成了经久不衰的娱乐版“是非女皇”。其实在20世纪八九十年代，中国内地的媒体还是比较谨慎、和气的，而直到现在也刻薄、疯狂不到像香港和国外的“狗仔队”。我想说的就是成名之后的刘晓庆太妄自尊大了，与她同时代、名气不在她之下的明星都没有像她在幕下演绎那么多是非，制造出那么多谈资，这应该是性格、修养和不思反省使然。率真、勇敢、美丽的时代先锋，萦绕她的光环在岁月中褪色。

进入20世纪90年代，没想到毕淑敏这个军医出身的朴素女性竟以自己独特的方式在文坛闯出天地，赢得了声名——以她医生、女性、作家的多重身份，以一颗悲悯、仁爱的医者之心关注那些每个普通人都可能遭逢的肉体和精神之痛。记得较早是一部有关临终关怀的半纪实性作品，后来又有了反映吸毒、戒毒这个沉重社会命题的《红处方》，前年是有关一个复杂医学伦理难题的《血玲珑》，今年是关注乳癌患者的《拯救乳房》。这些严肃的小说都取得了很好的社会效益，几乎是近年出版界的一个奇迹。在读者越来越挑剔的今天，这只能证明毕淑敏的慈悲、关怀依托文学载体真的叩响了人们的心灵。

1998年毕淑敏到北师大进修心理学课程，2001年结业。今天在写作的同时她又开始挂牌担当心理咨询师。医治心灵比医治肉体或许更重要，弃医从文的屠格涅夫、鲁迅都如是认为，只是毕淑敏做得更彻底。我对这位女性肃然起敬。

《从电影明星到亿万富姐》，从商后的刘晓庆又捏准了时代的脉搏，只是这脉象来得浮、来得虚。她的财富神话让人叹为观止，却并未替她赢得更多的喜爱和尊敬。去年刘晓庆偷漏税案曝光，刘晓庆被拘禁，人们虽然不是太吃惊，但还是为她扼腕和叹息。

欲望与成长是贯穿每个人一生的命题。欲望推着我们去追求、克服和战胜，但欲望又是一把双刃剑，没有节制的欲望，会使我们失去判断力，使我们迷失和丢弃真正宝贵的东西。而最重要的还是成长，精神的成长，精神是一棵需要呵护的苗，若以善良为土，施以知识的肥，普以真、善、美的阳光，那么这棵苗会长成参天的树，正直、独立、坚忍，任尔东西南北的世风，它默默生长，不为所动。毕淑敏就很像这样的一棵树。

格调与包袱

其实这算是炒冷饭了，由头就是冯小刚在他的新书里公开表示自己不喜欢王家卫的电影，甚至表示王氏电影是故弄玄虚的“蒙事儿”。此言论一出，圈内有些哗然。有篇文章给了我启发，说冯小刚此言或许只是性情之语，而冯氏不喜欢王氏也太正常了，因为他们在风格、趣味上差得实在不止十万八千里。但这话为什么是冯小刚跳出来说，王家卫怎么那么硌着他了，让他非得不吐不快，我也有话说。

在华人圈导演里，王家卫是绝对的异数，极端的个人化、情绪化有时到了让你不知所云的地步，像我经验里的《重庆森林》《东邪西毒》的一些片断。但看不太懂你也觉得他是有深意的，俊美的金城武和他的凤梨罐头背后，一定有着一个忧伤浪漫的故事，只是王家卫不屑于讲出来罢了。他记录的不是故事，是承载着不愿、不可言说的故事的沉甸的心，他用心刻画的好像也不是具体的人物，而是一个时代、一个城市存在过又消失了的精神标本，《春光乍泄》《阿飞正传》《花样年华》都给我这样的印象。总之，王家卫是含糊和晦涩的，但是，他迷人，他留给你无数想象的空间。

内地喜欢王家卫的人，想来多半应出生在20世纪六七十年代后，再不为吃穿发愁的城市，受过一定教育，有点清高，有点小资，性格偏内向、忧郁并热爱文学，尤其是欧洲和日本文学，听说过《追忆似水年华》，喜欢玛格丽特·杜拉斯、村上春树，还有张爱玲。

都是记录城市、小人物，冯小刚则是另一个极端。他是实实在在生活在他脚底下那座城市的人，没赶上好时代，没有好出身，没有好相貌、好文凭，他是靠聪明、执着、野心跻身电影圈的市井小民，他的艺术视角对准的也是市井小民，而内地现阶段的市井小民就是今天想着房子，明天想着车子，所谓爱情就是吃着碗里看着锅里，有贼心没贼胆。所以“冯氏制造”离不开有“平民影帝”之称的葛优，而由女主角晋升他夫人的徐帆，相貌、气质也格外来的普通、平易。而王家卫是在中西合璧、物质无忧的环境下长大的，他本人又具有诗人般的梦幻气质，所以他的主角们也多高贵而迷离，像张国荣、梁朝伟、张曼玉。

虽然都是人到中年，但四五十岁的内地男人和香港男人，他们之间的共同点少之又少，就像海岩一篇小说里说的“挨过饿的人和没挨过饿的人是不一样的”，中间的历史原因不言自明。比如近50岁的内地女作家，笔锋多是硬朗、入世、沉重，像王安忆、铁凝、池莉，绝不可能出现亦舒、李碧华、琼瑶之类。所以，首先个人的成长史就令冯小刚对王家卫们隔膜。不像今天，全球化的时代，生活在北京、上海、广州的年轻人与香港、台北的年轻人吃着一样的汉堡，追着一样的偶像，他们之间的隔膜就相对少一些。当然，就是生活背景相同，人和人的精神气质也是千差万别，只是不会不兼容到鸡同鸭讲。

王家卫硌着冯小刚的还有重要一点（嘿嘿，冯导担待了），冯小刚一直紧张于别人对他影片商业价值和艺术价值的评价，那一年《一声叹息》进不了金鸡奖、百花奖评委的视野，就让他很受伤、很愤怒了，而面对自己不太认同的王家卫却总能得到欧洲很多知名电影节的青睐的事实，冯小刚的心情就很容易理解了。

其实，看王家卫我们满足的是一种格调和情绪，对冯小刚，我们期待的是有更多让我们放松、捧怀的“包袱”，电影就是休闲，对休闲的口味，我们要求的很杂。

观影莫如读书

太亲切了，这则微信帖子里讲的老韩我见过！2010年夏天，某日下班后，我怀揣一颗景仰艺术的心，由单位一男诗人领着，到帖子中被图文并茂极尽描述的圣地——北京复兴门外长安商场入口处买艺术片光盘，花去200多元，原来圈子里的行话这叫给老韩“送烟钱”。

“送烟钱”的事只干过一回，所以一干文青眼中神话般的老韩只见过一次。不是觉悟提高开始抵制盗版了，是真真切切意识到自己对影像艺术没有那么热爱，在看片中得到的快乐远不及阅读。

或许这与大脑结构有关，有些人的大脑天生对线条、色彩、图画、声音敏感，互动强烈，所以能从影像中、音乐中得到高度的美的享受和愉悦，比如这帖子的作者正是一个美术院校的学生；但也有的人是对文字敏感，比如我。在我眼里字里行间本身已充溢着色彩、图画、声音，还有逻辑跟思想，加在一起，我找不出还有比文字更完美、深刻的艺术符号。绝非厚此薄彼，只是先天大脑差异、后天个性差异。

再说大脑差异，有些人天生患“阅读障碍症”，虽然认识单个的字或单词，但无法弄懂由字、单词组合起来的句子的意思，解决办法是把句子大声朗读出来。汤姆·克鲁斯据说就有这个病，但你不能说人家智商有问题，这些人可能在其他领域杰出、有天才。所以，阅读也有擅长与否的问题，不必执着、强求。

说到文字的美，最高境界当然是诗了，比如接下来我要读的这首小诗，当我沉浸在那种意境中，其他任何艺术形式都无可与之比拟，献给大家：

上层的雪，
很冷吧，
冰冷的月亮照着它。
下层的雪，
很重吧，
上百的人压着它。
中间的雪，
很孤单吧，
看不见天也看不见地。

这种诗能让我的小心脏碎裂一地……

公正地说，老韩推荐的艺术片还都不错，就是个别几部我看着看着睡着了。

寻找家园

按照我们的伦理道德评价，由好莱坞老牌明星达斯廷·霍夫曼主演的电影《毕业生》，反映的就是一群乱伦滥交、萎靡颓废的“垮掉的一代”。然而电影中却有一首极打动我的插曲《斯卡布罗集市》。

在肮脏的、有碍观瞻的画面中为什么回荡一首忧郁、深情、催人泪下的乡愁般的歌曲，以前真的不懂。后来懂得了在高度物质文明下的精神沦丧，甚至还知道《毕业生》是反映西方20世纪六七十年代青年觉醒的经典之作……这些对我都不重要，我感兴趣的是那首歌。年龄的增长使我渐渐悟出了导演的匠心独具——通过这首歌，反映一群陷在浑噩、狂躁、自甘堕落的青春沼泽中的灵魂的切肤却又难以诉说的失乡之痛。音乐是相通的，我第一次惊喜于自己的颖悟。翻译后的歌词证明我的理解没有错。当然错了也没有关系，音乐应是通向人的内心，它无须付诸言语的解释。

失乡之痛！背景不同，肤色不同，然而人类的情感相通，尤其在年青人那块还未被世俗铜锈蒙尘的心灵净土。也许师长们会摇头、父母们会摇头，不是故土沦丧，不是客居异乡，谈何失乡之痛？是矫情的文字游戏，是“为赋新词强说愁”……罢，强辩无益。其实这里所谓的“乡”是“精神之乡”，它存在于人类自然、不事雕琢的天性中。

穿过时空的隧道，请随我做一次精神漫游，想象在一个春天的山岗上，一群东方少年失去了载着他们童年和青春梦想的风筝，从此那只断线的风筝再也找不回来……

台湾作家三毛曾在一篇文章中提到“塑料儿童”一词，哀叹今天的孩子在游戏机、卡通片和都市“鸽子笼”般的建筑里逐渐丢失了一颗真正的童心。而我们的青春不也如此么——为了父母的望子成龙，为了成为一架合格的“考试机器”，为了若干年后的出人头地、功成名就，我们过早背负上了责任、世故和一只与脑容量极不匹配的硕大书包，一年年，风雨无阻地拿快乐与知识做交易……但童心绝不是巧克力、变形金刚可以填满的，青春也不该是锻造“未来”的预备队。

我不禁联想到那部《阳光灿烂的日子》，为什么王朔、姜文眼中的“文革”迥异于谢晋们饱经沧桑的天云山、芙蓉镇？正如一位评论家所说：“对于马小军们来说，‘文革’简直就是‘阳光灿烂’的狂欢节，这种狂欢与物质生活是否富裕，与轿车、彩电、游戏机无关。”在这里，我绝不是想给“文革”套上一个美丽的光环，无疑，那种狂欢是畸形的、反社会的。我只想说“欲速则不达”，如果今天一切成年人扼杀童心的行为都可以用追求物质文明作解释，那么这种文明的尽头是什么，是“毕业生”满怀失乡之痛，在毒品、放纵和徒劳无功的“反抗”中寻求麻醉吗？

我不是老庄“小国寡民”的信仰者，不是深思熟虑的教育改革家，而仅仅是在诉说一个22岁的青年人在寻找精神家园过程中体悟到的纯真对于世俗难以抗拒的屈从，以及这种屈从所带来的没顶的悲凉……

失乡之痛，古今亦然，还是东坡旷达，“此心安处是吾乡”。所以，少年冰心有过这样的浪漫理想：“只要同样于他人有益……何不去做一个大海中离群索居的灯塔守卫”；所以，研习西洋音乐的王洛宾留在了新疆边陌，半个多世纪与牛羊为伍，用音乐放牧，写下了脍炙人口的《在那遥远的地方》……所以奇女子三毛在阅尽繁华之后选择了至蛮荒至壮丽的撒哈拉沙漠，在那里，三毛的生命若昙花盛开流光溢彩。

此心安处是吾乡，耳边又回响起那首《斯卡布罗集市》。暮色中依稀看见苏东坡在对一群金发碧眼的“毕业生”说着什么，内心不禁涌出一丝丝希冀……

女性气象

另一种花花世界

父亲的精神含义

诱引我买2014年1月号《心理月刊》的原因，是封面上有“鲍鲸鲸”3个字，我最爱的《失恋33天》的小说作者和电影编剧，也看她写的专栏，1987年出生的小女孩，魔羯座。看照片，纯纯的，日范儿，小迷糊有大主张，内心小宇宙很强大的女文青。

那篇专访里，最打动我的是她爸老鲍。鲍鲸鲸说：“我从小就人际关系特别差（魔羯通病），老因为一点破事就跟人绝交，我爸就说，让你出生到这个世界上不是让你来交朋友的。”静心想想，这话里既有父亲对女儿的宠溺，更有人之为人是不是应该追寻更高的境界，活出更真实的自我的寓意？

一个如此不俗的父亲，不在乎女儿大学毕业后仅1个月时间就自作主张辞掉月薪过万的工作、前途茫茫地宅在了家里。甚至女儿为了打发时间，从网上下载歌曲，老鲍还帮她刻成CD，并一起做CD封面……

鲍鲸鲸的成功是不可复制的。一篇无心插柳的网上小说，小说大卖，电影大卖，25岁凭借这部电影拿下金马奖最佳改编剧本奖。以后，就是电视剧《浮沉》，刚刚上映的电影《等风来》，越走越宽的编剧之路、专栏作家之路……

可是，精灵般的女孩说：“比起做一个厉害的编剧，我更想成为一个快乐的人……”我相信这不是卖萌、矫情，因为她有老鲍那样一个爸爸，因为鲍鲸鲸目前的成功无论说天分也好，幸运也好，反正都自然得让人高兴，生活真好，单纯真好！

每周五我一定会买《南方人物周刊》，仪式般的。2014年第一期《南方人物周刊》的选题是“傅雷父子：赤子的世界”。傅雷、傅聪、傅敏，父子三人从一个沉重的年代走来，绕不开愤懑、压抑的故事，但父子三人的赤子之心、赤子情怀不会磨灭，永远闪耀！那期杂志的封面上印有一段话——

> 青白色的墓碑上镌刻着，父亲（傅雷）当年写给儿子的一句话：“赤子孤独了，会创造一个世界。”

2014年1月6日，这句话响彻我耳边，让我更加坚定了自己未来的路：不管世事、环境如何变幻，一定要坚持自我，坚持纯粹，为了艺术，为了内心的丰富、宁静和快乐，为了成为一个更有力量的母亲。

傅雷是文化大家，老鲍从事何种职业我不知道，但有一点是共通的，他们都是父亲，他们都知道如何在精神上帮助孩子，塑造孩子。

2014年刚刚起步，两本杂志、两个父亲感动了我，温暖了我。这是好兆头，我相信。

绘出你的花花世界

这不是在什么高端艺术场馆举办的画展，这个迷你画展的举办地在北京北三环马甸桥附近的红英服装连锁店。这家店更名副其实的名字是“生活馆”，服装只是它传播一种生活理念的窗口和渠道，比如今天下午我买的一件上衣，就来自今秋红英的“满世界溜达”系列。

除了服装，这里还出售西班牙风格的家具、装饰品。与其说出售，不如说陈列、展示更恰当，因为它们那么美、那么低调地放置在大约由两三套老式三居室打通的幽静室内。这里的店员去年就跟我说过，西班牙是她们老板红英的最爱。

馆内还有一个面积不小的舞蹈室，有老师每周在这里教授弗拉明戈舞、非洲鼓。今天下午，是一个针对红英店员的化妆讲座。只要脱掉鞋，顾客就能随意进去听。

生活馆今天的主题是“费萍的花花世界”，女画家费萍的画展。我根本是买完衣服误打误撞上的。溜达两圈，迅速爱上了这些清丽、迷人的小画，爱上了这个迷你、美好的花花世界，属于女人的、自得其乐的世界。我不懂美术，但一直莫名地喜欢水粉。与油画相比，水粉画更明净、清新，更适合表现花卉等静物。

再溜达，就看见老板红英还在展室外的一块大玻璃上用白漆的字写下了在此地为费萍举办画展的缘由。原来，二十几年前，红英与费萍是一个设计院的同事（后来，红英下海经商，费萍则从建筑师华丽转身成为自由画家。费萍的老师、一位著名画家为画展作序，从中可以知晓，费萍是建筑学硕士，曾考取过一个全国为数不多的建筑类注册资格，专业前途本该远大。而绘画只是她大学的一门选修课，一个业余爱好。最终，这个北京女子弃专业，与爱好“私奔”）。如今，费萍生活在她最热爱的城市杭州。

红英还写到，费萍有个103岁的姥姥，一位至今仍陶醉在京剧与麻将中的资深美女。费萍的妈妈退休后开始自学国画，发誓要活到500岁，要把自己想画的东西全都画完。费萍的儿子目前在天津一所大学学城市规划，小伙子10岁就爱上了歌剧。红英说，她爱这个沉浸在各自的爱好里，自得其乐的一家人。听了红英的叙述我也爱上了这活活泼泼的一家。

又溜达一圈回来，看见一个着纱裙、裹大花披巾，戴眼镜，个头不太高、略丰腴的女士在展室内忙碌。我问：你是费萍吗？真的是！真好，五十出头的年纪，脸圆，皮肤白皙，气质，嗯，不是“温婉”（这个词太做作），而是和善、快乐。费萍头上半边插花，半边凌乱，不知是不是有意为之，反正显得可爱和马虎，不像那种近年来让我敬而远之的“高冷”女人。真好！

画展还未正式开始，我仰慕已久的红英还未见到，等不等呢？思虑再三，走。谢谢红英，谢谢费萍，我已度过了一个美丽而充实的秋日下午，受到了启发，也更坚定了一种信念。再不走就晚了，我答应儿子今晚为他做红烧排骨。

每个人都要努力打造自己的花花世界。在我的花花世界里，除了读不完的书，听不完的音乐，看不完的电影，必须还有儿子的红烧排骨。

胡紫薇的气象

在那则微信帖子上，有关章子怡的文章是胡紫薇写的。才女，好文笔！胡紫薇，就是2011年岁末震惊了全中国的那个美女。当时，这位北京电视台的主持人冲进中央电视台奥运新闻发布会现场，抢下主持人的麦克风。紧接着，比她的行为更戏剧性、更令人瞠目的是她此行的目的和诉求，居然与政治、体育，与国计民生，与她本人的工作统统无关，只是为了控诉她的丈夫，央视主持人张斌出轨、背叛婚姻！

如此刚烈、彪悍，如此破釜沉舟，我第一反应：O型血。一查资料，果然，胡紫薇，O型白羊座！乖乖，这是匹什么缰绳都难勒住的马呀。真难想象胡张二人是如何撑过接下来的那段日子的，当时两人的家世、情史被网民翻了个底儿掉，最令网民笑骂的是这俩人还都是再婚，传说胡紫薇是以有夫之妇的身份爱上并主动追求张斌的（未经证实）……据说截至目前，胡张二人并未离婚，看来，或许是爱到某一种境界，才令本身也是公众人物的胡美女变得不管不顾。

不说了，都过去了，我感兴趣的是胡紫薇的个性，人家怨妇是自艾自怜，一哭二闹三上吊，看人家胡美女，掀它个巨浪滔天、折腾出个天怒人怨！所以，胡紫薇才对O型水瓶座的章子怡如此惺惺相惜吧，因为从叛逆的玉娇龙、决绝的宫玉梅身上，也包括从章子怡近年来大起大落的经历中，胡紫薇大概同样看到了自己的影子。她评论玉和宫的话，更像是她对自我的剖析，“她们为了自在和尊严，拒绝被渗透、被规定、被放置”“有的女人，境界可能不是最高，却努力在自己的境界里做到圆满。言出必果，令人敬畏”。

重结果、有目标、不畏惧，像男人一样永攀高峰、永争主流的O型血女人呀，有时刚强有余，柔韧欠缺（水象星座要好些），是我等自在、散漫B型女眼中的别样风景。胡紫薇开始拥有她自己的气象，因为她已经悟出：当女人的悲剧、喜剧不再是男人，她才算活出了气象。赞一个！只有如此，女人才配自比玉娇龙、宫玉梅。男人从来不应该成为女人弃世、厌世甚至仅仅是失态的缘由。女人应该拥有更广阔的世界，女人应活出自己的大气象。

旅行人生

旅行如观剧

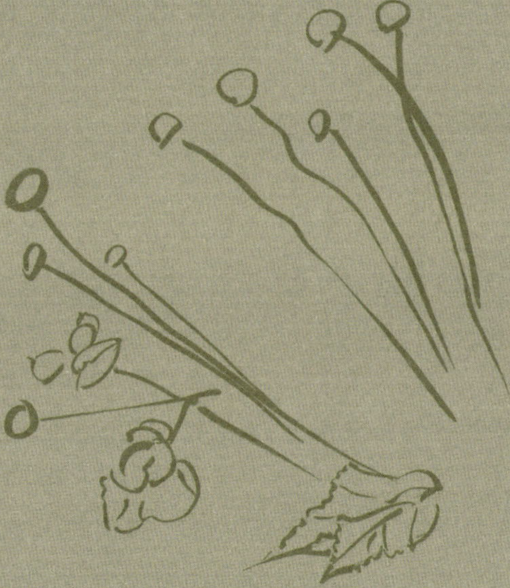

鲁迅的绍兴有点冷

坐高铁从杭州到绍兴只需区区20分钟。和众多高铁车站一样，绍兴北站也不外乎那副样子：浮华现代的外表，大而无当的空间，建在远离城区的郊外，埋下了城市版图扩张、鲸吞家园的伏笔。

王羲之、陆游、鲁迅……绍兴之旅，与文化难脱干系。想来文人与故乡的关系，又大抵是纠结的。故乡是人生情愁爱恨的肇始，是生命之根、灵感之泉，是人格的起因，是生命挥之不去的浓墨背景。比如鲁迅，今日绍兴最响亮的文化名片、旅游名片，但故乡却是鲁迅生命之初的伤痕与隐痛。家道中落的童年，辗转当铺、药铺间的童年，在冷眼、白眼中畸形早熟的童年，让鲁迅笔下的绍兴阴郁而凉薄。好像周家老二周作人对故乡的记忆就不至这么惨淡，看来即使生在同一家庭，每人承受的压力、分配的命运也不尽相同，所以最终同途殊归也就不用奇怪了。

鲁迅故居、纪念馆也好，三味书屋也罢，都是走马观花，让我驻足并留下印象的一是纪念馆里用牌匾形式摘录下的鲁迅文章里的两句话，正是这两句话引发了我对文人与故乡关系的思考。其中一句话是“有谁从小康人家而坠入困顿的么，我以为在这途路中，大概可以看见世人的真面目；我要到N进K学堂去了，仿佛是想异路，逃异地，去寻求别样的人们”（选自《呐喊·自序》）。另一句是“S城人的脸早经看熟，如此而已，连心肝也似乎有些了然。总得寻别一类人们去，去寻为S城人所诟病的人们，无论其为畜牲或魔鬼”（选自《琐记》）。S城无疑就是绍兴了，我很好奇绍兴人怎么看待鲁迅对故乡的怨怼和纠结心态，而作为建在鲁迅故乡的纪念馆，为什么毫不避讳地将这两句话单挑出来？

另一处留下印象的是纪念馆的液晶屏幕上正循环播放的由鲁迅经典小说改编的电影《阿Q正传》。这是20世纪80年代的老电影了，阿Q由著名喜剧演员严顺开扮演。当我信步走到屏幕前时，正看到那精彩一幕——阿Q的东家赵老太爷家的女佣吴妈正在跟阿Q嚼东家的舌头。当说到少奶奶怀孕，赵老太爷就要当爷爷的新闻时，吴妈嘴一撇，刻薄道：“谁知道是儿子还是孙子！”我快笑喷了，这话简直比接下来阿Q那句最著名、最经典的“吴妈，我想和你困觉”更具喜剧效果，也更直指人心与人性。

匆匆绍兴一日游，没承想通过乘坐公共汽车还收获了一点别样心得，对鲁迅的乡党们也有了更直观的了解。

那日上午10点，从绍兴北站出来，我们一行5家，9个大人、5个小孩（最大10岁、最小3岁）登上了开往绍兴老城区的专线公共汽车。上车就后悔了，车内太拥挤。3岁女孩、5岁男孩与我挨得近，他们一前一后被各自家长护卫着坐在车厢中间的两级台阶上。男孩困了、累了，竟俯在一位端坐着的男乘客脚下睡着了。不短的车程，坐在地上的小孩子，两旁神色自若、稳坐钓鱼台的大人（多是本地人）。这是我对绍兴的第一印象。

在老城区游玩一天，傍晚时分还乘那趟专线车到绍兴北站，再坐高铁回杭州。风水轮流转，这一次我们一行人个个都有座位。儿子有小伙伴，我跟老公坐在一起。大约车至第三站的时候，老公身边拥过来一对本地母女。母亲右手拎着两个颇壮观的大塑料袋，左手牵的女孩顶多也就四五岁。老公很自然地起身让座，奇怪的事情发生了，那位年青的母亲客气地拒绝了老公的善意，并连续拒绝了两次，那个小女孩也颇配合地紧抓住身旁的护栏，对已空出的座位看都未看一眼。老公笑笑坐下，闭目、打盹。我留意了一会儿，那对母女又站了几站才下的车。

不知我们一行的“绍兴乘车记”是否具有代表性，能否就此管窥出一点绍兴人的普遍性格，比如强调个人利益，重视人与人之间的边界，既不乐于助人，也尽量不损人利己……很难说这样好还是不好，只是在我这样个性炽热、强烈的人看来，这种为人处事方式恰似今日扬州的天气，阴云、薄雾，有时飘过细若牛毛的秋雨，晦暗不明，让人难探究竟。

再回到故乡，回到鲁迅，回到童年，以我浅薄的见识，人在生命之初最怕遭逢、积攒了这样的经验：富在深山有远亲，穷在闹市无人问。还有，人间多是锦上添花者，难有雪中送炭人。这是人性的黑洞，不分种族、不论地域。

鲁迅文风中的刻薄是凉薄人性、阴郁童年造就的吗？11月的绍兴，行走在秋风秋雨里，遍遍思索。有一点不容置疑，再精致的城市，如果缺少人与人之间的热情，我也不爱。

完美之旅的启示

7月的宁夏之行让一向自诩“宅女”的我爱上了旅行。这次旅行给了我一些启示，拿出来和大家分享一下吧！

启示一，一定要觅一位与你个性互补、趣味相投的旅伴。风燕就是这么一位，她是A型血射手座，身上具有A型血人擅筹划、做事有计划的优点，所以寻打折机票、订旅馆、从网上下载旅游攻略等事宜，统统交由她负责，但同时，射手座姑娘粗线条、马虎等特点在她身上体现得也很充分。

比较极品的一件事发生在今年初，我俩一起带孩子赴香港旅游时。傍晚，一行四人在香港街头寻找事先订好的宾馆，手拿地图的风燕大步流星往前走，可怜我一边紧盯两个七八岁狗都嫌的男孩，一边一路小跑跟着她……终于，还是跟丢了。赶紧打手机吧，“对不起，您拔打的电话未开通港澳漫游业务”。

其实，我真正想说的是，这就是风燕不令我自卑的原因。一个对旅游消极、懒散，出门没有方向感，个性又有点敏感的人，最怕和那种无所不能、无所不包的女强人同行。风燕的缺点令我有了责任感、存在感，旅途中我留心照看孩子、行李，记录各种需要分摊的账目。

实践证明，互补、合作更有可持续性，更能检验友谊，所以香港之后，又有了宁夏之行。

旅游的主旨是玩，趣味相投当然重要啦！我心里藏着一个顽皮的孩子，风燕唤醒了他。

在宁夏博物馆，面对一大桌由形似佳肴的黄河奇石精心搭配而成的“满汉全席”，风燕提议：咱们给每道菜取个名字吧，看眼光是否一致！于是，两个平日里就热衷美食的“吃货”，面对一桌石头品头论足、争执不下……

在位于宁夏中卫县的沙坡头，禁不住风燕的鼓动，恐高、胆小的我腰系滑索，手握缆绳，从空中穿越了滔滔黄河，那种刺激终生难忘！

启示二，如果有可能，请尽量选择能够与你的内心、你的文化积累产生互动的旅游地。宁夏就是这样一个地方，这块土地上镌刻着一位我景仰的中国著名作家的名字，他就是张贤亮。

走进张贤亮一手打造的镇北堡西部影城，迎面一栋小木屋，屋前有张贤亮手书的“马缨花”3个镏金大字，下面的一排小字标明这里是“游客休闲中心”。

“马缨花”3个字揪住了我的心。如果你读过张贤亮发表于20世纪80年代初的代表作《绿化树》，感受过女主人公——西北农妇马缨花给予一个被她称呼为“狗狗”（她是“肉肉”）的“右派”、劳改犯“断了头，血身子也要陪你”的纯朴炽烈的情爱，你无法不动容……

镇北堡西部影城是一个可以供文学和电影爱好者朝圣的地方，不断有感动、惊喜。我把难平的心绪转化为文字，并用手机微信的形式和朋友们实时互动。

在影城的纪念馆我拍下张贤亮年轻时的照片，并在微信中写道：这个男人20岁因诗获罪，江南才子沦为西北罪人，在荒凉贫瘠甚至举目不见女性之地蹉跎20余年。43岁，他以《绿化树》复出文坛，20世纪80年代他是中国最好的作家之一，20世纪90年代他是中国最成功的文化商人，镇北堡西部影城，一个最完美的文化创意，一个经典的商业成功案例，一份惠及边区百姓的创举。记住张贤亮，文化、良心、眼光。记住，他的新生从40岁开始。这条微信是为我们这些正集体“奔四”的“70后”鼓劲的。

我还拍下张贤亮母亲的照片，微信中附上以下文字：照片中的美丽女人叫陈勤宜，曾留学美国的燕京大学毕业生，殁于“文革”。《绿化树》中她的儿子深情表白：我没有钱，但我有好多好话寄给我妈妈。慈母当能含笑九泉了。为了孩子女人们温柔慈悲吧！

以前不理解“微信控”，今天发现那是未到不吐不快时。朋友们反馈热烈，我的旅行变得知性而丰富。

一趟完美之旅的构成要素还有很多，美食、美景、西部淳朴的民风，但是感性如我，以上两条已让我知足和感恩。

百花山：轰然而至的“艳遇”

觉悟人生是遭苦旅，便在脑中拴了条鞭子，时刻准备抽打那颗怠惰、懒散，遇到困难就想抽身、闪人，消沉至海底的心。纠结、拧巴，这种自我损耗的状态甚至绵延至业余生活。比如，太“宅”不好，不利于身心健康、孩子成长，但又深感出门旅行是陷自己于拥挤、琐碎和奔波中……两相权衡，各种假期还是“打酱油”般跟在家中一大一小两位运动男或朋友身后四处周游。

周末常去京郊爬山，山中人少、空气好，心情自然也不错，可还是焦虑奔波的烦和登山的累。或者爬到半山腰就放弃、歇息吧，但脑中的小鞭子会立刻扬起来：爬到山顶是一种人生态度，不能停下！山顶是一个标志，仅此而已。但近日攀登过的百花山是个例外，在一如既往自我驱赶着至山顶时，没想到一场“艳遇”轰然而至。

毫无征兆。普通山、寻常道，甚至还少了怀柔、密云诸山中因水而生的灵秀。植被茂密而已，以至和朋友开玩笑：哪里有花，应是百草、百树山嘛！山路平缓而漫长，两个多小时后，终于接近山顶了。忽然，眼前“哗”地展开一幅巨画：远处黛绿的山，近处黄的、蓝的、紫的、白的、粉的，全是花！在北京门头沟百花山山顶，在8月的蓝天白云之下，是盛夏的草原、野花的天堂。

朋友刚从内蒙古草原回来，直呼：太像了，太像了！而我更觉得是来到了江西名山武功山，眼前不正是武功山的标志性景观——高山草甸、云中花园吗？位于山巅，提升了草甸、花园的海拔，缩短了与天空的距离，所以那种清爽宜人，那种避开尘世的洁净之感，真令人心醉神迷。一场直通心灵的“艳遇”。

我不是擅长描写的作者，还是借用一段资料吧：“位于百花山顶峰附近的亚高山草甸，生长着40余种草甸植物，5月至8月是这里的花开季节，到处山花烂漫、姹紫嫣红、蝶去蜂来，如同花的世界、花的海洋。在顶峰以下的天然次生林和灌草丛落里，也分布着许多花卉植物，山桃花、山杏花、暴马丁香、映红杜鹃、山荆子等。各色鲜花漫山遍野、争奇斗艳，把百花山装扮得花团锦簇、色彩斑斓。”

如此美景应有与此匹配的邂逅，恰巧我们结识了一位幽默、谐趣的登山协会会长。当时，素不相识的他指着天上流动的白云问我和朋友：“看，那像不像一只大狗？”我随口应了一句“白云苍狗”，会长好学，非得问清楚是哪几个字，什么意思，大家相谈甚欢。

接下来，活泼的会长又是给我们背诗，又是谈人生，下山路上更高歌一曲，一把好嗓子。可惜我们的掌鼓早了，半大老头委屈道：还有一句没唱呢！

我和朋友感慨：只有这种环境中，人才能恢复自己的本心、本性。越聊越深，两个40岁的女人竟把人的社会角色归为“非人”。做了一周“非人”，是应该找片能洗心、洗肺之地，恢复真我，启迪本性。问君何能而尔？朋友和我一致认为是读书和旅行。

这是百花山给我的启示。或许从此会爱上旅游，爱上登山。

旅行如观剧

一个人从青岛返京，家人还要多待几天。如果儿子知道此刻我独自坐在列车上，心情好好，他会抗议吗？

喜欢一个人的旅途，孤独、安静地待在车厢一个角落，没有紧张，没有心事，尤其还没有采访前的紧张和焦虑。然后，等列车启动，大幕拉开，观车外景，品周遭人间戏。

刚一上车，3个同行的中老年知识分子，一老年男，俩中年女，打翻了一杯豆浆，一地狼藉。仨人很有修养地忙活收拾，提醒过往旅客，体现了素质。

车开之后，老年男知识分子心情偏亢奋，笑语不断。坐他身旁的身材丰满、表情严肃的中年女明显对他的话语兴趣不大，通过各种身体表情，像打哈欠、环顾四周等表达态度。偷偷想，男人也应该优雅地老去，比如克服对比自己年轻女性的热情。

比车厢更好玩，更适宜观察人的地方是旅行团。前些天，从哈尔滨到五大连池，那是我人生第一次报团旅行。此刻，留在我记忆里的除了五大连池的美景外，还有旅行团中几个让我印象深刻的同伴。一位60岁（有人八卦地偷看了身份证）彪悍东北女。“彪”，东北话里有愣、冲动又有点傻乎乎的意思吧，比如动画片里的“光头强”，比如范伟早年塑造的小品人物。该女士为何“彪”呢？主要是形象、打扮不服老，20摄氏度左右的气温，全程短袖T恤，牛仔短裤！还好为了美化短胖的腿，穿了长筒肉色丝袜，权当御了一层寒吧。梳着高马尾，给人感觉是扯着头皮将所有头发紧束在脑后。还有厚粉和从来摘过的大墨镜。是的，不管美不美，反正不像60岁。说她“悍”，因为短短两天旅途，她两次和导游小伙子吵架，乱收费了，饭点不及时了，火力强劲，存在感十足。而最让我饶有兴味的是这位彪悍女士高调秀恩爱，一直挽在臂弯中的那位男士。女士矮壮，男士高瘦，女士打扮、脾气像小钢炮，男士全无火气，沉默温和。男士像是上70岁了，他们是原配吗？他们之间有着怎样的故事？惹人遐想。

爬大黑山时，又目睹一幕。团里一对60岁左右的夫妻吵架。妻子不顾旁边有耳，恨恨地说：“我知道你还想着她（我猜测应是女字旁的她）！”已被岁月磋砣得全无魅力的老男人哑口无言，一路讪讪地想搀扶妻子，都被妻子怒兼委屈地推开。

旅行团里还有一个着褐色飘逸衣裤，头发剃得很短，气质颇佳的40多岁男人。我和闺蜜嘀咕，和尚乎？居士乎？后来发现有个个子不高、颇干练的中年女士陪着他，噢，不是出家人。那他们是夫妻吗？但这个年纪很难甩开孩子，二人世界吧？或者是对丁克？看上去俩人年龄相近，但女人的中年要惨淡多了，即使身形依然小巧，即使保养得当，但这女人还是显老，因为眼睛里写满了操心和好强。相比之下，那个穿和尚服的男人倒是洒脱自在。这样的男人估计也让好强女人不省心吧。

接下来，又有新发现。团里除六七十岁老人外，只有我和这对男女免门票，我持记者证，他俩持文职军官证。英俊男军官为何居士打扮，手腕上还绕着一圈佛珠？女军官眼中除好强外为何还有愁绪？

旅行结束，大家在北安火车站各自登车。萍水相逢，不用告别。人群中男军官分外引人注目，除了居士打扮外，还因为他戴着口罩。小城的空气不至于呀，难道……还是祝福吧。

如果有一天我又有了写小说的冲动，灵感肯定来自旅行。静观人我是双遣。

萧红的呼唤

这个冬天好友大头带孩子去参观了萧红故居，牵动了我的一些回忆。

1999年3月，趁出差去了紧邻哈尔滨的呼兰，只为萧红去，而还要再等4个月我才能认识质朴的高粱饴。25岁，大龄危机降临，单位、恋人，一切未卜，青春彷徨。那个3月，心事重重的女子，记住了哈尔滨的春寒，以及荒凉的萧红家的屋和院。记得还在她家院子里拾了个干葫芦带回京，送给一位患糖尿病的大姐，听说她得了一个偏方，要用干葫芦做引子。

旅游的乐趣不在风景而在人，比如为了萧红去呼兰。寂寞的童年，焦灼的、不甘心的、飞蛾般乱扑的青春期，这大概是上天分配给一些女人的宿命，而宿命再牵引其中的几个女人拿起纸和笔……可惜萧红是朵凋落太早的花，有人诟病她尚嫌稚拙的文笔，不够规范，不够雅致，但那是因为她正跋涉在天才走向成熟的小径上，只恨天不假时，徒奈何？

萧红的作品质量参差，要我点评，《生死场》好，《呼兰河传》好，她的一个短篇《小城三月》也好，写了一个有爱说不出来，又不甘心和命运妥协的早夭女子。萧红真是有写小说的天赋，比如她描写一根麻花，装在篮子里，走街串乡、挨家挨户被摸过，引发了连串的热闹和笑话，可就是难卖出去，大家穷啊！最富戏剧性的是结尾，买主夸赞这根被一双双小黑手摸得发亮的麻花，问是刚炸出来的吧，这么油亮，馋人啦！卖麻花的附和道：是呢，刚炸出来的呢……好故事一辈子都忘不掉。

几个月前去绍兴，我写过鲁迅与故乡的纠结情感。那萧红呢？悔婚、私奔又两次被弃，相信已沦为当时所有呼兰人茶余饭后的谈资和笑柄。而就是这个不见容于家族和故乡的疯女子，日后为呼兰赢得了绵绵、悠远的声名。如何看待这件事，要对世道人心进行谴责吗？大可不必，借用萧红的小老乡，又一位北国天才女作家迟子建的话说："一世界的鹅毛大雪，谁又能听见谁的呼唤？"是啊，即便枕边人，即便萧军，也听不见萧红的呼唤。

25岁时的那个3月，我去了哈尔滨、呼兰，4个月后我认识了个子高高，质朴、爱笑的高粱饴。感谢命运。

匆匆那年

旧时光的味道

醉卧太平君应羞

曾写过一个小段子，算是对青春岁月的自嘲：“儿子让我追忆军旅时光，咬牙坦白：手榴弹没拉响，军体拳学会半套。儿子迷惘：那部队咋会要你？再咬牙，挤出俩字：拼爹。从此活在儿子鄙视的目光里……”

作为一位职务不算低的职业军人的女儿，从小到大，享受过太多军队的福利，最切身的比如公费医疗、比如入军校时的政策性照顾……还好，虽然小脑欠发达，很丢人的没有拉响手榴弹，但我却在18岁进入军校第一天的中午，就开始悄悄阅读从家中带去的新闻写作书籍，只是当时我面临的专业是极不喜欢的医科。

19岁之后，当父亲看到几篇由我自己投稿、而不是通过他的关系发表的散文后，渐渐关注这个小女儿，为她创造转专业及到基层部队采访、写作的机会。所以，在那个小段子里，我敢对儿子说：“虽然我姓李，但好歹没坑爹呀。”呵呵，自信还算一个好学、上进的部队子弟，没有给一生正直的父辈丢人。

军旅匆匆。想来很少有军人在面对转业这等大事时会不沉重、不思虑再三，拍拍脑袋就作决定的，而我就是一个。那时我将满27岁。从单位批准到办手续、分配工作还有大半年时间，我先参加了社会上的人才招聘，并很快成为一家财经人物杂志的记者。那段黄金时光，我真正体会了啥叫凭实力，啥叫自信心。

很惭愧，当年离开部队时的心情正像陶渊明诗中描述的：“久在樊笼里，复得返自然。”这样说很容易被人误解为“白眼狼”，其实我的本意是离开部队让我有了不用再仰仗父荫的轻松感，及趁着还年青去体验外面世界的自由和快乐。是的，在我心里，军队是属于骁勇男儿，属于爸爸、叔叔、哥哥们的，而我不过是一只在父荫庇护下，穿上不合体军装的“小鸟”。当时军队里各种各样的“小鸟”已经太多，多到不正常了……我对自己27岁时的选择感到心安。

其实，离开部队时，还有一种不良、不安情绪在我心中萦绕，但从未诉诸文字，不敢说，怕说不得。直到去年，一系列部队贪腐案件大白于天下后，我才和许多人一样终于敢将淤积多年来的情绪释放出来：人民军队里出现了蛀虫，但却长期被隐藏在特殊体制的保护伞下。今天，军中“老虎”开始落马正是重振军威、重整山河的前奏，大快人心！这是一名转业军人的肺腑心声。

很羞愧自己苍白、短暂的军旅生涯。一介书生，还是习惯借助优秀作家的优秀作品，来抒发自己胸中块垒。比如我多么希望今天的年青军人们有空仍读一读曾任南京军区创作室主任的著名军旅作家、著名编剧朱苏进的作品。在我看来，朱苏进写于20世纪八九十年代的中篇小说《射天狼》《引而不发》，长篇小说《炮群》《醉太平》等，正代表了一群综合素质最优异、最具思辨力的当代军人对曾经“政治挂帅”，其后仍时时陷在文山会海中的军队战斗力的审视、对和平年代军人职业操守的审视、对军队中人与人复杂关系的审视，思考之深邃、尖锐，目光之悲悯，今天读来仍发人深省。那是味道纯正、浓郁的军旅人生教材。

我尤其赞叹那部长篇小说的标题“醉太平”，这既可以理解为劝讽，亦可当作警示。古时的军人们曾醉得多么动人心魄啊，听：“醉卧沙场君莫笑，古来征战几人回。”“醉里挑灯看剑，梦回吹角连营。”……但“醉太平”是什么呢，是在日复一日的天下太平中，忘记了军人的天职，忘记了自己担负的使命，罔顾了太平之下潜藏的漩涡、暗流，先是小醉，继而酩酊，而“醉生梦死”就是那些“老虎”们的人生境界了吧！

回忆一下自己的军旅时光，顺便发发感慨，寄语我仍在军队工作的同学、战友们：醉卧太平君应羞！

写在扉页上的青春

我有两种不平衡的记忆力。若是死记硬背，应付考试的那种，对不起，常常事倍功半，但我对读过的小说中的很多细节、场景，甚至当时的内心的活动，事隔多年却能历历在目。

那篇小说是不是叫《冷土》，记不清了，但作者肯定是王安忆，是她早年一篇不很知名的中篇。那时我才上小学四年级，小说讲一个“文革”时被从农村推荐上大学的女工农兵学员，活泼、大咧，毕业后留在了城市，兴冲冲要做城市人，可生活总给她一个个小难堪。单位同事给她介绍男朋友，是南京人呢，当晚她做梦，梦见一个背着印有“南京”字样旅行包的年青人向她走来。为了给对方留下好印象，见面前她花了近一个月工资，买了件绿格呢子大衣。面是见了，可看得出对方挺冷淡。回来郁郁走在路上，恰好看见一个演员模样的女孩子，穿一件黑呢子大衣，围条大红围巾，分外青春、洋气。她恍然，呢子大衣还是黑色的好看啊。那件绿大衣再也没穿过……

我看书“入戏”很深，有些场景就像发生在自己身上，尴尬、心悸，感同身受。现实于我是隔膜和易受伤害的，在现实中，我信奉“万人如海一身藏”，追求平淡、简单和安全。而书是安全的，泼洒在书中的情感是安全的，它满足了一颗浪漫、激越却不愿冒险的心。而日后就业又发现多年读书、写作积累的少许才气，还能帮自己寻一个不用太看人脸色的饭碗，如此，教我如何不爱书？我走过一些城市，最后记忆最深的多是城市里的几家书店和图书馆。

藏书是从上军校开始的。我上过两个军校，第一个就在家门口济南。那年我18岁，没有初恋，没有约会。读着不喜欢的专业，我愈发坚定了自己的文学梦。从何处着手？一天，和一个已经发表过作品的女孩交谈，她说初中时，看巴尔扎克的《交际花盛衰记》，竟哭昏过去，我大惭，真正的外国文学名著我还没读过几本呢。

因为是军校，一个月才有一次外出机会，而每次回家前，我先跟坐落在济南市中心的东方图书公司有个约会。现在走过一些地方，再看"东图"早已不如它的名字那么显赫了，但当时它真的是我的"精神家园"。赴这场约会也是有代价的，我支付的是时装、化妆品、日益加深的近视，还有一丝无人喝彩的惆怅。记得《简爱》《苔丝》是最早买的两本名著，还学父亲的样子，在书的扉页上写下购书的日期、地点，从此成了习惯。《简爱》《苔丝》是打着手电筒在被窝里看完的，《还乡》《无名的裘德》则是在课堂里"挂羊头卖狗肉"看完的，《包法利夫人》《茶花女》是熄灯后躲在盥洗室看的。有一阵迷上了毛姆，他的代表作之一《刀锋》是在学校组织去泰山的途中看完的。而大仲马的《三个火枪手》，还有塞万提斯的《堂吉诃德》是硬逼自己看完的，名著嘛。

后来也发表了一些文章，同学请教，我说有两个功课不能不做——读名著，背古诗词。名著开阔心胸和眼界，古诗词对语言基本功大有裨益。

毕业实习时，去了河南平顶山。那真是个民风有特点的地方，比如你逛农贸市场，多讲几句价，农民先恼了："走，走，走！我不卖给你。"而每条街上，无一幸免都笼罩着"妹妹你坐船头，哥哥我岸上走"的浮躁歌声。也难怪，从大城市来，看小地方难免苛刻。但一家小书店却改变了我对这个城市的看法。

是在街头闲逛时发现的，别看店面小，名字却取得气派：精神贵族。进去一转，脚就抬不动了，经营这家书店的，一定是个懂书、爱书，品位不俗的人。就是在这里，我读书才算跳出了普及性的名著阶段，张爱玲的

《流言》《传奇》是在这里买的，并且成了我的最爱；在这里我结识了弗吉尼亚·伍尔芙，我更爱她的随笔，她让我学会了从更深层次关照女性的生存状态；这里还有很多三联书店出版的图书，并且我知道了“三联”是中国知识分子心目中的一个标尺和品牌。

今天，常常从书架上抽出一本封底盖有“精神贵族”印章的书，再看看扉页上定格的“1994年”，于是记忆密码启动，我又回到了1994年春天的平顶山，又是那个一脸求知执着，与周围环境格格不入地穿过喧嚣街巷，在“精神贵族”里沉醉流连的军校女学员。

如果有人说他不喜欢南京，我一定奇怪。无论人文还是自然，是追忆历史，还是享受当下，南京都是一个有底蕴、有特色的城市。何况就是在这里，我读上了自己热爱的新闻专业。

我们学院紧邻南京长江大桥，学院前身系仿法国凡尔赛宫而建的南京国民政府交通部。南京有很多好书店，我也买了不少好书，大手笔的像一套《博尔赫斯文集》，以当时的物价和我的消费能力，70元呢。可偏偏就是看不懂。而南京留给我最深、最美好记忆的还是学院的图书馆。

毕业时，队里做了一部记录我们3年校园生活的录像片《准军事记者的足迹》。因为平时低调吧，我的镜头不多，但有个镜头绝对是我3年军校生活的浓缩和写真。

当时，我毫无察觉地坐在学校图书馆的一个角落里，头快垂到桌子上了（高度近视），左手边放着本厚厚的书，右手边是一本摘抄用的笔记本。镜头中，我正一边偏着头看书，一边往本子上记着什么。那几本摘抄本，我现在还在翻阅，思路枯竭时，摘抄本总能为我提供几朵智慧的火花。

在图书馆里，印象最深的是读了从1980年以来的、几乎全部的《读书》杂志。《读书》将我从热爱文学过渡到热爱思想，一知半解地认识了康德、尼采、海德格尔、萨特、加缪，还有中国的朱学勤，并且开始尝试从思辨的角度，提升自己的写作。

毕业后来到北京，北京是全国政治、文化中心，对爱书的人，就像鱼儿游进了大海。结婚后，小家居然就安在堪称国内最大的图书卖场——西单图书大厦和建筑格调颇高、藏书颇丰的国家图书馆附近，也算快意平生了。但最爱去的还是位于美术馆东街的三联韬奋书店和海淀蓝旗营的万圣书园。

每次去三联韬奋书店，心中都会涌起一种希望和感动。书店连地下共三层，每逢周末、节假日，都能在这里看到一幅温馨画面，在这幢小楼的楼梯台阶右侧，整整齐齐坐着一长溜儿看书的人，其中以中小学生居多。从没有工作人员干涉，上下楼梯的人也自觉从左侧通过，非常宽容。只有热爱读书以及尊重热爱读书的人，一个民族才会进步，才有希望，不是吗？

翻阅自己的藏书，一些已有11年历史了，心中颇为感慨。你问写在扉页上的青春寂寞吗，我说各自的精彩不同吧。于我，一个不擅长靠应试教育赢得高学历，也不擅长打扮、交际，赢得一片青睐的女孩，我庆幸找到了自己热爱和擅长的生活。

瞩望高原

1996年7月，即大二那年的暑假，我决定先不回家，跟随同学去青海旅游。没想到这异想天开的念头得到一向严肃、古板的父亲的支持，还特地托人捎来一架相机。作为部队的老新闻工作者、且颇具文人气质的父亲，“女承父业”是他的期望和骄傲。可因成长环境的差异，父亲渐渐读不懂女儿的心思和文字。电话里，父亲淡淡说了句：“1978年，作为记者，我曾走过青藏路，那是一条可砥砺意志、净化灵魂的路。”父亲是个讷言的人，记忆中他很少向儿女谈及自己的过去。

我是戴着“随身听”一路奔赴西宁的。耳边反复盘旋郑钧的《回到拉萨》和朱哲琴的《阿姐鼓》，打动我的是歌里传达出的现代青年对都市文明的反思和在寻求自我途中的执着。他们都将与灵魂唱和的音乐触角，伸向了还未被文明“污染”的青藏高原。所以，我选择了青海作为自己“文化苦旅”的第一站。但后来的事实证明这行动本身就带着矫情和盲目……

那是个寻而不获之旅。峭拔巍峨的西部群山，宁静碧蓝的青海湖，沙鸥翔集、蔚为壮观的鸟岛，神秘庄严的塔尔寺……还有众多陌生的，循着自己的轨迹生活的藏、回、土家族等族群众。每处景观、每张面孔都是走马观花，浮光掠影。因为自始至终，都有同学父亲的战友派给的“桑塔纳”跟随我们。回到住所，则有和内地家中一样的直拨电话、24小时热水。惭愧的同时，我又自问：若让我弃车而行，独自面对那荒凉的无边无涯的高原，我能否忍受？

心境变得焦灼。傍晚，望着车窗外站在7月高原依旧凛冽的风中兜售虫草的藏族老妇，回想在塔尔寺见到的，成群结队为还愿不惜磕上十万个长头的虔诚信徒，我陷入沉思……我开始怀疑那些曾令我怦然心动的、音乐人的告白："我们到西藏，并不是为了寻找西藏，而是为了寻找我们自己。"是的，你们不但寻到了自己，也寻到了知名度和金钱。可匆匆来去的你们，又带给了这个给予你们艺术灵感，却依然贫穷落后的土地上的人民什么呢？不是否定艺术，而是我意识到，在这些音乐人和真正的艺术之间，横亘着一位曾将生命和歌声一同留在了另一处边疆，留在了"那遥远的地方"的老人。

但父亲一定是想让我寻到些什么的。回家后，家人翻拣着我拍摄的近百幅照片，失望写在父亲的眼睛里，"你咋不拍拍那些哨所的兵，那些青藏线上的架线工、养路工？"我讶然……

许是巧合，就在回来后不久，我观看了由援藏干部、烈士孔繁森的事迹改编的同名电影。又一个偶然机会，在图书馆发黄的旧报堆里，我读到了父亲写于20世纪70年代的一篇反映青藏公路沿线兵站见闻的通讯《风雪高原春意浓》。

脑中不断浮现一些画面：孔书记视察阿里农村，在一间简陋的藏民土屋里，孔书记无法抑制自己的情感，他支开其他同志，坐在床边，将那位身染重疾、冻得浑身发抖的藏族老奶奶的脚塞在自己怀里……一会儿，眼前又是当年风华正茂的父亲，坐着卡车，在荒无人烟的高原上，从青海西宁一直沿途采访到西藏日喀则。

日月轮回，精神永驻。"高原有幸埋忠骨"，孔繁森的名字将永远镌刻在历史和人民心间。而二十年风云变幻，父亲当年一篇不甚出名的小通讯，今天读来却依然鲜活、感人，因为那里面有只属于雪域高原的崇高、皎洁的战友情、民族情。

“是谁带来远古的呼唤，是谁留下千年的祈盼……是谁渴望永久的梦幻……”李娜的一曲《青藏高原》是对无数扎根高原、献身高原的人们至真至美心灵的诠释，我陷入了深深的回味、思索中……

怀念几位老师

漫长求学生涯，有两位老师令我记忆深刻，受益匪浅。

一位是高中历史老师王建伟。彼时王老师还是未婚小伙，不修边幅，衬衣下面搭运动裤，运动裤下面配凉鞋，总之，穿得乱七八糟。但他是性情中人，并真心热爱自己所授的学科。记得讲三国史时，他是那么欣赏曹孟德，不停感叹“烈士暮年，壮心不已”的慷慨沉郁。每朝每代的纷纭历史都被他描绘成一幅画卷，分解为一个个情节曲折、人物丰满的故事。他的课深深吸引着我。

但我对历史的爱好却并不是老师激发的。记得高一开学不久，王老师忽然问大家：中国20世纪20年代的政治形势是怎样的？我从小看书多，脑子一转，答道：军阀混战。全班唯一的声音。王老师眼睛一亮，问我来自哪所初中。其实我想说和初中无关，是拜阅读所赐。识字以后，各种文学期刊，兄姐的中学史地课本，每天从头条看到报屁股的《参考消息》……

军校三年印象最深的老师是讲授新闻评论的黄书庭，这也是个有意思、有故事的人，当然这从他温厚寡言的外表上看不太出来。据说老师以前在一所理科院校教数学，因为热爱，弃理从文了。其实，他热爱的东西与军队新闻关系也不大，应是现代文学评论、艰深庞杂的思想史那一类的，对追求实用写作知识的同学而言，他的曲调太高了。但我是获益的少数人之一，因为当时我正在尝试撰写文学评论。

感谢黄老师向我们推荐了朱学勤和他的《风声雨声读书声》，那本书对我影响很大。感谢黄老师仔细阅读了我的几篇习作，并问我："读过米兰·昆德拉的《玩笑》吧？"是的，我读过！还要感谢黄老师不声不响地将我的一篇课堂作业推荐到了《扬子晚报》……多年之后与同学交流，他们中也有不少人记住了黄老师的声音，且受益终生，像"偏激的声音最响亮""老年维特之快乐"等等。

王、黄两位老师都算不上名师，特别是以升学率论，以学生日后在军中的职位论，但他们却是我压抑的求学生涯中难得的春风和清泉。

还有一位老师，父亲的初中地理老师马洪德老人，在我心中留下了极深刻、极美好的印象。

小时常听父亲回忆，初中3年里，马老师听说父亲家境贫困，每月悄悄资助他5元钱，上世纪五六十年代的5元钱！更让父亲钦佩的是马老师的学识和作为。马老师教的地理课生动有趣，课下则坚持带领兴趣小组的同学通过各种实验手段，预报近期的天气，指导当地农业生产。由于天气预报的准确率高，这个兴趣小组甚至受到当年四川省气象部门的重视和表彰。

如今马老师已年过九旬，因家庭出身问题，一生坎坷，但却坦坦荡荡，正直做人。从上世纪80年代，每年寄去一袋袋海米聊表寸心，到后来两次接老师到济南小住，直至去年已近七旬的父亲专程回重庆故里为马老师贺九十大寿……父亲与马老师的交往，让我深深懂得了什么叫师恩难忘。这样的师生情谊在今天已成传说了吧。

好老师固然可敬、难忘，但我更坚信学校、学历只是偶尔需要出示一下的身份证，终身修行靠个人。

我的青春我的室友

有一极品女友，同去香港旅游，我看着两家孩子，她走丢了，打电话，未开通港澳漫游！事后，我这样化解她的尴尬：跟你结伴真好，起码我不会自卑。言归正传，在我成长中，是大学好友芳潜移默化教会我用幽默的方式自我解嘲或替他人化解尴尬。

老天何其厚我，大一时，在那间4人宿舍里，除了浑身洋溢生存智慧，不乏真诚但也稍嫌嘚瑟的河南女兵芳外，还有一个比我们小一两岁的上海高中生，百分百文艺青年蓓。

AB型狮子座的芳，聪慧精明，外热内冷；O型天秤座的蓓，率性强烈，一半愣头青一半小资调。我，B型魔羯座，同学送雅号“老学究”，个性敏感、纠结，从幼儿园开始就受困于环境及与人的关系。

终于老天开眼了，我嗅到一种气息，茫茫人海中，这两人与我气味相投！这么说吧， 我们这类人，活到七八十岁，身上清新女孩气也多过世俗女人味，这与我们有无美貌及别人是否认可无关，是自我要求、自我认同，是对美、对理想，对更好的自己的义无反顾。

先说蓓，在风气还嫌保守的20世纪90年代，她敢宣布：张国荣是同性恋我也爱他！那时候，李安的《断背山》还没出来，但蓓几乎道出了李安的心声：每个人心中都有一座断背山。她的勇气、浑不吝让人叹服。深夜卧谈，她如痴如醉地讲述《走出非洲》，赞美配角蒋雯丽在《霸王别姬》

中的非凡演技……我们志趣相投，话题源源不断。

而最让我感动、怀念的是同学几年，蓓对我的鼓励、赞美，我的每一篇文章，蓓都是第一位读者。最戏剧性的是一年暑假，蓓的父亲在《中华读书报》上读到一篇文艺评论，蓓告诉他：“这是我同宿舍的同学写的，我还提过意见。”去年互加微信后，沟通方便了，好几次，蓓将我多年前涂鸦的句子，一字不差地回忆出来。谁说文人相轻？谁说女人善妒小心眼？堂堂蓓蓓，女人的骄傲！

该说芳了，前不久，我曾写过她，今天，一字不重复，我准保再让她跃然纸上。毕业后，机缘巧合，我俩竟保持了两星期见一次面的频率，17年，未曾间断。素材如滔滔江水，今天单拣几个气泡吧。

入学军训，拉练路上，秋日山林风光无限，芳诗兴勃发，幽幽道出一句：蓝蓝的天空一丝不挂，上面还有一个××小太阳。我惊得差点摔一跟头！原来除了唐诗宋词、顾城舒婷外，还有这么生动、诙谐的表达方式！原来连“他妈的”都说不出口的我，竟也暗藏了一颗仰慕“恶俗”的心。

大二之后住进了8人宿舍，为了凸显我俩的友谊，芳教我暗号，她说“天龙盖地虎”，我答“宝塔镇河妖”。每天早上睁眼后，芳会模防孙悟空将手探到额头，作个倒勾，唤声“二愣”，我则回敬一个一模一样的动作，应声“大头”。快乐呀，两个女神经病！芳的出现，让我的性情明亮了不少，甚至我发现自己原来也有幽默的天分。

谢谢我的大学，我的宿舍，谢谢蓓和芳，生命因你们而更精彩，回忆因你们而更芬芳。我爱你们！

路过武汉

武汉军区是一个消失于20世纪80年代中期的历史名词，但于我而言，她曾经意味着我的父辈，我的家。

20世纪80年代，物质依旧贫乏。记得当时军区宿舍、办公室里铺的都是木质地板，且不是我们现在很多家庭里用的复合木地板，而是需要用心打理的、质量不错的实木。但母亲及很多像她一样从农村来的随军家属们都不懂得给实木地板打蜡、做保养，只是每周一次拿墩布把地墩得湿淋淋的。因缺乏保养，地板变得发白、粗糙，还不如光溜溜的水泥地好看。多数人家的家具也由部队配发，上面印有“武政××号”的字样。那些家具结实耐用谈不上样式，所以从小我就没有培养起优雅的品位和审美。还记得一直到三四年级，即便是楼房，一些人家的门口也扎着鸡笼，养着一只下蛋的母鸡。我家自然也养过。

也窥见过不一样的生活。邻居叔叔是军区创作室的作家，阿姨是武汉歌舞剧院的舞蹈演员。他们家地板打蜡，踩在上面像溜冰，他们家有钢琴、布艺沙发、白纱窗帘，还有一个比我小一岁多，3岁开始弹钢琴的独生女。每天晚上，我们写作业、玩耍时，都伴着叮叮咚咚的钢琴声。

有一次和邻居家女儿吵架了，爸爸以为是我嫉妒人家会弹钢琴，记得当时我委屈得哭了。我的兴趣从来不是钢琴，而是趁爸爸不在家，将身体蜷缩在他那把舒服的藤椅里，脚翘在压着玻璃板的书桌上，看《十月》

《当代》《收获》《钟山》《花城》……20世纪80年代，中国曾迎来一段繁荣的文艺复兴期，因为家庭、因为阅读，一个小学生记住了一些后来载入史册的名字和故事。

离开武汉是1986年，我即将升入初中的时候。好像就是从20世纪80年代中期开始，武汉初显繁华现代气象，那时的武汉市长是吴官正。在军区所在的武昌区何家垅一带，洪山体育馆屹立起来了，正处在全盛时期的中国国家女排和古巴女排率先来此比赛，这成为当时武汉三镇的一件大事。我和我的小伙伴们见证了开山平地建造体育馆的全过程。也是那两年，位于武昌区中南路上的中南商场开业了，商场的概念逐渐取代了百货大楼。那一年武汉女孩子流行穿“娃娃服”，就是肩袖部做成欧式泡泡袖的样子。妈妈也给我买了一件。

从5岁到12岁，一直生活在军区大院的围墙里，所以，我一直怀疑，我真的认识池莉、方方笔下那座血肉丰满、性格鲜明的城吗？不，我只是一个曾路过此地的小小过客。但是，我永远记住了春天中南大街上，金灿灿迎春花泼洒下来汇成的壮丽花墙；记住了夏日“火炉”的热，紧邻我家的游泳池从早到晚水声、人声鼎沸，中午、夜里，竹凉席上经常睡出一滩汗水；秋日看一棵棵法国梧桐巴掌大的树叶渐渐变黄，毛茸茸的球状果实滚得满地都是；冬天则是横扫江汉平原的冻彻骨的风，是不亚于北方的冷、不次于北方的雪，和悲催的没有暖气的日子。还记住了滚滚长江和武汉长江大桥，记住了东湖、黄鹤楼、琴台、归元寺，记住了炸面窝、热干面和糯米鸡的香，更记住了严肃的爸爸，勤劳的妈妈那时还年轻，记住了哥哥、姐姐都呵护我这个最小最笨的妹妹。

住过但未曾了解的城就像恋过但无缘走近的人，都成为心中一份永恒的挂念，一个发了芽但永远没有答案的梦。就放在心里吧。

可叹匆匆太匆匆

周五去看了新片《匆匆那年》。彭于晏的阳光帅、倪妮的清新媚，养眼呀，校园恋情讲得也不错，颇让人共鸣、感慨。总之，超过《致我们终将逝去的青春》，远胜《同桌的你》。

作为一个没有过校园恋情的人（有人说，可以把无人表白理解为全世界都在暗恋你。谢谢说这话的人），别人的故事、别人的青春也曾在我心中划下过印迹，泛起过涟漪。

先说一段我的军校记忆。这个记忆偏猥琐，听听笑笑吧。起因是我们学员队领导在全队点名会上宣布了系里的一项处分决定。决定不长，但涉及的故事较曲折，包含三角恋、背叛与复仇。简而言之，一位在家乡有女友的男学员又与同队女学员恋爱。男学员的家乡女友将情况反映至学院，还出具了俩人恋爱时的信件，而男学员在信件中有些过激的政治言辞……处理结果是男学员开除，女学员受处分。这就是军队纪律的严肃和残酷。

那么何来猥琐呢？这是因为在处分决定中有一句“假期，男学员带女学员回家乡，安排住在‘其表舅家’”。恰巧我的军校好友兼同桌姓“齐”，于是有段时间我找到了一个无聊的笑点，“齐表舅”，借此开涮，没心没肺。是我猥琐了，对不住师兄、师姐。

让人欣慰的是，据说毕业后那个师姐坚持与被开除的师兄结婚了。如果消息确切的话，也算是真爱了。祝福他们。

第二段记忆来自高粱饴。据高粱饴说他们历史系的女生就没有漂亮的（我信才怪），某某稍强点，因为毕竟是海滨大城市的姑娘，会打扮。某某一入校就是班长，个性自负、强势，但她忘了，这里已不是她鹤立鸡群的高中。

第一个寒假结束，班委会改选，那日某某在教室黑板上写下“辞旧迎新”四字，迎接新学期嘛。也怪高粱饴嘴欠，跟某某调侃说这四个字不好，旧人下、新人上，嘻嘻。

没想到不幸言中，某某真的落选了，而脾气随和的高粱饴倒是以劳动委员的身份跻身新一届的班委会。班委会、系学生会、校学生会，入党、毕业推优……这是地方大学的政治“金字塔”。

落选之后，某某换了种方式表现自己的自负和与众不同，开始变得前卫、边缘，与校园里声名不佳的韩国留学生谈了场颇轰动的跨国恋……毕业十多年，某某像杜拉拉们一样在几家知名外企光鲜着、拼搏着，没有结婚。高粱饴和他的其他同学则走在或公务员或教师的路途上，孩子都快能打酱油了。

最后一段记忆惨烈而匆匆，这个“匆匆”是一个女孩的生命太匆匆。这段记忆属于我一个闺蜜的老公，他也只知道剧情梗概。一段大学恋情，本科毕业后，女生考研， 男生回家乡。恋情继续。研究生快毕业时，女生请好假，千里迢迢去男生家乡领证结婚。到了那座西北名城，剧情突兀而狗血，男生正准备和别人结婚……

没有嫁出去的新娘坐上了从兰州回成都的火车。那趟火车一定开得太慢了，以至那个女生都不耐烦了，干脆纵身跃了出去……

匆匆那年，你的记忆是什么?

胖子编辑

多年前认识一胖子编辑，长我10岁，京城军队世家子，B型血，极懒，极聪明。

某日，胖子编辑揽镜自照，颇沮丧，编缉部有好事者问之，曰：连续多日在地下通道、过街天桥僻静处，遭猥琐男骚扰：嘿，哥们，要黄盘吗？胖子编辑不解：兄弟哪点长得像要黄盘的？

编辑部共事那载，胖子编辑三十有四，已婚，尚在丁克队伍徘徊。又某日，乔迁之喜刚过，胖子编辑面有忧色。自述，新居隔壁一好事老太向其打听：你们家小孩呢？胖子编辑心直口快，想哪说哪：我们家哥仨跟传染病似的，都不想要小孩。按说这话没毛病，胖子的俩哥已是铁杆丁克。可一农村老太哪懂思想也可传染之道理？过几日，老太实在憋不住，又找胖子编辑的老婆打听：你爱人到底得了啥传染病都不能要小孩？编辑部众口一词：电线杆小广告上的病！

胖子编辑很可爱，像面镜子照见同样心无城府的我。记得某月某日，一爱好诗歌的首长请编辑部几人吃饭。编辑部主任问首长：平日锻炼否？首长曰：遛弯散步而已。主任殷勤道：自己亦有同好。胖子编辑迅速接了一句：你可来此陪首长散步。我深刻记住了那日那情那景，只因24岁的我在听完胖子编辑的话后，迅速拧住自己的大腿，用最顽强的意志抑制住在那严肃、无聊饭局上爆笑出来的冲动。

胖子编辑也很讨厌。他不签版那日，别人再忙他亦招猫逗狗，嬉皮笑脸；他若签版，则周遭略有笑语响动，那张胖脸上就有嫌弃不快之表情。长我十岁，他也是个孩子。

世事难料，那个咫尺之遥的编辑部我终未正式调入，就连那身我嫌难看的橄榄绿也很快脱掉了。但我和胖子编辑竟是太有缘。2003年12月，我在北京某医院做产检时，竟邂逅胖子编辑陪着他一点也不胖的老婆，也在做产检。看来“传染病”中止，一门三兄弟后继有人了。

刘翔的公主

今天下午，同事的5岁儿子绕到我的办公桌前，手拿两个缀着珍珠的发卡。我逗他戴上其中一个，夸他像“小王子”，他认真地递上另一个，让我戴，“你戴上就是小公主了。”我忍住笑，问“王子”何时长大，“王子”说他明年就长大了。

心头一热，想起很多年前也被一个男孩称呼过“公主”。那时我八九岁，家刚搬到大院深处一栋陈旧的红砖楼里，跟周围邻居还不太熟悉。暑假到楼下玩，认识了一个六七岁的男孩，叫刘翔（千真万确）。那是个天使一样和善漂亮的孩子，一点不像学校里的小男生光知道调皮捣蛋、欺负人。

我们做各种游戏，都是刘翔想点子。比如他从家里拿来两条大浴巾，我们一人一条系在脖子上当披风，再找根树枝当马，假装骑在上面，“驾，驾”往前跑。有一天，刘翔说，我们玩一个新游戏，你当公主，我当王子……

你肯定以为我在追忆一段两小无猜吧，多希望是这样啊。开学了，刘翔上一年级，7岁才上学。有一天，哥哥说，怎么放学时看见刘翔站在垃圾堆里，喊他也不出来。又有一天，听几个老师议论一年级有个小孩智商有问题，我悲伤又惊愕地听见，那个小孩叫“刘翔”。

后来，刘翔妈妈给他生了个健康、漂亮的妹妹。再后来，他们搬走了。但是，我记住了那个暑假，那个夏天，那个带我做游戏的男孩真的像天使一样和善漂亮。

怀念我的军装（外二篇）

我有两篇分别写于19岁和22岁的习作（说小说我会害臊的），虽然都曾发表过，但想必是编辑看人情和给予鼓励的成分多。有意思的是，这两篇习作的主人公都是男军人。时隔多年，心中仍看重这两篇不成熟的小文章，因为已经深知自己没有写小说的天分（也吃不了那份坐冷板凳的苦），所以很珍惜年青时敢于尝试的勇气，而更重要的是，作为一个在军区大院长大的军人的女儿，我是在军校完成的学业，直到27岁才转业到地方工作，可以说我对世界的认识，对男性的认识，都是从军队、从军人开始的。而那些认识又很自然地流淌到我最初的习作里。文学梦由此起航。

军营是我从小耳濡目染的环境。比如，我清楚记得多年前的那种的确良老式军装，上下“四个兜”代表干部，光有上面“两个兜”，对不起，再老也是兵——志愿兵；我知道部队很多流传的切口，像“瞎参谋烂干事胡助理”“参谋不带长，放屁都不响”等等。我知道“考学”“提干”“随军”“转业”这每一步对军人来说有多重要，当然现在的军队可能已经大不同了。甚至，我对战争都不陌生。父亲曾作为随军记者参加过1979年的对越自卫反击战，所以小时候我和哥哥、姐姐有几个特殊的“玩具”——钢盔、枪套和一把生锈的匕首。对1983年的对越自卫反击战我也有印象，那一次父亲没去，他记者站的同事去了。战争结束，父亲的同事还专程上我家，给我们送来一个大菠萝。

1985年，我清楚记得，的确良老式军装终于退役，软塌塌的解放帽换成了神气的大盖帽，改革开放后已经显得落伍、寒酸的军装布料换成了挺括的涤纶。记得爸爸穿上新军装，很神气地在家中照镜子，而我竟不识趣地说了一句“没有以前的好看”。爸爸瞪我一眼：“你懂什么！”从这件小事就可以看出，我是个恋旧、重感情的孩子。所以，在我文学起步期，我自然而然将目光对准了我最熟悉的军营，对准了我曾默默观察多年的军人们。需要解释一下，这两个故事都源自我的想象和揣测，源自一个小女孩的敏感、多情。

先听听我19岁时写的故事吧。

飘逝的麦田

他把化验单攥在手心，揉碎。头脑一片空白，脚下跌跌撞撞。扶着医院的铁门他站住了，抬头，白炽的太阳浮在一片尘嚣之上，冷淡、真实，眼前一阵昏眩……他定住神，刚刚发生的一切在冷汗淋漓的掌心隐痛……胃疼了很久了，瞒着人到这家地方医院接受检查。挺拔的身材、英俊的面孔，没人相信他是病人，那个小护士还特意多看了他几眼问道：“罗明是你什么人啊，胃癌晚期了。”那一刻，他平静极了，只是心一点点沉下去……

无论大街小巷，这座城市给人的第一印象就是人多、人多，太多了……盛夏腐烂的水果味、刺鼻的鱼腥味、川流不息的汗臭味，随着弥漫的热气升腾成氤氲；小贩的叫卖声、大小车辆的疾驰声、尖锐的蝉鸣声，不依不饶地刺激着人的耳膜……他迷惑地瞪大眼睛，茫茫然这就是那座他梦寐以求希望被接纳、希望成为其中一员的城市吗？

恍惚中眼前的一切越来越遥远……啊，还是一轮白炽的太阳，悬挂在一片金浪翻滚的麦田之上。沉甸甸的麦穗、干坼的黄土，还有支着手的稻草人，在阳光下谦卑、朴实地站立着。一阵热风压低麦浪，可以看见两个弯着腰、手持镰刀，挥汗如雨的老人，那是他的父母……他的眼睛模糊了……他想起18岁那年，高考落榜，还是那样的麦田、那样的太阳，手上的硬茧、弯酸的腰，他曾怎样泪流满面……想起父母送他这个独子参军，想起提干后曾怎样下决心接父母到城里……可今天父母仍在脸朝黄土背朝天。他时常内疚，可此刻喘息在喧嚣闹市，他问自己，为什么当初要那么迫切地离开家乡的太阳、家乡的麦田？

推门进家时，他才想起该如何跟妻子说……大中午了，厨房里一片冷清。客厅里，空调拂出阵阵凉意，紫红色落地窗帘与外界隔出一番幽暗情调。白色躺椅上，妻子一袭蓝绸睡衣，修长的手指按在洁白的额头上，眼睛半闭半睁，音响里传出的曲子不知是巴赫还是舒伯特的。他故意将客厅的门敲了敲，妻子仍保持着她半坐半躺的姿势，眼睛也没有睁开，只是淡淡说了句："中午我不吃饭了，你自己吃点什么吧，冰箱里没菜了。"说完又沉浸在她的音乐里。

他心头涌起一阵男人的心酸：家、妻子？接着又转为悲愤，第一次那么大声地冲妻子嚷道："你不吃我就不吃了？娶了老婆没饭吃，这还像个家吗？"说完大步向卧室走去。地板打了蜡，他差点滑倒，忘了换鞋，地板上留下一串脚印……他重重地将卧室门关上，倒在了床上。其实他什么也吃不下，胃里一阵绞痛……不一会儿，客厅里的乐声没有了，妻子出去了。他有点后悔，妻子还什么都不知道，又想不已经习惯了吗？娶了位高贵任性的千金小姐，交响乐、地板打蜡……他忍耐着习惯，习惯了忍耐，谁叫她是军长的女儿……额上疼出了一层冷汗，恍惚中一双温柔的眼睛从心底深处浮现，那么动人而哀怨地闪耀在秋后的麦垛边，"大明哥，你放心，俺俩的事我不会跟别人说，俺只希望你以后过得好……"惠兰，他的眼睛又模糊了，胃不疼了，但是记忆的伤口又开始淌血……

躺了很久，也想了很久，既然已经到了晚期，他不想再兴师动众去找领导、找医生……不想最后再留给大家一个可怜虫的印象。虽然他已意识到他这个32岁、精明强干的宣传科科长其实多么可怜……做最后一回强者吧。

下午，他强打精神来到办公室，妻子来了个电话，冷冰冰地说了句她回娘家了。同时，两边都“啪”地挂断了电话。他调整了一下情绪。有人敲门进来，是借调宣传科帮忙的连队报道员小秦。小秦总让他联想到刚当兵时的自己，农村入伍，有心气、有才干、肯吃苦。他勉强笑了笑，问有什么事。小秦腼腆地将一篇抄得工工整整的稿子呈上，他扫了扫标题“苦乐年华鬓先白”，是给师里的一个副政委写的人物通讯。那个副政委在师里以为人油滑出名，反感他的人很多。下一步据说要调整，副政委叫宣传科帮忙造造舆论。他很不情愿，就让小秦试着写篇小特写。可这篇文章，洋洋洒洒2000字，还有个不同凡响的标题……他的胃又开始难受了，不禁抬头看看小秦，这就是几个月前还分不清消息的引题、副题，一心写诗的小战士吗？

他把稿子往桌上一丢，看也不看小秦，说：“搞新闻最关键的是真实，要实事求是。”说完挥挥手，小秦拿起稿子，红着脸出去了。他坐了一会儿，鼻孔里不禁冒出一声冷笑，“我有什么资格去指责别人？自己的‘发家史’不也是杜撰这种先进事迹吗？为了入党、提干，自己曾为多少领导家换过煤气、扛过米袋，而那之前我不也是躺在麦地里，做着诗人梦的农村孩子吗？”

晚上独自一人坐在家中。他想回家，想父母，想那片麦田和失落在麦田里的梦想和爱情。只有家乡的风、家乡的阳光才能抚慰他心灵的创伤，然后呢……死，黑暗中闪过这个幽灵般的字眼。一夜未眠。

他要回家，探亲假已闲置了两年。他要到麦地里和父母一起挥汗如雨。晚上他要坐在麦垛旁，想一首少年时的诗……

假很快批下来了，他决心不跟妻子打招呼。上午坐在办公室等司机来送站。电话铃响了，他习惯地、麻木地拿起话筒。“喂，”对方的声音焦急而陌生，“是某某师宣传科吗？我是市人民医院啊。”他一惊说不出话来。“喂，听到了吗，请通知你们单位的罗明同志，真对不起，上次化验单给错了，有重名的，两个罗明，你们单位的罗明患的是普通胃炎……”话筒“啪”地一声落下，他又觉得眼前发黑，头脑一片空白……

许久，司机来过好像又走了。又是许久他才接受了一个最现实的判断：死不了了。没哭也没笑，“我本来就不该死。”他不再觉得自己可怜。

他重新拿起话筒：“小秦吗，再把那篇稿子拿来给我看看。”放下电话，他想起妻子，“中午一定去把她接回来。”他踌躇满志。

麦田似乎又很遥远了。他决定以后每月再多给父母寄点钱。

梦断西部

也许一开始就错了。他是伴着一首稚嫩却不乏才气、激情的诗走近虹的——在新兵营的誓师大会上。

踏上西部，一个与市镇、城郭、牲车、田野都远离的沙漠基地。蓊郁孤独的胡杨林隔开茫茫荒漠，线条简洁如刀劈斧凿的兵营，还有洁白营房、洁白宿舍、洁白卫生间……再没有县城巷陌的嘈杂、冷眼，没有了田间地头的鄙俗、粗陋。他长吁一口气……

在家乡，豫中小县的重点中学里，他最大愿望是有一套和副县长儿子一样的神气的双排扣西服。有一次副县长儿子给了几张粉红色、薄薄软软的纸，他小心翼翼装进了衣兜。模糊记得外国电影里的人吃完饭就是拿这种纸轻轻擦嘴擦手，文明极了。那天中午他特地打了一份油水足的萝卜炖肉，吃过饭郑重其事地取出叠得方方正正的纸，站起身将纸拂过嘴唇。忽然周围空气不大对劲了……少见多怪，他又把纸反折过来擦手……“哈哈”，笑声先是从副县长儿子那里传出来的，接着教室里像染上传染病一般。

坐在他身边的明没笑，班里一共他们两个农村学生。明扯扯他的衣袖小声说：“这种纸是解完大溲用的。”他头“嗡”的一声，抄起饭盒夺门而出，一刹那余光又扫见了坐在门边的琳。琳低着头，小拇指翘翘地拿把小勺，嘴角还残余着笑的痕迹……他已整整帮琳补了一年的数学。

这次打击也许是他最终大学落榜的原因，每每秉烛夜读，眼前总是晃动那粉红、薄薄的纸和琳的不关己的笑。大学没考上，初恋的梦醒了，他被一趟挤得硬邦邦的军列带到了西部。

新兵连结束，他被分到基地机关当公务员，虹是打字员。吃过午饭，他常拿着刚写好的诗走进打字室，颇带感情地用不算标准的普通话念给虹听。虹隔桌端坐，眼神明亮而专注。午后在虹清水一样的目光里他总有一种冲动……乡下人的冲动，一个声音冷冷地提醒他。于是他变得平静，直到把诗念完。

虹不算漂亮，她是江南小桥流水般的清澈、婉约，不自觉地冲开你戒备的堤坝。到西部后梦里没再出现过粉红、薄薄的纸和琳的笑。很庆幸带来本从学校图书馆逾期未还得来的《唐诗三百首》，一句“大漠孤烟直，长河落日圆”引发了他沉寂19年的诗情……虹只谈她的感觉，从诗中看到、听到、感受到的，有时他觉得虹说的比他写的好。虹开始给他推荐书，《简爱》《呼啸山庄》，普希金、徐志摩……那些日子充实又恍惚，无论拖地、打扫厕所、给领导送报送文件脑袋里都是诗，千里之外的小县城渐渐远了、忘了……

一年后，他的一首赞美西部的诗变成铅字出现在了《解放军报》副刊上，这是基地成立多年从未有过的事，连基地领导都激动了。那个午后格外燥热，沙漠像旺着的一盆火。隔着一张长条桌，他和虹都破例沉默了，沉默中孕育着什么，就像一棵即将破土的苗，只等迎头一瓢春雨了……就那么一直坐着，连那张《解放军报》刮到地上去了都没有觉察。有人说南疆是一块早熟的土地，这里的天气太热、葡萄太甜、歌声和舞蹈都太撩人……直到上班号响起，他只是握了握虹在35摄氏度高温里依然冰凉如雪的小手。那冰凉的一握令他长舒了一口气……也是烈日当空的午后，在那个种着丝瓜、豆荚的农家小院，在那间他和二哥合住的小屋窗下，他曾目睹了二哥和村里香香的一幕……那年他14岁。事后他扇了自己一嘴巴，又跑到村边池塘里洗了一个澡，一种不洁的感觉令他感到羞耻。回头又找茬和二哥打了一架。香香明明已经和别人订了婚，他想不明白这件事。

诗发表后不久，他被调到基地宣传处当报道员，虽然还是和虹在一栋办公楼，但那种心照不宣的午后越来越少，他开始成为机关的忙人。好在已有过了那冰凉的一握，他送给虹一盒正流行的苏芮唱的《牵手》的磁带，虹收下了。

到宣传处半年，一天处长问他入伍多久了，他答快两年了，处长点点头，说了句："还有一年时间，该自己计划计划了。"他恍然一惊……虹休探亲假回家了，一个月除了闭门写消息、通讯，就是抽烟、想心事。虹送他的一套新诗辞典堆在床头落满了灰。又到了北风萧瑟白草折的秋天，沙漠上刮来的一场大风将绿洲、基地锁在沙阵里整整三天，不能出操、不能下连队采访，集合去食堂也要戴上防沙镜，水里、饭菜里都落进了沙子……什么"大漠孤烟直，长河落日圆"，腥膻的羊肉、奇热奇寒的天气、四季不断的风沙，荒凉闭塞的生活，入伍后第一次，他开始怀念那个风调雨顺、人烟稠密的中原小县。梦里又飘过了薄薄、软软、粉红的纸和残留在琳唇边的笑……清晨醒来，他知道自己再也写不出诗了。梦醒了，他并不难过。

在军区小报上接连发了几篇稿，处长开始对他刮目相看。他又打听到处长爱人和他是老乡，于是写了新兵连后的第一封家信，让家里速寄些土特产来。和处长一家的关系一天天密切。处长说了，只要稿子篇数够，今年的考学名额就是他的。他开始白天写稿晚上复习功课，天天看着日历想虹该回来了。梦醒了，但虹不是梦，虹是他未来的一部分。

虹肯定是休假回来后开始对他冷淡的，是的，回到那个山清水秀、人才辈出的历史名城，她一定邂逅了一位高中时代曾互有好感的男同学，今天男同学或许已是大学里的天之骄子，他们相约影院、公园，感情迅速升温……也可能是虹无意中提起了他，一个穿战士服的农村小子，于是虹的父母开始走马灯似的给她介绍男朋友，家世不俗的、品貌出众的，她肯定会被其中一个打动……回来路上哭红了眼睛，再也不认识沙漠里给她念诗的傻小子了……一段时间里他就这样欺骗自己，强迫自己去恨虹，不屑一顾地将她丢在脑后，甩掉缠绵指间的冰凉如雪又滑润如丝的感觉……然而事实不是这样的。

虹一回来就到宣传处找他。虹是个自重的女孩子，不然他们早遭人议论了。那一天，倒是他在处长问号似的表情下，有点手足无措。他告诉虹处长有意推荐自己考军校，接着又结结巴巴地向虹勾画自己的未来……当然女主角用“一个好女孩”代替了。

虹是从那以后对他冷淡的，怪就怪那封加急电报不该让虹交到他手中。当时他正在写稿，头也不抬地叫虹撕开。“啊！”虹叫了一声，电报掉落在地。他抬头，虹正悲悯、惊恐地望着他。他心一沉，捡起电报，“父病逝速归”。他闭上眼，虹以为他要昏过去，伸手去扶住……他绝没有昏过去的意思。想了一会儿，他把电报攥成一团塞进口袋里，“不要跟任何人说。”虹没听清楚，仍在着急，“你去请假，我去给你买车票。”他皱皱眉，冷静地将虹的手推开，“别乱动，听我说，电报的事不要说出去，我现在不能回家。”机关只有一个考军校的名额，竞争的人是四个，他绝不能现在回去。

虹为什么不能理解呢？因为虹最爱她老爸。“老爸是搞物理研究的”“老爸是体育迷、音乐迷”“老爸教我打网球，拉小提琴”……每每他都掉头不耐烦，虹的老爸令他自卑，他也想起了自己的乡下老爸。

他老爸也是“体育迷”，时不时在老婆孩子身上练拳脚；他老爸也是“音乐迷”，迷上了村头进过几天县豫剧团的风流寡妇，还有了个不明不白的私生女，老爸带给他的是毫无光彩的童年、少年……可这些怎么跟虹讲呢，在虹眼中，父母就是天经地义慈爱的化身，虹上哪见过他那样的乡下老爸。

他偷偷给家里寄了200元钱，从津贴、稿费里好不容易攒下的200元，不是因为虹，他只寄100，而虹从此对他冷淡了……虹的小录音机里放的是她老爸邮来的贝多芬、巴赫，那些写在午后的诗，那冰凉如雪似的一握，那盘《牵手》的磁带，都留在沙漠的风中。

到军校后他给虹写过信，后来就不写了。虹已经退伍了吧？

忘了虹吧，他对自己说，虹不过是留在沙漠军营里的一道海市蜃楼，也许他对虹也是。

花儿与少年

我与毛孩的2014

*

惊诧东莞

看过多部抗日神剧的毛孩近日惊诧：为什么旧社会的腐朽东西，在新社会、在东莞也有？笨妈语塞，憋了半天，想出一词：沉渣泛起。噢耶，将社会事件偷换为词汇普及。当妈不易。

*

追风少年

昨天，毛孩硬要说他爸高粱饴生于1875年，“那不是老妖怪吗？”笨妈问，“他是‘来自星星的你’。”天啊，没让毛孩看韩剧呀！

上周五，漫画《疯了，桂宝》送到，毛孩迅速迷上，周日自作主张注册微博，追踪新偶像——该漫画书的作者桂华正的行踪，并自称“桂圆”。

从小学一年级开始，毛孩就自办八卦小报，搜罗班级绯闻。毛孩给笨妈打电话，经常第一句话是：“你好，这里是八卦频道，收听八卦新闻请按‘1’。”毛孩的理想之一是在电台或电视台开办一档脱口秀节目“小梁开讲”。

*

毛孩坏笑

笨妈给毛孩听写英语单词，请写出wife（妻子）的复数形式，毛孩诡异坏笑：这个不符合实际吧？毛孩爸言之凿凿：信奉伊斯兰教的阿拉伯男人可以娶4个老婆。笨妈针锋相对：非洲某部落自古一妻多夫！环顾70平方米小屋，笨妈暗忖，4个老婆，打地铺呀！

*

毛孩如是说

今早，《中国新闻》时间，毛孩问：“最近怎么没报叙利亚局势呀？”笨妈和高粱饴一愣，“什么？”“化武呀！”毛孩京片儿拉着长音。感慨，一方水土养一方人，“00后”北京侃爷初长成。

傍晚，毛孩语气诚恳：“今天语文课听写有7个词不会，但我觉得吧，很庆幸，幸亏听写了，要不单元测试不会怎么办，期末考试不会怎么办？评不上三好、推不了优怎么办……”这么懂事的毛孩，笨妈心里暖洋洋的。笨妈忘了，昨晚有个小孩，如何耍赖不复习。

*

与毛孩卧谈

本来要用轻松、调侃的口气，写一段毛孩趣事的。毛孩的作文被课外班的老师评为“优＋”，并“钦点”在全班朗读。笨妈自然喜不自禁，但作文中有些句子又实在奇葩得很，让笨妈不禁佩服老师的宽容和独到。例如“妈妈跑得很快，忘记了打伞，就像一朵枯萎的小花，全身都湿成了落汤鸡”，这文风也太混搭了吧？

言归正传，每天晚上，笨妈都要负责将毛孩哄睡，那是一段只属于母子俩的温馨时光。今晚，毛孩告诉了笨妈他的一些小烦恼，笨妈再次惊觉他不再是那个脑中只有汽车、枪、炮的幼儿了！又或者当他还是幼儿时，是笨妈想当然地以为他脑中只有汽车、枪、炮。笨妈记起来了，毛孩两三岁时，最怕烟花、鞭炮，怕到元宵夜站在马路上，不敢进我们那火树银花的院子；还有一直到上学前，毛孩都害怕武装运钞车，看到荷枪实弹的保安，吓到哭……恐惧是人的本能，恐惧又带常无以言表，所以我们敢说自己真正理解孩子，正确关心孩子了吗?

今晚，笨妈再次意识到自己作为母亲的浮浅。作文课受表扬是上周六晚上的事，转头毛孩就忘了，到星期一晚上才记起来。毛孩本不在意，但笨妈当时那副兴奋的嘴脸……

卧谈时，毛孩悄悄告诉笨妈，小烦恼已在心中盘桓几天了，不知如何开口。笨妈意识到，这一刻才是孩子真正需要你的时候，也是你能走进孩子内心的时候。卷子、分数、名次，不过是大人拿孩子为道具，投入的又一场竞赛、角逐的秀。

永远记住作家余华的这句话："我们遗忘了自己的童年，又对别人的童年置若罔闻，于是世界变得残忍了。"今夜，毛孩道出了他真实、可爱的小烦恼，愉快地睡去了。笨妈却不吐不快，深夜12点写了这篇小文，与妈妈们共勉。

*

毛孩给我的惊诧

刚刚，毛孩上课外班回来，继上堂课作文在全班朗读之后，这次又给笨妈新的惊喜：一篇课堂习作获一个听说读写大赛的二等奖。额的神，遗传自他姥爷和笨妈的基因显灵了吗?

突然想起毛孩6岁那年，彼时，笨妈还自不量力欲当"虎妈"，逼毛孩大声朗读《钢铁是怎样炼成的》，"保尔知道，任何一个女工和女招待，要是不把肉体出卖给……""停下来！停下来！"笨妈心惊肉跳，毛孩一脸茫然……

那些打了鸡血般和毛孩较劲的日子啊，在饱尝两败俱伤的痛苦后，笨妈逐渐修炼成"淡定妈"：0k，作业完成就好。今晚的事说惊喜好像不恰当，应是惊诧：毛孩的词汇量主要来自漫画配文，那别的孩子呢？

*

绅士的第一要务

毛孩告诉笨妈，外国有专门教小孩穿衣搭配的电视节目，笨妈告诉毛孩那是为培养绅士淑女作准备呢，笨妈希望毛孩长大也要当绅士。毛孩很紧张，当绅士是不是不能去厕所，大小便得憋着？

笨妈忍住笑说，绅士会更加小心地回避他人，悄悄处理各种私人事务。趁热打铁，笨妈告诉毛孩：牙齿代表一个人的文明程度。毛孩每日刷牙流于形式，一日竟有一女生指出他牙黄。毛孩正色曰：作为一个绅士，最起码的素质是不会跟任何人说他的牙黄。至于那个女生，毛孩评价：太不淑女！

*

谁的青春谁做主

关闭电脑电视，快10岁的毛孩会迅速趴在地上，无休止地捣鼓他的小枪小炮小汽车。凝视他，2岁、3岁……6岁、7岁，有一刹那，笨妈沉浸在昨日重现的温馨中。可是，毛孩已经快10岁了！

子不教父之过，笨妈逼高粱饴命令毛孩读书。有道是：读书多了心眼少。毛孩从反面验证了这句真理。只见他立刻对高粱饴实施防御性打击："你爱读书是吧，我妈说了，你读的《某号首长》《某色仕途》都是垃圾！""还有你，"毛孩又冲着笨妈，"你天天看书、写文章，都弄出坐骨神经痛了，是读书重要还是身体重要？！"高粱饴、笨妈哑然。

可喜可贺呀，笨妈家的后浪已汹涌扑向了前浪。老话讲，革命无罪，造反有理；新话说，谁的青春谁做主。

*

花儿与少年

暑假旅行，行进在灰尘仆仆东北的城，毛孩和发小蹦蹦跳跳、窜来窜去。忽然，毛孩道：“就当我们在拍《花儿与少年》吧！”此行的“花儿”包括两个40岁的妈和一位年过70的奶奶。

*

乐观毛孩

热血好胜的白羊座毛孩和爱做美梦的巨蟹座高粱饴都热衷买彩票，“对了吗？中了吗？”毛孩经常两眼放光地提醒高粱饴。“千万分之一的可能！”魔羯笨妈永远泼冷水，永远不相信不劳而获。毛孩急了：“懂不懂激励学，那是科学，让我们要乐观！”“可是你刚才说那篇英语课文你就是背不过！”“学习要认真不是乐观！”笨妈晕……

乐观毛孩鬼点子多，昨天大言不惭要写本《那些年被我们恶搞过的人》，书呆子笨妈受启发决定写本《那些年恶搞过我们的人》。

*

噎你没商量

有不勤勉的魔羯座女人吗？少。那日，环顾被自己打理得窗明几净的家，笨妈颇有些洋洋自得，问毛孩：“很少有像咱们家这么干净整洁的吧？”毛孩头也不抬，反问道：“你想说谁家不干净整洁？”我嘞个去呀，笨妈被噎得差点背过气去！

*

换脸

阳光好心情好，清晨，笨妈略装扮一下，问毛孩：这身衣服如何？毛孩答：换张脸就更好了。

*

与白羊座小孩过招

高粱饴近日出差，笨妈未打一个与毛孩有关的投诉电话，颇感慨。遥想二三年级时，认真的笨妈为各种小事与毛孩对峙，歇斯底里的较劲，还有电话那头头痛、无奈的高粱饴。演不完的家庭小闹剧。

过招心得一：领出门去。一同事的妈也是白羊座，据他形容，头一分钟还在车里把他爸骂得狗血淋头，下一分钟，车门打开，立刻笑容可掬地挽住他爸。笨妈也早就发现，白羊座的小孩极在乎自己的公众形象，谦虚、大度、绅士范。大概是在外面扮演久了、累了，回家特别率性、自我。所以，赶紧将他领出门去，当你累到、烦到不行时。

心得二：他急你别急。刚刚笨妈蹬着自行车送毛孩去上篮球课。一路无尽的催促与怨怪，扬言就是走路也比笨妈骑破车快。Ok，过了十字路口，让他自己步行到北师大体育馆，笨妈则骑车过去。先到之后，笨妈买好水，悠哉地等着他。好一会儿，毛孩到了，也别废话，就轻轻问一句："谁快呀？"小子红了脸，高高兴兴地和笨妈拜拜。

亲子关系比学习成绩重要，家庭氛围比学习成绩重要。笨妈近年的领悟。

*

挖掘机和劳斯莱斯

一忍再忍，忍无可忍，还是得忍。谁那么霸道？肯定是孩子。乱七八糟的作业、忘记背的英语课文、急躁的脾气。感谢上苍，让笨妈年过四十还能产生“天将降大任于斯人也”的美好感觉。

终于将一切搞定，盲目母爱又开始发作，但魔羯妈妈的爱与理想皆不改实在本色：“儿子，你以后就是上蓝翔技校学开挖掘机，或是到新东方厨师学校学厨师，我都一样爱你。”言下之意，学习差也没关系！但毛孩不愿意了：“我以后要读研究生，开公司，还要买辆劳斯莱斯。”

可是，毛孩，千里之行始于足下，你今天的作业是通向挖掘机还是劳斯莱斯呢？

*

“俗气”毛孩

昨日上午，毛孩向笨妈请教，何为“枪版”电影。笨妈告诉他，就是在影院偷录下当下刚上映的大片，再将偷录的影像制成光盘出售、流通。笨妈一时疏漏，忘记关键一句“这是违法行为”。果不其然，当晚卧谈时，毛孩告诉笨妈他又有了一个创业好主意：创建一家网站，会员可以极低价钱收看“枪版”电影。笨妈赶紧“亡羊补牢”，给他上了一堂有关知识产权的法律课。

每周五晚8点，毛孩和同学上完巨人英语补习班，照例要找饭馆吃饭，看着两位妈妈争相付款的场面，毛孩悠悠道：“大人和小孩真不一样，大人喜欢说‘这次我来’，我们小孩一起买吃的，最爱说‘这次你来’。”

毛孩身上有一种与生俱来的“俗气”，四五岁时自编童话，末了一句统统是“最后这个人发财了”。笨妈为此经常揶揄高粱饴，说那股“俗流”大概来自他那个地处鲁苏交界，以盛产小商小贩和衙门师爷闻名的家乡，与耿介的巴渝人无关。记得3岁不到，有次高粱饴的球友逗他：“我不让你爸踢球，他就踢不了！”毛孩瞪大眼：“你是他的领导吗？”球友傻了。

“俗气”的好处是入世，有眼力见，坏处是欲望容易杂乱。面对孩子与生俱来的特质，家长只能细心观察，正面引导，不必得意也不必沮丧。比如毛孩真的像高粱饴，跟俗世亲，离艺术远。每晚当笨妈做完家务，窝在卧室读书时，那爷俩在客厅里或杀一盘象棋，或目不转睛看警匪片、《非诚勿扰》，或鼓捣着给毛孩的变速车加上网购的码表、杯架……热闹、喧哗，每天都有新花样。凝视着他们，笨妈感到一种既置身其外又息息相关的大幸福。俗世的幸福。

*

牛排伦理学

毛孩吃牛排必须煎到十分熟。今早，笨妈告诉他，老外更爱吃三分熟的，里面还带着血丝。毛孩摇头：太残忍了！笨妈觉得好笑：牛已经宰了，你不也在吃牛排吗？毛孩吼道：那是对动物尸体的不尊重！

*

术业有专攻

今早笨妈很得意，一碗面片汤毛孩吃了个精光。汤里有面片、肉片、菠菜，还卧了个荷包蛋。笨妈趁机给高粱饴上课：术业有专攻，喂猪我要喂好，养猪你要养好。毛孩接了一句：当猪要当好！

*

博士生

为了不给毛孩留下“我妈好冷血，学习比我身体都重要！”的心理阴影，今天早上，笨妈还是答应让那个体温已完全正常的小孩在家休息一天。中午，寂寞难耐的毛孩骑自行车到院里溜达一圈又怏怏回来：都是幼儿园的小孩，没人玩。笨妈趁机逗他：你可以自我介绍说你是幼儿院的博士生！

*

自行车

昨晚，毛孩坐在笨妈的自行车后座上，到北师大踢球。难得的一路没催促、抱怨，更没和去年一样叫嚣：你这车没开过光啊！笨妈诧异，问之。答曰：我新买的变速车1500块，你这辆才300。笨妈寻思，这算仓廪足而知礼节吗？

*

思密达

今早，笨妈逗毛孩：你们3个小伙伴够怂的啦，昨晚那群思密达留学生一来，你们就把小足球场让出来了。毛孩道：我们为中韩两国友好迈出了关键性的一步。

*

《非诚勿扰》

毛孩、高粱饴甚至连姥爷、姥姥都是《非诚勿扰》的忠实粉丝。上周《非诚》上来了一位出自单亲家庭的男嘉宾，一位女嘉宾涕泪交加地表示：自己也来自单亲家庭，所以发誓不找单亲家庭的男士。毛孩悄悄嘟囔：如果双亲家庭的人也嫌弃你呢？

*

少儿不宜

毛孩长心眼了。“妈妈的书架上有本《色戒》，色！”“爸爸单位电脑的屏保上全是美女！”无奈，某日，笨妈和高粱饴艰难地向毛孩解释何为“少儿不宜”，即不是少儿就“宜”。毛孩困惑：“那长大了为什么就变得那么恶心？”

*

毛孩的安慰

傍晚，笨妈的心情忽然down（低落）到谷底。难得进厨房的高粱饴做的饭。吃饭时，笨妈刚嚼几口，对面的毛孩叹口气，大度地一挥手，“好了，好了，今天不说你。”从年初开始，几乎每顿饭，毛孩都要教育笨妈：咀嚼的声音要轻、速度要慢，要像他崇拜和喜爱的另外两位女性至亲一样。笨妈不胜其烦！接着，毛孩询问笨妈心情为何down？答曰：不愿上班。毛孩热切开导：我也不愿上学呀，尤其不爱写作业，我通常找同学倾诉一通，一起骂骂老师，心情就好了。你也试试！

饭后，心情变好的笨妈邀毛孩去超市，毛孩问：为什么要我去？笨妈答：天黑，一个人怕。毛孩曰：我想不出你有怕的理由。

*

文艺范儿

今个从早到晚，毛孩文艺范儿颇足。早餐前，先来一句：今天食欲有些消减。听，“消减”！下午，扯着笨妈告状：我爸执意不给我买新自行车。笨妈迅速表明态度：我也执意不会给你买的。晚上，踩着滑板车进卫生间，嘴里念叨：骑着我的坐骑（音读“技”）去刷牙！

*

敢跟老师抖机灵

每天孩子在学校做过什么，内心经历了什么，只要他不说，对家长就永远是个谜。有一天，赶上孩子乐意，抖搂点“猛料”给你，当心，别受刺激，别雷着。这不，昨晚笨妈就被毛孩给雷着了。

话说，上学期期末时，毛孩惹了这么一档子事。有位同学的妈妈让孩子给几位老师捎去点枸杞。那位妈妈人很朴实，不过是她先生从外地捎回些土特产，她想让老师们尝尝。

下课后，那位同学悄悄将枸杞送到讲台上，老师推让。不想这一幕被毛孩看见了，毛孩吼了一嗓子：“老师受贿了，一袋枸杞加3分！”接下来的事可想而知，老师羞愤，同学难堪，枸杞当然又给拎回家了。

笨妈问毛孩，你一向得意自己情商高，怎么干出这种拿你的话说“脑子瓦特了”的事？10岁毛孩羞愧表白：就是想嘚瑟自己懂啥叫“受贿”。

扪心自问，该羞愧的岂止毛孩？笨妈家的上梁首先就不正。记得去年在一饭局上，面对一个初次见面，自我介绍籍贯是河南周口的男中校，笨妈脑筋一转，作一本正经状问男中校：周口在北京有个著名的办事处，你知道吗？男中校一时反应不过来。笨妈的答案是：周口店北京人遗址公园。饭局上的人都笑了，但笨妈察觉男中校略有些尴尬。

这种事情笨妈干过不少，最新一桩是同学在微信群里陶醉地回忆初恋，笨妈抓住人家“爱好转向了”的语词小尾巴，调侃“性向不转就好”，气氛顿时陷入尴尬……

回到正题。毛孩这事其实不算事，笨妈只是警醒，第一，以后要给孩子当榜样，改掉忽视他人感受，乱抖机灵的坏毛病。第二，决心和毛孩一道重温《菜根谭》，学习古人中庸适度的做人道理。

这不，今天是教师节，担心同学起哄自己“行贿”，毛孩连张卡片都不敢送。抖机灵后患无穷啊！

*

野外生存

低调毛孩央求笨妈在微信上嘚瑟一下。昨天下午，在北京昌平洼里乡居停车场，他和发小、爸爸一起进行了一次野外生存尝试。先从网上购得打火石，熟练掌握摩擦打火技巧。再找一块空旷地，用打火石打出的火星将纸引燃，然后迅速添加干草、小树枝，形成一个小火堆。接下来，将事先备好的几头大蒜埋于火中，等待烤熟。尝试结果，烤熟的大蒜香极了。大蒜只是初试身手，下一次大家决定烤红薯、土豆、大虾。

最后一步工序最关键，临走时，高粱饴用水将火堆彻底浇灭，不留任何隐患。感谢这些奇奇怪怪、兴致勃勃的大人小孩，为笨妈的生活添了无穷乐趣。

*

神回复

暑假的一天，毛孩从山东发来微信，今天去参观了大大（即伯父）任教的枣庄职业技术学院（位于滕州北部），美其名曰：“滕州北大一日游”。欣赏着这张毛孩立在北大未名湖畔的照片，笨妈回复：呵呵，别成为你的母校就好。

*

说话的福利

会说话、说对话是有福利的。比如今儿中午，打电话给父子俩，高粱饴正带毛孩去图书大厦。笨妈沉吟了一下（多不符合笨妈的风格呀），对毛孩说：“太好了，多买点儿。”毛孩竟答道：“妈妈，你要什么书吗，我帮你买。”石破天惊呀，白羊座的孩子，难得这样贴心。但笨妈知道，这贴心的话语是如何换来的，是因为笨妈管住了自己的嘴，没将自己的第一反应冲口而出：别瞎买，家里的书已经够多了，还有好多你都没看……如此种种。

刚刚沉吟的瞬间，笨妈已作出判断，如果让毛孩带着恶劣情绪去买书，则更有可能“瞎买”。孩子愉快了，自己还捎带获得了福利。多赢。

港台杂志爱用一个词“白目”，翻译成老北京话就是“没眼力见”。说两件自己没眼力见的事娱乐大家。十多年前，笨妈刚进这单位没多久，正赶上发福利，一人办公桌上配一台灯。当日有位领导巡视办公平台，和蔼地问大家：“台灯用得怎样？”笨妈实话实说：“我这光线好，不用台灯。”多年后，有个老同事跟笨妈说，当时把她恨的呀，她和其他几个同事座位采光不好，好不容易才争取来的福利：护眼灯。

还有一次，和一朋友大讲某京城名媛的八卦，并说网上封此名媛为“赵姨娘”。口沫横飞地讲完后，蓦然醒觉，这位女朋友的姓氏正是《百家姓》里排第一。那个臊和悔呀……

笨妈曾懊恼地想过，如果人人都必须有一项残疾，自己情愿当哑巴（哑而不聋）。今天看来，如果世界上出现了一个你特别在意的人，他又恰巧特别在意你的某项缺点，那么，改变是有可能的。

*

令堂是

暑假旅行中，毛孩嫌发小游戏玩得不好，动作不麻利，便讽刺道：“我看你不像你妈生的，像我妈生的！”闺蜜与我在逻辑迷宫中溜达一圈，哭笑不得。笨妈只想上前讨教：这位小爷，敢问令堂是……

*

正太

这才几年，那个与玩具车、玩具枪为伍的男孩，已经把心思转到了买书、买帅气球鞋上。为了自己的哈尔滨之行，毛孩询问天气，搭配衣物，扬言“要闪瞎哈尔滨人民的眼睛”。笨妈不屑，告诉他：“哈尔滨以美女、帅哥闻名”，毛孩曰：“他们以正太闻名吗？”我嘞个去……

*

逆袭

高粱饴断言：笨妈毁就毁在那张嘴上（无顾忌地吃与说）。昨晚再次验证。起因是逛商场时，毛孩要这要那，被笨妈斥责，心生闷气。返回路上，笨妈一时脑残，拿姥爷严肃有余、幽默欠缺的言行开玩笑。毛孩找到由头，大发脾气，高粱饴严厉批评……进家之后，毛孩涕泪交加，指着笨妈向姥爷痛诉：“她在背后说你坏话，我说她，我爸还批评我！”谁的眼泪在飞……

*

一个人的战斗

科普了，有种咽喉炎症叫咽峡炎，属于细菌感染，症状包括：高热、咽上可见明显点状疱疹、咽喉疼痛剧烈。校医认定该病症有传染性，从昨天开始单独为毛孩开设了一个期末考场。

忽然想起，虽然性质不一样，但毛孩真的不是第一次经历一个人的战斗。幼儿园大班时，因为淘气，毛孩被老师赶到一间小屋里一个人吃饭，回家后跟没事人一样。几天之后，笨妈得知此事，问他，答曰，那我还把一碗饺子全都吃完了。

毛孩，希望和吃饺子一样，你也能把一个人的考试完成好。

*

破事

前日，毛孩劝导笨妈：别拉着个脸了，不就你单位那点破事吗，我学校还一堆破事呢……汪曾祺说：“多年父子成兄弟。”那多年母子呢，也可以成为推心置腹的姐弟吧。

*

八卦

不单隔墙有耳，几步之外或许就有竖起的小耳朵。利用上早操的时间，毛孩听来一堆老师的八卦：班主任今年35岁，数学老师的3岁女儿跟着一只小狗差点儿走丢了……毛孩打算以一元一条的价格，向同学们兜售老师的八卦。

*

伤心饲养员

毛孩在看漫画书，笨妈说：洗手吃饭可以看电视。毛孩鄙视：你这叫诱惑营销！

*

妹纸

毛孩从漫画书里抬起头，无头无脑喊了声： 妹纸。望着诧异的笨妈，不耐烦道：不是说你，你是大姐！

*

圣人的逻辑

毛孩质问笨妈，遇到无家可归者，为何不施舍？笨妈教育他，那些人多数是骗子。毛孩曰：如果你受骗了，就说明世界上又少了一个无家可归者，你应该觉得快乐才对！

众亲，这逻辑你绕明白了吗？

*

第二天

毛孩遭忽悠剃了一个极短的头，他悲伤地预测，同学们第一天会开很多玩笑，像“光头强”之类，第二天情况会好点。笨妈出主意，干脆你第二天再去吧。

*

拔罐

毛孩为自己无故发脾气找借口：天热火大。高粱饴问：我也热，为什么火不大？毛孩曰：因为你拔罐啦！

*

外号

某日，笨妈母爱迸发，怜爱地望着毛孩：给你起个外号“萌翻天”。毛孩玩着手机，头也不抬：那你叫“二到爆”。

*

多么狼狈的领悟

“对不起”，今晚，平凡简单的3个字从毛孩嘴里说出来，竟让笨妈百感交集。这是一个多么不服输、不认错又牙尖嘴利的孩子，曾经他与笨妈间上演过多少充满喜感亦充满火药味的母子大戏。

毛孩两岁多，什么事忘记了，笨妈愤而带钥匙甩门而出，想吓唬不认错的倔孩子。毛孩鼓捣门锁，想出来，不料想，竟把门反锁上了！确认门开不了，又想起煤气炉上还烧着水，笨妈头都快炸了！告诉自己要冷静，轻声唤毛孩，把左边的锁头向右拧一下，把右边的锁头拧到中间……成功了！

毛孩3岁，这次笨妈有了教训，自己不出去，把不认错的孩子关到门外。又有新状况，关门时推推搡搡，门外的脚垫挪了位，有一角正好卡住了门。笨妈发现这回轮到自己在屋里，毛孩在屋外，而门无论如何也打不开。无奈，笨妈先好言安抚毛孩，“妈妈隔着门给你讲故事，你要不断说话，让妈妈知道你在哪里。”紧接着，立刻给高粱饴打电话，让他火速驰援！

毛孩五六岁后，打是不管用的。冬天，你边打他边脱衣服，看被打的部位是青了还是红了，但绝不认错。吵或者文雅点“说服”也很难管用。3岁看老，毛孩3岁时就不止被一位小朋友的家长断言将来应去说相声、当律师，还有一家长送其外号“歪理邪说”，他太擅长抓住你的语言漏洞或行为疏漏，强辞夺理，不依不饶。这一点又正中个性直率、行事毛糙的笨妈的软肋。

感谢毛孩，平生第一次，一直活得自我、率性的笨妈开始思量“人际关系”4个字。近两年，笨妈开始修正自己在毛孩眼中的形象，关键是调节好心态并管好自己的嘴。想清楚，你想培养什么样的孩子，你想收获什么样的亲子关系。

比如学习，尤其是笼罩在应试教育阴影下的学习真的有那么重要吗？所以，只要求认真完成作业，课外班几近没有。谈到习惯养成，先写作业后玩，当然是好习惯，但是，如果有个小孩非等玩尽兴了才肯安下心来写作业，唉，你就跟着习惯了吧。不要张口规矩，闭口必须，不要随便打听毛孩同学的考试分数，该不该理发了，刷牙应该几分钟，穿哪件衣服合适等等细节、小事，放手让孩子自己作决定，没什么大不了。

温和、沉静、宽容、有耐心，笨妈正在努力改变自己。今晚，毛孩做作业时急躁冲笨妈嚷嚷，笨妈平静地看着他，“对不起”，这个男孩气十足，极少表露温情的孩子，竟安慰地摸了下笨妈的脸。当妈不易，继续努力！

*

原来如此

迎面过来一装扮奇特的嘻哈女子，指间夹根香烟。高粱饴逗毛孩：“儿子，以后会找个这样的女朋友吗？”毛孩说：“不敢，我怕。”怂孩子，怕个毛啊！毛孩答：“我怕吸二手烟 。”

*

例外和通过

掏出卷子、亮出分数前，毛孩告诉笨妈：“班上大多数同学都没考好，我也不例外。”枪打出头鸟，多么从善如流的孩子，笨妈说服了自己。才过一会儿，争强好胜的笨妈又激动了一下，因为毛孩宣布：“今天只有我一个人通过了。”“什么考试？！”“不是考试，是体育课调皮，老师让我们3个人的家长写反馈意见，老师说只有我的家长的反馈意见是通过、合格的。”哦，原来是他爸高粱饴例外了。

*

只欠东风

毛孩这次铁了心了，将来做漫画家不变了！作为一个脑子机灵、未雨绸缪的孩子，毛孩已着手做准备工作，先央求爸爸在京东上订了一把高大上的电脑椅，“漫画家一天伏案工作16个小时，没有一把舒服的椅子能行吗？”有道理呀！

前两天，毛孩又找笨妈倾诉心事，他听说漫画家都是宅男，担心自己将来找不到媳妇。不过问题很快迎刃而解了，“我可以找个女漫画家，一块宅！”好主意！

为了理想，毛孩要操心的事可多了，比如他未来的粉丝叫什么。毛孩说自己姓梁，粉丝就叫“凉粉”吧！很遗憾，笨妈说这名字已经被歌星张靓颖的粉丝抢了，“那就叫凉皮，凉面也行！”这点小事，毛孩不计较！

一路网上追踪，电脑椅终于从杭州送到了北京。坐在高大上的椅子上，毛孩的眼睛又开始轱辘转，他拽过笨妈，悄悄说：“我还想要个能连电脑的绘画板，画漫画必备的，爸爸肯定不同意……”

作为准漫画家的妈妈，今天晚上，笨妈决定和毛孩好好谈一谈，周末是报一个儿童画班，还是素描班，他自己选择。顺理成章嘛，为画漫画打基础。曾放弃过两个绘画班，无绘画技艺的毛孩有点不耐烦地打断笨妈，“随便画画嘛，那么认真干什么？”

*

文化传承

毛孩边哼“你是风儿我是沙，缠缠绵绵上网吧”，边问笨妈：“大明湖畔的夏雨荷是谁？”笨妈赶紧讲了一段乾隆七下江南的掌故。感谢琼瑶阿姨，感谢漫画书，让我们的历史文化得以传承。

*

沾光

个小本领高，毛孩近日首发入选了校级篮球联赛。笨妈和高粱饴很高兴：儿子不赖，遗传了爸爸的体育天赋、妈妈的语言才能。毛孩不以为然：你们不要借此自我表扬。

*

一个演员的自我修养

自从被选入学校话剧社之后，毛孩就对戏剧产生了兴趣，目前正在家中苦练小品《学霸与学渣》。

第一幕：考试之前。学霸（面带微笑，大方自信）："我去考试。"学渣（低头、撇嘴、蹙眉）："我去！（重音在"去"上，升调）考试！"

第二幕：考试结束。学霸（微笑、自信、略带疲乏）："我考完了。"学渣（垂头丧气）："我考（重音在"考"上，读四声）！完了！"毛孩演了一遍遍，乐此不疲……

为鼓励毛孩又有新爱好，笨妈跟他讲了一个埋藏心底多年的故事。一个生不逢时、无戏可演的演员，一生都在为自己的新戏作准备，从未中断过练台词、练形体。等了多年，剧院终于迎来了新戏《将军之死》，但是可能嫌他年纪大了，可能觉得他表演手法陈旧，总之，演员甚至未得到一个不说话的角色。可到公演那天，演员居然登台表演了！

事情是这样的。那天晚上，导演忽然得知扮演将军的演员新添了一个毛病：怕胳肢。所以最后一幕，当"将军"躺在白布单下，众人抚尸痛哭时，万一"将军"被胳肢得受不了，动了、笑了，怎么办？导演灵机一动：你上！他指了指在后台帮忙的演员。于是，演员钻到白布单下，被推上舞台，华丽的大幕拉开了……

演出非常成功！当众人欢庆的时刻，有人发现，后台角落的白布单下，好似还躺着一个人。白布单被拉开，演员已经身体冰凉……据医生推断，演员是上舞台后心脏病发作的，而在他的上衣口袋里正放着一盒心脏急救用的硝酸甘油。

当笨妈还是小姑娘时读到这个故事，忘不了。笨妈问毛孩，如果演员在白布单下动一下，会怎样？毛孩说：观众会骚动，演出会失败。

戏比天大，戏比命大。一个演员的自我修养。幸运的毛孩在话剧社的新戏《守株待兔》中得到了一个有台词的角色：举着一个写着“冬”字的牌子，去劝那个农夫“冬天来了，兔子不会再来了”！

预祝《守株待兔》演出成功，更希望毛孩理解并记住这个故事。

*

毒舌的报应

据说，毒舌有两种原因，一种是因为自己不爽，一种是能让自己爽。笨妈卑鄙而坦荡地承认，自己是第二种。当笨妈感觉不爽时，通常智力会降至负数，然后昏头胀脑地吐出一堆事后希望自己永远没说过的话。而三五好友聚在一起，都是心有灵犀之人，情绪渐渐酝酿，笨妈就开始丢弃魔羯的沉重，将B型血的戏谑、滑稽发挥至极致。“毒舌”正是单位好友近年赠予笨妈的雅号，所谓看人下菜碟，这位O型射手姑娘，神经大条的前学霸（本科保送、研究生保送）总能为笨妈提供毒舌的素材。

某日，学霸感慨：好些美貌妈妈生出的女儿并不好看。笨妈回她一句：你家不会，因为起点较低（本意是夸她女儿比她好看）。今天，学霸着一件颜色鲜艳到惊悚的便宜小袄（好衣服在家挂着，忘了），笨妈调侃她：就是雾霾天，一千米外的车也会发现她、躲着她。

毒舌高粱饴更是笨妈的拿手菜。多年前一天，高粱饴发现新大陆般：“老婆，小白鼠的基因与人类的相似度是99%！”笨妈淡定地回他一句：“你是100%。”高粱饴爱看官场小说，这爱好经常被他儿子嘲笑，笨妈则会善解人意地拍拍他肩膀：“兄弟，咱没事过过瘾也好啊！”

老话说得好：出来混终归是要还的。近年来，笨妈发现自己遭报应了，而替笨妈的好脾气朋友、老公复仇的不是别人，正是最亲、最亲的宝贝毛孩。往事不必再提，就说今早，高梁饴说毛孩的英语课外班要开家长会，问谁去。笨妈说：那老师可是美女，你去吧。高梁饴会说话：那也算美女，你去！毛孩嘟囔道：那都不算美女，你咋娶了个这样的……

被笨妈毒舌过的亲们，是你们派这个小毒舌潜伏到笨妈身边的吗？